西遊記·取經的卡通

黃慶萱、林明峪、龔鵬程·編撰

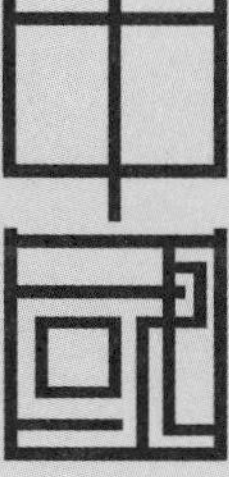
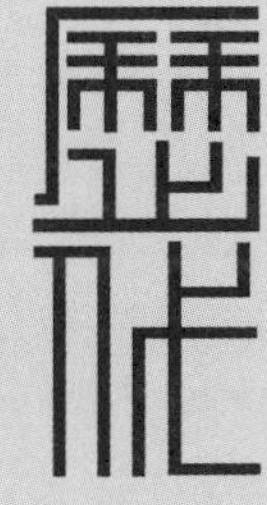
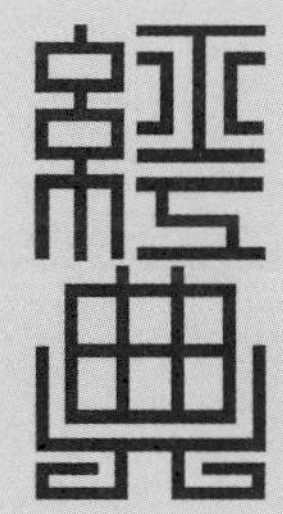
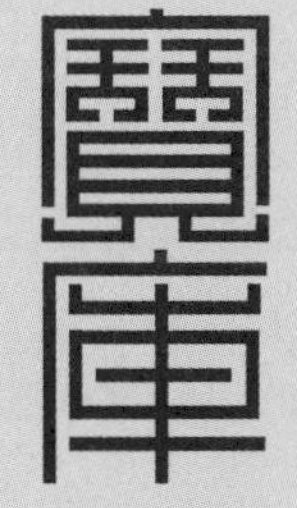

11

出版的話

時報文化出版的《中國歷代經典寶庫》已經陪大家走過三十多個年頭。無論是早期的紅底燙金精裝「典藏版」，還是50開大的「袖珍版」口袋書，或是25開的平裝「普及版」，都深得各層級讀者的喜愛，多年來不斷再版、複印、流傳。寶庫裡的典籍，也在時代的巨變洪流之中，擎著明燈，屹立不搖，引領莘莘學子走進經典殿堂。

這套經典寶庫能夠誕生，必須感謝許多幕後英雄。尤其是推手之一的高信疆先生，他秉持為中華文化傳承，為古代經典賦予新時代精神的使命，邀請五、六十位專家學者共同完成這套鉅作。二〇〇九年，高先生不幸辭世，今日重讀他的論述，仍讓人深深感受到他對中華文化的熱愛，以及他殷殷切切，不殫編務繁瑣而規劃的宏偉藍圖。他特別強調：

中國文化的基調，是傾向於人間的；是關心人生，參與人生，反映人生的。我們

的聖賢才智，歷代著述，大多圍繞著一個主題：治亂興廢與世道人心。無論是春秋戰國的諸子哲學，漢魏各家的傳經事業，韓柳歐蘇的道德文章，程朱陸王的心性義理；無論是貴族屈原的憂患獨歎，樵夫惠能的頓悟眾生；無論是先民傳唱的詩歌、戲曲，村里講談的平話、小說……等等種種，隨時都洋溢著那樣強烈的平民性格、鄉土芬芳，以及它那無所不備的人倫大愛；一種對平凡事物的尊敬，對社會家國的情懷，對蒼生萬有的期待，激盪交融，相互輝耀，繽紛燦爛的造成了中國。平易近人、博大久遠的中國。

可是，生為這一個文化傳承者的現代中國人，對於這樣一個親民愛人、胸懷天下的文明，這樣一個塑造了我們、呵護了我們幾千年的文化母體，可有多少認識？多少理解？又有多少接觸的機會，把握的可能呢？

參與這套書的編撰者多達五、六十位專家學者，大家當年都是滿懷理想與抱負的有志之士，他們努力將經典活潑化、趣味化、生活化、平民化，為的就是讓更多的青年能夠了解繽紛燦爛的中國文化。過去三十多年的歲月裡，大多數的參與者都還在文化界或學術領域發光發熱，許多學者更是當今獨當一面的俊彥。

三十年後，《中國歷代經典寶庫》也進入數位化的時代。我們重新掃描原著，針對時

代需求與讀者喜好進行大幅度修訂與編排。在張水金先生的協助之下，我們就原來的六十多冊書種，精挑出最具代表性的四十種，並增編《大學中庸》和《易經》，使寶庫的體系更加完整。這四十二種經典涵蓋經史子集，並以文學與經史兩大類別和朝代為經緯編綴而成，進一步貫穿我國歷史文化發展的脈絡。在出版順序上，首先推出文學類的典籍，依序有詩詞、奇幻、小說、傳奇、戲曲等。這類文學作品相對簡單，有趣易讀，適合做為一般讀者（特別是青少年）的入門書；接著推出四書五經、諸子百家、史書、佛學等等，引導讀者進入經典殿堂。

在體例上也力求統整，尤其針對詩詞類做全新的整編。古詩詞裡有許多古代用語，需用現代語言翻譯，我們特別將原詩詞和語譯排列成上下欄，便於迅速掌握全詩的意旨；並在生難字詞旁邊加上國語注音，讓讀者在朗讀中體會古詩詞之美。目前全世界風行華語學習，為了讓經典寶庫躍上國際舞台，我們更在國語注音下面加入漢語拼音，希望有華語處，就有經典寶庫的蹤影。

《中國歷代經典寶庫》從一個構想開始，已然開花、結果。在傳承的同時，我們也順應時代潮流做了修訂與創新，讓現代與傳統永遠相互輝映。

時報出版編輯部

【導讀】

走入魔幻的卡通世界

黃慶萱

我把唐僧師徒四人說成卡通人物，不是毫無理由的。首先請看孫悟空：拔根毫毛叫聲變，變菩薩、變妖精、變成樹、變成廟、變成成千成萬的孫悟空。上天見玉帝，南海拜觀音；冥世問閻羅，水底訪龍王。這頑皮猴，不是人見人愛的卡通英雄嗎？那豬八戒，更是十足的卡通小丑。他是我們歡笑的來源，笑他不自量力，笑他好吃懶做。引人發笑的就不會令人生厭。這位投錯了胎的小胖豬，也給我們許多親切感。沙僧，沉默寡言，吃苦耐勞，是不可或缺的卡通忠僕。而唐僧，皇位讓他他不作；金銀給他他不要；一心只想去西天取經。看到妖魔就害怕，對徒弟還有點偏心。這騎在白馬上的和尚，是卡通裡的濫好人！

一板正經的卡通好人，帶著刁鑽好鬥的卡通英雄，憨（ㄏㄢ hān）呆逗笑的卡通小丑，沒有脾氣的卡通忠僕。跋山涉水，一路西行，遭遇的劫難可多哪！

有些劫難由於自己引起。「吃」是最大的原因：偷吃人參果，誤喝子母河水，是其中較特出的例子。再就是「穿」：黑風山怪竊袈裟，金兜山被納錦背心綁住了手腳。還有「色」字作怪：四聖顯化試禪心、屍魔三戲唐三藏，以及琵琶洞、盤絲洞、無底洞裡的妖精，外加西梁國女王留婚、天竺國公主招親。然後是「思想」上的紛歧：平頂山逢魔，對手是太上老君看爐的童子；小雷音遇難，對手是彌勒佛的司磬童子。以及「好為人師」、「賦詩露才」、「貪圖娛樂」、「輕諾寡信」等等。玉華城三僧收徒，惹出一窩獅子；木仙庵三藏談詩，引起杏仙窺伺；玄英洞受苦，是因為元宵賞燈，最後一難老黿（ㄩㄢˊ yuán）作祟，卻是自己輕諾失信。這種種，全是糾紛的起源。

有些劫難出於環境因素。山水荊棘的阻隔，寒熱風霧的障礙，加上盜賊和野獸，使得取經的路上，充滿著困難。蛇盤山、豹頭山、青龍山……，幾乎每一座山代表一件劫難。以至於後來唐僧每過一山，便心中害怕。水也如此，鷹愁澗、黑河、通天水……，全留有災難的回憶。黑松林逢魔、荊棘嶺努力、稀柿衕（ㄊㄨㄥˋ tòng）穢阻。這些代表地理上的阻隔。黃風嶺上的巨風，麒麟山上的煙沙，隱霧山頭的迷霧，通天河的冰天雪地，火燄山的

銅鐵成汁……。這些又代表氣象上的災難。出城逢虎，路阻獅駝，雙叉嶺上的長蛇怪獸，黃花觀中的蜈蚣為害，以及大象、大鵬、鹿、羊、兔、鼠等等。還有兩界山頭、觀音院裡、楊家後園、寇洪家中遇到的盜賊。更使劫難重重，高潮迭起。故事可有得瞧的呢！

取經卡通裡的人物，雖然是頑皮猴、白胖豬、好人和忠僕。其實，全是人類心靈的化身。唐僧代表心靈善良的一面。過分善良，當然不免吃虧上當。豬八戒代表慾望，好吃又好色，如果不加以抑制，可丟人哪！孫悟空和沙僧代表理性，孫悟空樂觀進取，愛作積極的奮鬥；沙僧任勞任怨，偏向消極的適應。取經的成功，多靠他倆。

取經卡通的故事，當然很熱鬧好笑。其實，說穿了，就是「佛在靈山莫遠求，靈山只在汝心頭。」《西遊記》強調：如何克服內在人性的暗潮洶湧和外在環境的危機四伏，以求取心靈的安頓和人類的福祉。又把這個主題落實在與邪魔六賊抗爭的心猿意馬，而置場景於似幻而真的火燄山、荊棘嶺、稀柿衕。希望你我享受它的神怪和機智之餘，卻也觸發面對生命真相的智慧！

因原書卷帙浩繁，閱讀不便，所以我們改寫時，便加以適度的處理。在不損及原書韻味的原則下，我們重新設計回目，變化文字，寫成了這本書。

時報公司原希望由我改寫，我知道自己筆調不夠活潑，怕蹧蹋了《西遊記》精彩的故事，再加上俗務冗忙，所以特別推薦龔鵬程、林明峪擔任改寫的工作。本書第十六節以前，由林執筆，由龔潤飾；第十七節以下，由龔執筆，由林潤飾。至於原書主題的掌握與詮釋等，仍然由我負責。

但願讀者好好享受這部時空與書中角色都很魔幻的奇書！

西遊記◆取經的卡通　目次

出版的話　03

【導讀】走入魔幻的卡通世界　黃慶萱　07

認識《西遊記》　001

遙遙取經路，關關鬥邪魔　023

一、花果山水簾洞猴王的一段傳奇　025

二、學會七十二種變化及觔斗雲　029

三、仗著如意金箍棒勾消生死簿　038

四、官拜弼馬溫號稱齊天大聖　045

五、偷吃蟠桃仙酒金丹身陷天羅地網　051

六、踢翻八卦爐卻逃不出如來佛的手掌心　059

七、觀音菩薩奉如來旨意尋找取經人 063
八、三藏取經路過五行山救出孫悟空 070
九、蛇盤山鷹愁澗玉龍誤吞白馬 080
十、高老莊雲棧洞豬八戒出醜 084
十一、流沙河裡跳出一個沙悟淨 093
十二、松柏林內菩薩考驗取經人 098
十三、五莊觀的一場人參果糾紛 105
十四、蓮花洞開金角銀角的玩笑 124
十五、火雲洞紅孩兒的三昧真火 152
十六、路過車遲國與虎仙鹿仙羊仙鬥法 177
十七、金兜洞獨角兕大王威風八面 193
十八、誤喝子母河水與如意真仙大打出手 205
十九、擺脫女兒國不巧又陷琵琶洞 212
二十、真假猴王大鬧乾坤 221
二一、路阻火燄山三借芭蕉扇大戰牛魔王 232

二二、才出盤絲洞又入黃花觀 250
二三、獅駝洞獅駝國如來顯聖 264
二四、比丘國一千一百一十一個鵝籠的謎 299
二五、終於跋涉到靈山雷音寺 316

附錄　原典精選 329

認識《西遊記》

認識《西遊記》

在中國，這古老的國家裡，有一則古老的故事，經過老祖父在豆棚瓜架下、說書人在瓦舍街市中，一年一年、一段一段地講述之後，竟講出了一冊曠世奇書來。這本奇書，寫的不是紛擾齷齪的人事，也不是纏綿徘惻的愛情，那裡頭只有四個奇奇怪怪的和尚，和一連串奇奇怪怪的事物。這本書就是《西遊記》。它已經成為這個古老國度裡最奇異的記憶來源，不管男女老少，人人喜歡它，有些人甚至還建了廟宇來供奉那些和尚。更有些人，在摩挲欣賞之餘，忍不住要寫些書來討論它、讚美它。在那些書上，他們這樣寫著：

「讀《西遊記》而能不笑出聲音來的，除非是神經有問題的人！」

這些寫書人，就像一個憨直的老農，偶爾吃到一口甜瓜，竟忍不住要抱著瓜四處去請人也來嘗嘗。如今，我們把《西遊記》重新改寫過，呈獻給各位，也是抱著這樣的心情。

一、《西遊記》的故事演化

《西遊記》和我國許多其他的小說名著一樣，是根據正史、傳說、民間故事……等，逐漸發展而成的。它敘述唐代一位偉大的留學生——玄奘和尚，出遊十七年，經過五十多個國家，遠赴印度，取回六百五十七部經典的故事；但又加上了許多趣味性的創造，所以它所表現的內容和意義，也就與原來的玄奘故事不太一樣了。

早在唐朝，玄奘的學生慧立就曾替玄奘寫過一本《慈恩三藏法師傳》，敘述他的出身和取經歷程，內容十分詳細，其中如八百里沙河，「諸惡鬼奇狀異類繞人前後」等等，後來都成為《西遊記》裡寫作的素材。可見玄奘當年西行求經，確實是歷盡艱辛，有翻過大沙漠、火山等奇異的經驗，所以後來民間對他的傳說也津津樂道，愈說愈神奇了。

這種情形，實在是一般口傳文學及民間故事共同的現象，例如古代傳說神農氏嘗百草，後人就說他為什麼能知道各種草的藥性呢？因為神農氏的肚皮是透明的；又如岳飛是一名忠勇愛國的猛將，金朝大將金兀朮那麼凶惡，可是碰到岳家軍就大敗，民間就傳說兀朮是赤鬚龍下凡，而岳飛卻是大鵬鳥下降，所以才能剋制他。玄奘故事也是如此，一般人民看玄奘如此勇敢堅毅，經歷了那麼多、那麼遠，幾乎不是一般凡人所能經歷的苦和路，就想像他去的是「西天」（像天一樣那麼遠），路上也一定有超乎常人能力的勇士幫助他，否則以一個血肉之軀的單身和尚，哪能完成這麼艱鉅的任務呢？

就這樣，孫行者和《大唐三藏取經詩話》（又如：《大唐三藏法師取經記》）便被創造出來了。

《大唐三藏取經詩話》，全書風格仍然與唐和五代時期的變文十分接近，文字非常古拙，詩歌也很像佛偈（ㄐㄧˋ jì）或經贊，但它雖然文學成就不高，卻是我國第一本有回目的小說，孫行者也開始正式上場了。全書大致具備了後來《西遊記》的雛型。

這時的孫行者，是花果山紫雲洞八萬四千銅頭額獼猴王變化成的白衣秀才，具有無量神通，因此取經的行動也受到天庭的幫助，例如第十回經過女人國：「舉步如飛，前遇一溪，洪水茫茫。法師煩惱。猴行者曰：『但請前行，自有方便』，行者大叫：『天王！』

一聲，溪水斷流，洪浪乾絕，師行過了，合掌擎拳。此是宿緣，天宮助力！」這個神通廣大的猴行者，無疑已成為取經故事中消災化厄的主角了，因此全書也洋溢著一片浪漫的氣氛，有說故事般地活潑。

據胡適先生考證，這樣一個充滿機智和神通的猴王，不會是我們自己民族的產物，而是受到印度文學的影響，印度的猴王哈奴曼（Hanuman），即是孫悟空的化身。鄭振鐸氏〈西遊記的演化〉一文也有類似的看法。但我們認為：固然印度那隻猴子的故事與孫行者在某些地方有些類似，可是武斷地說孫悟空是由哈奴曼演變來的，實在也還牽強了些。細看六朝到唐宋一系列猿猴故事的發展，我們就知道猴行者乃至孫悟空的產生，並不是偶然的。晉張華的《博物志》裡就描寫過一則獮猴能變成人形，娶女為妻的故事；唐人的《補江總白猿傳》更是如此，白猿只要「一陣陰風」，就能把人攝走。《西遊記》裡孫悟空也常來這一招。到了宋朝，一方面有了《大唐三藏取經詩話》這樣的作品，另一方面也有一篇完整的短篇小說《陳巡檢梅嶺失妻記》，敘述申陽洞的猴王，修煉千年，變化莫測，常到紅蓮寺去聽佛法；後來他看見陳巡檢的妻子貌美，就變一座客店，趁陳氏夫妻去投宿時，夜裡用一陣風攝走了陳妻。陳氏找到紅蓮寺去報仇，反而被他打敗，只好請來紫陽真人，才把他活捉了。這個猴王，名字就叫做「齊天大聖」。——由這個故事我們可以

知道：⑴猿猴與佛法扯上關係，至少在宋、明之間十分流行，例如這個齊天大聖和明初無名氏雜劇《龍濟山野猿聽經》、元末楊景賢所作的《西遊紀廿四折雜劇》都是如此。⑵把猴王稱做大聖，也是當時頗為流行的稱呼，《陳巡檢梅嶺失妻記》裡齊天大聖申陽公的哥哥，名叫通太大聖；弟弟叫彌天大聖。明抄本雜劇《時真人四聖鎖白猿》裡，那隻猴王也自稱是煙霞大聖。——在這種背景之下，玄奘故事裡加進一位神通廣大的猴行者，就不是一件十分突然的事了。

宋代以後，金院本中有《唐三藏》，可惜失傳了。元人吳昌齡另有一本雜劇《唐三藏西天取經》，也已失傳。這時候，古本《西遊記》出世了。

古本《西遊記》，當然也早已失傳，可是它還有一部保存在《永樂大典》殘卷及韓國漢語教科書《朴通事諺解》裡，根據這些殘存的文字，我們知道它已經把八十一難的輪廓大致勾勒完成了。和吳昌齡那本雜劇一樣，它裡面已有孫行者、豬八戒和沙和尚。

這本書流行以後，《西遊記》的故事大概已經完全定型了。人們顯然十分喜愛這樣的故事和人物，因為它們能滿足大家沌穉（ㄓˋ zhì）的好奇和想像。所以緊接著又產生了《廿四折雜劇西遊記》、《二郎神鎖齊天大聖》、《百回本西遊記》等書。

當然，《百回本西遊記》是這裡面寫得最好的一本。早期的猴王及取經故事，多半把

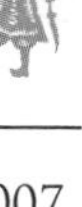

齊天大聖描寫成一個神通廣大又好色的猢猻，直到《廿四折雜劇西遊記》裡還是這樣。《百回本西遊記》則不同，它只保留了屬於猴王的靈敏、活潑、好動、頑皮和幽默感，卻把好色這種習性交給豬八戒去發揮。所以我們今天在《西遊記》裡才會看到那隻有竹筒嘴、蒲扇耳的老豬，一見到女人就目瞪口呆，口水直流。這一點不能不說是《百回本西遊記》極高智慧創造的成就之一，因為這樣一改，才容易凸顯出孫悟空和豬八戒兩人性格上的強烈對比，小說內在的張力也增強了許多。

不只如此，《百回本西遊記》在文字上、結構上，無不出色。所以書一上市，就風行一時，明清之間刪改、增加、批注、評解這本書的也不知有多少，以下是一些比較著名的版本：

萬曆	《西遊釋厄傳》（簡本）	十卷	劉蓮臺刊本	朱鼎臣撰
道光	《西遊唐三藏出身傳》（簡本）	四卷	小蓬萊仙館	楊致和編
康熙	《西遊證道書》（繁本）	百回	懷德堂	汪象旭撰評
乾隆	《西遊真詮》（繁本）	百回	芥子園	陳士斌撰評
乾隆	《新說西遊記》（繁本）	百回	味潛齋	張書紳撰評

嘉慶	《西遊原旨》（繁本）	百回	湖南	劉一明撰評
道光	《通易西遊正旨》（繁本）	百回	眉山德馨堂	張含章撰評

從書商紛紛翻印的情形看來，這一則經過長期醞釀而成的故事，的確已經在民間生根了。我們除了佩服《西遊記》百回本作者文字的魔力之外，更要知道，這本書其實還含有唐、宋、金、元、明，將近一千年的歲月磨鍊，以及千年來人們無數心血和情感的投射在內！這也就是《西遊記》為什麼能激發我們所有中國人的共鳴的緣故。每個人在閱讀它時，都能認同它，並在裡面找到自己的影子！這點我們留在後面再談，先談有關作者的部分。

二、《西遊記》作者和影響

我國許多著名的小說，作者都不太能確定究竟是誰，例如《水滸傳》、《紅樓夢》，我們現在一般雖說是施耐庵、曹雪芹寫的，其實也只是一種權宜的講法，專家學者還在不斷地爭論探討中。《西遊記》也是如此。

早期，因為元初著名的道士邱處機曾隨元太祖西征，他的徒弟李志常又寫了一本《長春真人西遊記》來記述這椿事，所以明清之間，常認為《百回本西遊記》就是這本《長春真人西遊記》。後來丁晏《石亭記事續編》和阮葵生《茶餘客話》才根據《淮安府志》，認定它的作者是吳承恩。近代學者如胡適、周樹人等，多半贊同這種看法，因此我們現在也暫且把吳承恩當作是《西遊記》的作者。

但問題並不如此簡單，第一、明代刊本和所有與刊印《西遊記》有關的人，都不知道本書作者究竟是誰。第二、所有主張吳承恩就是《西遊記》作者的人，所根據的都只是天啟年間編修成的《淮安府志》，府志裡〈淮賢文目〉上記載：「吳承恩：《射陽集》四冊、《春秋列傳序》、《西遊記》」。不僅是單文孤證，而且中國書裡稱為《西遊記》的也不曉得有多少，這裡又沒有註明書的性質和內容、卷帙，武斷地說這本《西遊記》就是《百回本西遊記》，實在是太大膽了。相反地，明人黃虞稷寫的《千頃堂書目》裡，反而把吳承恩《西遊記》，記載在史部輿地類中，當作一般遊記來處理，不放入小說家類。這足以說明：吳承恩到底是不是《百回本西遊記》的作者，仍是應該存疑的。

在這兒，我們無意做考據文章或翻案，我們的看法是：(1)《西遊記》的作者是誰，對這本書並沒有太大的關係；有關係的，是產生這個小說的社會和人群。它本身既不是一

冊自傳性或主觀的小說，即使我們認定吳承恩是本書的作者，對我們閱讀這本書時，又有什麼幫助呢？充其量不過附會一些「吳承恩個性詼諧，所以這本書寫得很有趣」這樣的無聊話頭罷了。不但對我們閱讀沒有什麼導引的作用，反而容易淺化和窄化它。⑵如果一定要談它的作者，不如說它是經過長期修改增刪而完成的，萬曆二十年刊印的世德堂《百回本西遊記．序》就說：「唐光祿既購是書，奇之，益俾好事者為之訂校，秩其卷目梓之……」，可見這本書原來編排並不完整，是由唐氏和其他人共同訂校，並重新安排其卷目以後，才印行的。像唐氏這樣的「好事者」，據我們推測，恐怕是唐、宋以來一直存在著的，你添一段故事、我改一點文句，逐漸形成這樣一部兼容並蓄、剪裁勻稱的大書，《水滸傳》、《紅樓夢》不也是這樣嗎？這種情形，只要看看從《大唐三藏取經詩話》以後，不斷流傳改寫的《西遊記》和猿猴故事，就可以知道了。也許，確實曾有一位天才作家（如吳承恩這種人），把唐、宋、金、元、明許許多多猿猴及取經的故事，重新瀏覽整理過，集其大成，並加上許多天才的創造，寫成《西遊記》。但我們也不能忽略了唐光祿等人校訂編排的功勞。因此，我們認為《西遊記》一書，事實上包含有許許多多人的心血，應該是比較合理而公平的。它像海，汪洋浩瀚之中，滙雜了千流百川，演出一段驚心動魄，令人目移神駭的景觀。

事實上，我們所講的這種增刪修改，仍在繼續著（包括本書在內），市面上流行的《西遊記》，早已和《百回本西遊記》很不相同了。但有些人並不滿足於增刪修改，他們忍不住也想再寫一段西遊故事，表達一下自己的文采和思想，於是模仿或續《西遊記》的書就大量出籠了。以下我們分別說明一下：

《西遊記》的刪節本，以明朱鼎臣改編、劉蓮臺印行的《鼎鍥全像唐三藏西遊釋厄傳》十卷，與楊致和改編、小蓬萊仙館印行的《西遊唐三藏出身傳》四卷四十一回為最著名。楊氏書和《東遊記》（又名《上洞八仙傳》）、《南遊記》（又名《五顯靈官大帝華光天王傳》）、《北遊記》（又名《北方真武祖師玄天上帝出身志傳》）合起來，又稱做《四遊記》。

《西遊記》的繁本很多，詳見上文所附的表，這裡不多敘述了。這些繁本，有些是添加修改原書的，有些是在原書之外附加許多批注。

模仿《西遊記》的續書，較著名的是《後西遊記》四十回及《西遊補》十六回。兩書寫法不同，《後西遊記》結構上模仿《西遊》，寫花果山又生了一個石猴，名叫小聖，輔佐大顛和尚去西天求取經典的真解，路上又收個豬一戒，歷盡艱苦才取得《真經》而回。《西遊補》則不同，他不像其他的續書人那樣笨，呆板地抄襲模仿原來的結構和布局，他

只是「補」，替《西遊記》補一個情節。寫孫悟空三借芭蕉扇以後，出去化齋，被鯖魚精迷惑，漸入夢境，顛顛倒倒，後來被虛空主人喚醒，才回到現實，打死鯖魚精。所謂鯖魚，就是「情」，全書的意思是說，在情之內，即使是像孫悟空這樣的神通，也會被迷惑，必須看出情根世界只是一片虛空，才能走出情的籠罩，不受情所羈絆。全書文學價值也很高，是所有模仿改續的書裡，寫得最好的。

三、《西遊記》內涵的爭論

我們說過，《西遊記》這本奇書融進了無數人的心血和情感，所以它也常能激發起我們的共鳴。不同的讀者，就有各種不同的感受和啟發，每個人總能在這裡頭找到他自己思想與情感的投影，因此，在中國許多小說名著裡，從沒有另一本書能像它這樣，具有各式各樣的「讀法」。——有些人說它是在講金丹大道；有些人說它是宣揚佛法；有些人說它講的是「收其放心」的儒家道理；也有人說它是在反抗或諷刺現實社會和政治；更有人說；你們都猜錯了，這本書至多不過是一部有趣的滑稽小說或神話小說，什麼意思也沒有，只不過有點愛罵人的玩世主義而已……

近代學者也企圖從各個角度去探討它，有些人把書裡的人物拿來和佛洛依德心理學相比較；有些人研究它的神話內涵；有些人探討其結構象徵；有些人注意它所表現出來的社會意識；有些人則說它是個智慧的喜劇……

當然，這許多說法，各有其依據，也多半能言之成理，雖然各有著十分歧異的論點，但並不妨礙它們之間理論上的並存性。我們這樣說，並不意味著我們將採取一種顢頇（ㄏㄢ ㄇㄢˊ hān mán）不負責任的態度：「甲好，乙也不錯，丙嘛，也可以。」相反地，我們也有我們自己的看法，可是我們仍然希望讀者能具有一份開放的胸襟，能夠從以上各種角度去看這冊奇書，去領略各種不同的蘊含。

在以上各類看法中，應該稍微提一下的，是有關佛、道的部分。由書裡對佛經內容經常弄錯的情形看來，本書不太可能是一本單純為宣揚佛法而寫的書。它裡面雖曾敘述佛、道鬥法的經過（如車遲國悟空和虎、鹿、羊鬥法），但那其實是採自敦煌舍利佛與外道六師鬥法變相圖這一類民間傳說，而予以改編創造的。有些人認為它就是影射明世宗崇道滅僧，已不甚站得穩，何況說它是宏揚佛法呢？在《西遊記》那些章節題目、詩詞、回末對句裡，我們反而可以看到各種陰陽五行、丹鼎爐火等名詞，例如孫悟空是金公、豬八

戒是木母、沙和尚是黃婆（代表土）、唐僧則是「一頭水」。又如盤絲洞七個女妖捉住唐僧，題目就叫做「盤絲洞七情迷本」：悟空用芭蕉扇搧滅了火燄山，就說是「坎離既濟真元合，水火均平大道成」、「水火調停無損處，五行聯絡如鈎」；豬八戒幫助孫悟空大戰牛魔王，則高吟「木生在亥配為豬，牽轉牛兒歸土類。申下生金本是猴，無刑無剋多和氣」……這一類情形，遍布全書。但我們如果根據這些現象，就又認定它是本道教徒鍊丹的書，也未免太天真了。事實上，陰陽五行的基本概念幾乎遍布於中國所有經典中，也是宋、明以來哲學思想背後一個極其重要的概念體系。《西遊記》的作者，則有意運用這樣一個完整而緜密的體系架構，來傳達他的思想和對人生的看法。

這些看法，展示了人性由束縛到解脫，一連串修持的過程。

首先，孫悟空又名「心猿」，所以真假猴王大鬧天地那一回，題目就叫做「二心攪亂大乾坤」；悟空學道的地方則稱為「靈臺方寸山」。十四回又說：「佛即心兮心即佛」，處處都顯示了作者對「心」的強調，所謂：「佛在靈山莫遠求，靈山只在汝心頭」（八十五回），只要掌握住這顆心，不要「縱放心猿」，自然平安吉祥。可是，您如果以為作者只是要人掌握住這顆心，那又錯了。第十三回說得很清楚：「心生，種種魔生；心滅，種種魔滅！」八十一難的許多妖魔惡怪，其實都是「心」所幻化出來的，例如〈真假猴王大

鬧乾坤〉，即是二心沌亂的結果；悟空和八戒大戰牛魔王時，悟空更高吟：「牛王本是心猿變！」即心即魔，要心滅魔滅，就必須「無心」（第五十八回：「禪門須學無心訣，靜養嬰兒結聖胎」）；由護持此心而到無心，也就是由修道而到證道的歷程，既已證道，則五行本是空寂，百怪都屬虛名了（見一百回）。

經由這種歷程，本書主要在點出一個「空」字，所謂四大皆空，五行空寂。美猴王迸出石胎，遠赴靈臺方寸學道時，那位開門的道童是「心與相俱空」，菩提祖師是「空寂自然隨變化」，又替猴王取了一個名字，叫悟空：「鴻濛初闢原無姓，打破頑空須悟空」！換言之，孫悟空這個角色和《西遊記》這本書，就是在教人如何悟空，並打破頑空，所以六十一回又說：「打破頑空參佛面」。大乘空宗佛學，主張一切世間物象都沒有獨立的實質自體，一切心的作用也是這樣，《西遊記》可能就是運用這種理論，套進他自己那個概念體系去的。經由打破一切世相頑空（剿殺幻象妖魔）來悟「空」，也是一段心性修持的歷程，所以本書開宗明義第一章標題就是「心性修持大道生」。

這種歷經萬有假相而證道悟空的過程，揭示了一個人性由束縛到解脫的主題，孫悟空（心猿）頭上的緊箍（ㄍㄨ gū）兒象徵一個具體的束縛，等到他成佛了，束縛也消失了。所以我認為《西遊記》主要的意義就表現在這兒。

當然啦，我們在提供以上這種對《西遊記》的解釋時，必須附帶說明三點：⑴這種詮釋，寫得十分簡略，其中有許多曲折，非千言萬語不能細談。⑵我們這項解釋，是針對全書主要結構來說的，並不排斥其他各種解釋的可能。因為，我們說過，《西遊記》的產生，源於眾多人的創造，所以它的內容包含十分複雜，雖然有以上我們所說的主要結構，但其他零星散布的各種思想也都兼容並蓄著。⑶以上我們所說的這層意義，既然是透過《西遊記》整本書來表現，運用它的整體架構來展示；那麼，它當然不可能用另外一種結構來復現，想要改寫《西遊記》，而又保存原來那種意義，實在是不可能的。因此，我們改寫的工作勢必一方面告訴讀者它原書說的是些什麼，而另一方面再把我們改弦更張的經過稍做說明。

四、我們改寫的重點與取捨的角度

我們深知：改寫一本傑出的小說，其意義不一定能夠重現，但它的風味，卻多半能予以保留。所以我們在寫作時大抵以下列幾項線索為原則，重新組合貫串它：

《西遊記》全書大致可以分成三個部分：(1)孫悟空的來歷。(2)取經的因緣和唐三藏的身世。(3)災難的磨煉。其中唐僧的身世，原書花費了許多篇幅來容納正史和民間傳說中有關玄奘的材料，與全書其他部分，並沒有太多的關聯，我們盡量省去。所以現在所寫的只是花果山那隻美猴王如何出世，以及他如何隨唐僧西行，獲得真經正果的故事。

取經的歷程，向來號稱八十一難，其實是從唐僧降生人間開始算起的。有時同一件事，卻分成好幾難，例如流沙河收伏沙僧，就分成兩難；火燄山借扇收妖，也分成三難；因此我們在處理時，以事件為主，不以難的數目做依據。在這些事件中，可以看出三條明顯的線索來：(1)悟空具有無限神通，而被壓在五行山下，遇到唐僧，第一次解脫；戴上緊箍兒，受剋頭痛，直到成佛去掉，是第二次解脫。這兩次解脫，成為貫串全書的主線。(2)觀音菩薩東尋取經人，並替三藏找來悟空、八戒、沙僧和龍馬，是綰（ㄨㄢˇ wǎn）合全書的重要人物，所以悟空遇到不可解決的問題時，觀音便要出場，有些妖怪甚至還是觀音派下來造難的。(3)妖魔群中，主要以兩條線索為主：一是牛魔王、羅剎女、如意真仙、紅孩兒等家族親戚關係；一是與太上老君有關的人物，如金角、銀角、獨角兕大王等。——這三條線索聚攏起來，就構成我們現在改寫這本書的骨幹了。

由於《西遊記》原書多達七八十萬字，所以它的情節也還必須濃縮調整一番，才能重

新搭在我們這個骨架子上。這些調整包括刪節和剪裁兩部分：

所謂刪節，是把書裡一些處理手法重複或類似的部分刪去或歸併。例如已有了流沙河，則黑水河與通天河就可省略；已有了車遲國，則烏雞國、朱紫國也都略去；另外，黃眉大王可以裝人的寶貝金鐃和白布搭包兒，與金角、銀角的葫蘆淨瓶、獅駝洞的陰陽二氣瓶、鎮元大仙的袖裡乾坤相似；黃風怪的狂風和芭蕉扇的風、紅孩兒的火雷同等等，一律刪去，所以凡是寫在本書裡，都是些最具代表性的。

所謂剪裁，有兩種目的，一是為了使情節發展盡量緊湊而節奏明快，必須把某些主敘述之外的枝葉刪去；與全書整體架構有關的詩詞聯語，也因結構改變，失去了作用，一律省略；詩詞中有些描寫風景、衣著的文字，改寫時也不保留。第二、為了使某一事件本身較具完整性，並容納原書中精采的片段，勢必拆散原書結構，重新組合。例如寫金角、銀角時，把黃風嶺豬八戒的嘴臉常嚇壞鄉人一段插入；又把屍魔三戲唐三藏、聖僧恨逐美猴王、豬八戒義激猴王等情節融入紅孩兒那部分去；碧波潭與祭賽國金光寺一段雖然省略，卻把碧波潭九頭蟲和朱紫國金毛犼（ㄏㄡ hōu）脖子下的三個金鈴子寫進比丘國中。

經過這樣改動後，全書的脈絡和情節，雖與原書相去不遠，篇幅卻大大縮減了。篇幅縮簡，則它所能容納的意義必相對減少，所以在人物刻劃上，我們不可能像原書那樣周到

圓滿，我們只能把改寫的重心放在敘述故事和悟空、八戒兩人的性格對比上。

孫悟空和豬八戒，是種永恆的對比，一個聰明伶俐，一個粗夯（ㄏㄤ hāng）好吃，偏偏懦怯妄信的唐僧又偏愛八戒（象徵人性總是欲望勝於理智）。所以從頭至尾，悟空和八戒兩人總是不斷地在鬥嘴、捉弄、衝突或共同合作，他們的情感非常奇特，形象則非常鮮明。悟空的神通和幽默，使得這個尖嘴猴腮的精靈，成為雅俗共賞、老少咸宜的卡通英雄。八戒的饞懶與好色，也能帶來讀者的歡笑及同情，任何讀《西遊記》的人，都會喜歡他們。在改寫時，我們盡量保留它在這一方面的情趣，直接刻劃出兩人的性格，並間接反襯出唐僧與沙僧的性格。

另外有幾項有關細節的處理：

（一）難字、難詞、難句改成容易懂的辭彙：

例如素袋改成嗉袋兒、嬭（ㄋㄞˇ nǎi）牙改成乳牙、磁器改成瓷器、金擊子改成金鑿子、啄木蟲改成啄木鳥、隔板猜枚改成隔板猜物、雲梯顯聖改成雲梯坐禪、羊風兒改成羊癲風、饟（ㄒㄧㄤˇ xiǎng）糠的夯貨改成吃糠的獃貨……等等。

（二）人稱改為現代用法，以活潑運用為原則：

例如把「你」分出你、您、妳，「他」分出他、她。猢猻、潑猴、猴王、大聖、行者、

弼馬溫都是悟空的稱謂，書中配合原書的趣味，穿插使用。

（三）原文有些傳神的文字或專門用語，無法替換，均予保留：例如弼馬溫（天庭的馬官）、蟭蟟蟲兒（一種小飛蟲）、唱個大喏（抱拳問好之意）、獃子（悟空對八戒的暱稱）、嘓啅嘓啅地吃（吞嚥食物的狀聲詞）、孤拐面（悟空臉部的造型）、兜率天宮（太上老君的住處）……等等。

（四）對話部分，因篇幅關係，以一個場景為一段落。

（五）因結構變更，回目和內容也重新設計了；所以，本書並不是一本翻譯。

改寫的重點和取捨的角度，大致如此。在實際進行時，我們曾經參考了坊間許多改寫的版本，發現大部分改寫本都限於篇幅，只能交代故事大綱，原書韻味盡失。因此我們在寫作前，先集體商討章節之取捨，希望能在有限的篇幅中，盡量表達出原書的風味。也許我們還不能達成預期的目標，但我們願朝這個方向來努力。

寫作期間，黃慶萱先生提供了許多指導，他的細心和負責，才能使這冊書如期完成。總之，這是一次集體合作的嘗試，並希望能藉此引發讀者的興趣，早日進入原書奇幻的世界！

遙遙取經路
闖闖鬥邪魔

一、花果山水簾洞猴王的一段傳奇

傳說盤古開天闢地時，天地之間原瀰漫著一大片陰沉沉的雲霧。過了一些時候，一股從海中鼓盪而來的旋風，卻將這片愁雲慘霧給捲散了，霎時天朗氣清，大地豁然呈現出四塊大陸：東勝神洲、西牛賀洲、南贍部洲、北鉅蘆洲。

且說那股旋風颳散雲霧之後，又颼地捲回海中。那落處正是東勝神洲傲來國東方海外的一座孤島，這座島名叫花果山，乃是四大洲陸東向的祖脈，天地生成的一塊靈地。就在花果山的山頂上，有一塊高三丈六尺五寸，周圍二丈四尺、九竅八孔的靈石，自天地開闢以來，感受日月的精華以及風雲的噓吹，也不知過了多久，忽地響亮一聲，石頭迸裂，從裡面跳出一隻猴子來。

說也奇怪，這隻石猴一落地就睜著眼睛四處亂瞧，兩眼所射出的二道金光，直射到天庭。然後叩頭拜了天地四方，感激生育之恩，隨即蹦蹦跳跳奔下山頂，吱吱呀呀地混入樹林裡的一夥猴子當中。等到他和眾猴子們一塊兒玩耍，吃了野果、山泉之後，兩眼的金光也就逐漸消失了。

寒來暑往，不知不覺又到了一年中的夏季，這日正值天氣炎熱。只見一群花果山的猴子躲在松蔭底下玩耍，攀樹枝的、倒豎蜻蜓的、搔癢的、揪毛的、捉虱子的、剔指甲的、挨的、擠的、扯的，喧鬧成一堆。如此玩耍了一會兒，總是耐不住燥熱，不知被誰一聲呼噪，大家爭先恐後地奔向樹林後的那條山澗沖涼去。

這條山澗流到這兒，轉彎成一口天然池子，水流清淺，眾猴紛紛縱跳下去，吱吱喳喳的歡呼聲此起彼落，頃刻間把一座平靜的水池，潑濺出一片十分耀眼的水花與泡沫。可是時間一久，興味無形中大大的減低，膩了胃口，再也玩不出什麼花樣。就在這個沉悶的當兒，突然有隻猴子開口喊說：「咦？這條澗水不知從哪兒流來的？趁今日午後沒事，大家何不去尋它的源頭看看？」

發一聲喊，早有千百隻猴子爭著從水中爬出來，濕淋淋地往上游就跑。一連轉過好幾座樹林，抬頭果然望見一道白練也似的瀑布，從半空中倒懸下來，轟雷般地響著。眾猴奔

到瀑布底下，不禁拍手歡呼：「哇，好壯觀的瀑布！」在讚不絕口聲中，忽聽一猴高聲喊叫：「各位，看哪一個有膽量的，跳入瀑布裡面，尋出個源頭來，我們就拜他為王。」

眾猴異口同聲表示贊成，可是你推我讓，就是沒有一隻猴子敢跳進去。這時候，忽然從猴群當中閃出那隻石猴，自告奮勇地說：「啊哈，讓我來試試！」說著，兩腳一蹬，跳入瀑布裡面。等他兩腳著地，抹眼一看，原來瀑布後面並沒有水，卻有一座鐵板橋，橋頭立著一塊石碑，碑上刻著十個字：「花果山福地，水簾洞洞天」。橋的那邊，竟是一幢天然鑿成的石屋，屋內有石床、石灶、石鍋、石碗、石盆、石櫈、石椅等，樣樣俱全；又有花草松竹點綴其間，渾然像座人間仙境。

前前後後巡視了一趟，石猴自然喜出望外，三步併兩步地跳出瀑布外面，對著眾猴呵呵笑。眾猴急忙將他圍住，你一言我一語地問水有多深多淺？石猴搖手說：「沒水，沒水，卻是一座天賜的洞天福地！」把剛才所見說了一遍。眾猴一聽，個個歡喜，你呼我嚷地跟隨石猴背後，跳入瀑布中；一些膽小的，一個個探頭縮頸，抓耳撓腮，驚恐了一會，也陸續跳進去。

跳過橋頭，一來新奇，二來頑劣，一個個爭床奪椅，搶碗占灶，搬過來、挪過去，沒有半晌安靜時刻；直折騰到筋疲力盡，方才止住。這時，只聽那隻石猴端坐在一張石桌上頭喝聲：「諸位，說話算話！剛才你們同意有膽量進來的，就拜他為王。如今我進來又出去，出去又進來，帶領各位共享這塊洞天福地，現在怎不拜我為王？」

眾猴聽說，不分老的少的，立即跪下叩頭，高呼三聲「大王千歲」。從此以後，石猴登上水簾洞的寶位，將「石」字隱去，改稱為「美猴王」。

二、學會七十二種變化及觔斗雲

美猴王就在花果山水簾洞裡稱孤道寡，足足逍遙了兩三百年光景。忽一日，他在喜宴之間，驀地悲從中來，撲簌簌地墮下幾滴淚。慌得眾猴伏地請示：「大王有什麼煩惱？」「寡人今日雖十分歡喜，卻不免有點兒隱憂。」猴王皺著眉頭說：「將來年紀老了，總會被閻羅王抓去；到那時候，不知該怎麼辦？」

「大王！」一猴應聲：「閻羅王也只能抓一般老百姓，對於不受管轄的佛、仙，就無可奈何了。」

猴王聽了眼神一亮，滿心歡喜說：「既然這樣，我明天就下山出去尋訪佛、神、仙，學個長生不老之術，好躲過閻羅王這一關哩！」

到了次日，眾猴早已摘來一大堆的山桃野果，擺得整齊，準備替猴王餞行。無奈猴王一心只想尋仙訪道，哪裡有留戀之意？命令手下的，將木筏子扛來，放下海邊，跳上去用力一撐，撐離花果山，渺渺蕩蕩地飄向南贍部洲。他登上陸地，捉個空，混入人叢，也咿啞哈腰學會一些人話人禮。曉行夜宿、尋尋覓覓，如此流浪八九年之後，輾轉來到西牛賀洲的地界。

正行走間，抬頭望見一座高山擋住去路。他也不怕險峻難走，一口氣順山勢爬向山巔。就在山凹的林蔭深處，忽傳出一記高亢的吟嘯。「哦，神仙原來藏在這兒！」猴王心下思量，腳下不覺加快，興沖沖地往聲音的方向奔去。一聲咳嗽，從樹後轉出一個樵夫打扮的老漢。猴王立即趨前拱手：「老神仙在上，受弟子一拜！」

「不敢當，不敢當！」那老漢慌忙答禮：「我只是一個砍柴的樵夫，哪裡是什麼神仙？若要找神仙，我倒知道從這裡往南走七八里遠近有座三星洞，那洞中住了一位神仙，名叫菩提祖師。你若有心求仙，去一趟看看。」

猴王聽罷，自是喜形於色，也來不及謝人家一謝，拔腿往南便跳縱過去。約莫跳過了七八里路程，果然看見一座洞府，洞門緊閉，靜悄悄的，旁邊立了一塊石碑，上有「靈臺方寸山，斜月三星洞」對聯，「這個洞就是了！」猴王心下暗忖，喜孜孜的不覺手舞足蹈，就在洞前的一棵松樹上攀來盪去，呼喊吆喝起來。

怪腔怪調的，早驚動了洞裡面的人，呀的一聲，洞門開處，走出一名仙童：「什麼人在這裡叫囂？」猴王撲的跳下樹，上前作揖：「不瞞小哥，弟子是專程前來拜見老神仙的，請幫個忙接引。」仙童朝他上下打量了一會兒，說：「果然不出師父所料，跟我來！」

猴王性急，跳入洞裡，等不及仙童引路，已搶先奔到祖師的蓮座前，倒身下拜，連連磕頭說：「老師父在上，請收我為弟子。」祖師沉吟了一會說：「你是哪方人氏？先將籍貫、姓名通報清楚，再拜不遲。」猴頭一急，舌根不聽使喚，倒有些口吃起來：「弟、弟子是東勝神洲傲來國花果山水簾洞人氏。」

「胡說，趕出去！」祖師喝聲：「東勝神洲距離這裡足足有十萬八千里，你怎麼有可能跑到此地？」

猴王慌忙叩頭解釋：「弟子飄洋過海，一心向學，從出發到現在，歷經十幾個寒暑，方才尋訪到這兒，請師父不要錯怪。」

「也罷！既然是一步步走來的，志誠可嘉；我再問你，你姓什麼？叫什麼？」

「小的無父無母，從來不知道姓什麼？叫什麼？」

「又胡說了，誰不是從父母胎裡出世的？難道你從樹上掉下來的不成？」

「弟子雖不是從樹上掉下來的，卻是從石頭裡迸出來的！」

「好一隻從石頭裡迸出來的猢猻！」祖師笑說：「既無姓名，那麼把猻的獸字旁去掉，讓你姓孫，取名悟空，好嗎？」

那猴頭歡喜過望，忍不住齜牙咧嘴呼叫：「嘻，嘻，從今以後我就叫孫悟空了！」

「放肆！」惹得祖師左右的二三十名跟班齊聲喝斥，真個猴形未改哩。

從此孫悟空成為菩提祖師門下的一名弟子，成天學些灑掃應對、進退周旋的禮節，並做些砍柴挑水的粗活。不覺光陰迅速，一日，祖師登壇講道，講到天花亂墜處，孫悟空竟眉開眼笑，抓耳撓腮，忍不住手舞足蹈，吱吱地叫出聲來。

「悟空，你怎麼在班中顛狂作態，不聽我講？」見祖師問話，孫悟空慌忙叩頭：「弟子專心聽講，聽到絕妙處，喜不自勝，因而忘形，望師父恕罪！」

「先不問你對我的靈音妙諦領略多少，我且問你，你來洞中多久了？」

「弟子懵懂，已記不清多少時間，只記得常到後山砍柴，見滿山的好桃樹，摘來就吃，已吃過七次飽了。」

「那座山名叫爛桃山，既然吃了七次，想已經過了七年，你如今要從我這兒學些什

麼？」

孫悟空挺身拱手說：「任憑師父引導，只要有什麼就學什麼。」

「教你術字門怎樣？」

「學了可以長生不死嗎？」

「不能長生不死，只能趨吉避凶。」

「不學！不學！」

祖師見他搖頭，又接下去說出流字門、靜字門、動字門的妙處。無奈孫悟空一勁地搖頭嚷不學，因為學了並不能長生不死。惹得祖師性起，「咄（ㄉㄨㄛˋ duò）！」跳下講壇，指著他罵：「你這個猢猻，這樣不學，那樣不學，到底要學什麼？」手持戒尺，不由分說，在孫悟空頭上敲了三下，然後背剪著手，走入裡面，將中門關了，撇下大眾而去。唬得這一班聽講的人面面相覷（ㄑㄩˋ qù），無不埋怨孫悟空說：「你這個潑猴，實在無禮！師父要傳你道法，不學便罷了，卻與師父頂嘴，惹得師父氣惱。啐，你看！把他氣走了，看怎麼辦？」

儘管師兄弟們的惡言怒語相向，孫悟空倒一點也不在乎，只是滿臉陪笑，原來他已猜中祖師所暗示的啞謎。

當天晚上三更左右，孫悟空悄然地爬起來，躡手躡腳踅（ㄒㄩㄝˊ xué）到祖師禪房的後門，見那門兒半開半掩，閃了進去，來到師父的寢榻下，雙膝跪地，絲毫不敢驚動。不久，祖師翻身醒來，見悟空跪在地下，立即喝聲：「你這猢猻！不去前邊睡覺，卻跑來這裡作什麼？」悟空叩頭回答：「白天師父不是在眾人面前暗示，叫我三更時候，從後門進來，要傳我道法嗎？」

祖師一聽，十分歡喜，暗自尋思：「這廝果然是隻天地生成的靈猴，不然怎麼能猜中我的啞謎？」點點頭微笑說：「算今日你我有緣，你把耳朵湊過來，我傳你長生不死的法門。然而，長生不死容易學，要躲避三災就難了。」

「什麼叫三災？」悟空搔頭抓腮地問。

「雖然你可以煉成長生不死之身，但這只是凡身；五百年後，天會降下雷災打你，躲不過，就此絕命；再五百年後，天會降下火災燒你，把你燒成灰燼；即使都躲過了，再五百年，天又會降下風災吹你，將你吹得骨肉支離，萬難活命。」

悟空聽得毛骨悚然，叩頭便拜：「師父！好人做到底，連躲避三災的口訣也一併傳授我吧！我一定不敢忘恩。」

祖師搖手說：「難，難，你不比他人，難以傳授。」

悟空不服氣：「我也是頭圓足方，也有四肢五臟，為什麼比別人不同？」

祖師微微一笑：「你雖然像人，卻比別人少一對腮幫子。」

原來那猴子天生的孤拐面，凹臉又尖嘴。悟空伸手往自己臉上一摸，靈機一動，笑嘻嘻地說：「師父！我雖然少了一對腮幫子，卻比別人多個嗉（ㄙㄨˋ sù）袋兒，可以相互抵消了吧？」

祖師忍俊不住，笑說：「好吧，你要躲避三災，就必須學會七十二種變化，變來幻去，叫天、地、人都認不得才好。」說著，對悟空附耳低語，傳授了一連串的口訣。

這猴王也是心靈福至，一竅通時百竅通，反覆念了幾回口訣，竟牢牢地記住。從此三年自修自煉，變化來、變化去，將七十二般變化摸得熟透，並能隨心所欲地騰雲。

有一天，祖師將悟空秘密喚到爛桃山，叫他騰雲看看。悟空不敢怠慢，將腰束妥，聳身一跳，打了個連扯跟頭，跳離地面五六丈高，攀上一朵雲，倏的一聲飛去；約半盞茶時刻，往返三里遠近，又落回祖師面前，拱手回覆：「師父，我這種騰雲手段怎樣？」

祖師一味地搖頭：「這算不上騰雲，只算爬雲而已。既然要教你，索性教個透徹，今日教你一手觔斗雲，一觔斗就有十萬八千里遠。」

悟空一聽，唬得吐舌不已。於是將祖師所傳授的口訣緊記在心，沒人注意時，就勤練

觔斗雲，直練得天南天北來去自如，其他的師兄弟卻還被蒙在鼓裡。

一天傍晚，孫悟空和一群師兄弟在洞口右邊的那棵松樹下玩耍，忽有人惋惜地表示：「若是洞口左邊再多出一棵松樹，湊成一對，該有多好看。」那猴頭一聽，再也忍不住手癢，應聲說：「那有什麼困難，看我的！」念動口訣，搖身一變，果然變作一棵松樹，與洞右的那棵一模一樣，只是樹根底下多出了一條尾巴。

這個突來的變化，看得眾人目瞪口呆，不覺間喧嚷開來，驚動了祖師。只見祖師拽著拐杖，從洞裡走出來，喝聲：「什麼人在這裡胡鬧？」

大眾聞聲，慌忙檢束衣冠。悟空現了原形，雜在人叢中回答：「啟稟師父，是弟子們在這裡談天，並無外人來取鬧。」

「還敢強辯！」祖師怒聲教訓：「悟空你過來！我從前囑咐你的話忘了？叫你在別人面前不可隨便賣弄。別人見你會，必然求你；如同我會，你來求我一樣。我不傳授給你，你一定會懷恨在心；這跟你會，別人求你，你不傳授給他，他必然加害你的道理一樣。如今你若是再留在這兒，恐有性命的危險；那豈不又要怪在老夫身上？」

悟空聽罷，噗通一聲跪下：「只望師父饒恕！」祖師平靜地說：「你起來，我也不怪你，現在你自己走路吧！」悟空再也忍不住了，雙眼垂淚說：「師父，那我往哪兒去？」

祖師揮揮袖子說：「你從哪裡來，便往哪裡去。」

「哎呀，我不是從東勝神洲傲來國花果山水簾洞來的嗎？」猴王這時才醒悟：「想不到我離家已有二十年了！」

「那麼就打點行李，快點回去。」

「可是念及師恩未報，不敢離去！」

「哪有什麼恩義？你只要不惹禍不牽連我就罷了。」

孫悟空沒奈何，只得拜辭眾人，入洞裡整理好行李出來。臨走前，祖師還叮嚀：「你這一回去，本性未定，必然會惹禍行凶，卻不許說是我的徒弟。你若說出半個字，我立刻知道，立刻把你這隻猢猻拿來剝皮，叫你永世不得翻身！」

孫悟空拱手說：「絕不敢提起師父一字，只說是我自己會的。」說罷，拜謝祖師，念動真訣，一個聳身，駕起觔斗雲，往東勝神洲的方向回去。

三、仗著如意金箍棒勾消生死簿

這一觔斗，自不比來時的辛苦跋涉，剎那間，回到傲來國上空。那孫悟空躊躇滿志，按下雲頭，直降花果山水簾洞，扯起喉嚨便喊：「孩兒們，看誰回來了！」轉眼間，從樹上、草叢裡、石堆後跳出千百隻猴子來，把個美猴王圍在當中，個個叩頭：「大王，你好放心呀！怎麼一去二十年，把我們拋在這兒，脖子都望酸了。」

孫悟空於是把他去時跋涉十萬八千里，回來只要一觔斗的經過，大致說了一遍，唬得眾猴一楞一楞的，紛紛嚷著也要學。孫悟空無奈，便把他在三星洞學的十八般武藝，先逐日教幾招給他們各自去練習。可是眾猴手中沒有兵器，只好砍竹為槍，削木為刀，一招一式地比劃起來。過了一些時候，上至猴王，下至猴子猴孫，都不免有一絲隱憂。若是真的打仗起來，這些竹槍木刀能抵擋住敵人嗎？到底必須使用真刀實槍，方有勝算的把握。但是真的兵器從哪裡弄來？正當大夥兒愁悶之際，忽有隻老猴跳出來，向孫悟空獻計：「要真的兵器，倒也不是什麼難事。大王既然能呼風喚雨、騰雲駕霧，何不弄個法術，把傲來國國都裡的兵器全部攝來，讓我們撿個現成？」

猴王大喜，立即駕起觔斗雲，頃刻來到傲來國的京城；便在半空中念動口訣，深吸一口氣，噓地用勁一吹，地面上迅速颳起一陣狂風，一時飛沙走石，十分恐怖。嚇得家家關門掩戶，連個大氣兒都不敢喘一下。悟空按下雲頭，直找到兵器庫，打開大門，果然看見裡面擺滿無數的刀、槍、劍、戟、鞭、叉、斧、錘、弓、弩。他連忙使個分身法，拔下一撮毫毛，用口嚼爛，朝空一噴，念動咒語，叫聲「變」！變出千百隻小猴，有的扛、有的抱、有的執、有的拿、有的拖，將一座兵器庫來個大搬家，然後弄個攝法，攝上雲頭，帶領眾小猴溜回水簾洞。叫聲：「孩子們，來領兵器！」

眾猴個個分得了兵器，歡歡喜喜、吆吆喝喝地耍了一日。那孫悟空見手下們都有件兵器耍，獨自己兩手空空，不知耍什麼是好。正在煩惱時，有一隻老猴上前啟奏：「大王已是神仙之輩，凡間兵器哪堪使用？但不知大王水裡面能去嗎？」

悟空拍拍自己的胸膛說：「我不但有七十二般地煞的變化，觔斗雲有十萬八千里的神

通，又擅長隱遁之術、起攝之法，上天有路，入地有門，水不能溺，火不能焚，哪裡不能去？」

那猴拱手稟告：「大王既有此神通，從我們洞口的那座鐵板橋下，可以通到東海龍宮。大王若肯走一趟，向老龍王討件兵器，不就趁心如意了？」

孫悟空點頭後，托地一跳，跳到橋頭，使一個閉水法，撲的鑽入浪中，分開水路，來到了東海海底。正走著，遇見一個巡海的夜叉，趨前說明來意。那夜叉聽說，急轉水晶宮通報：「大王，外面有個水簾洞的洞主孫悟空，口稱是大王的緊鄰，今特地來拜會，並順便來討件兵器使用。」

龍王知來者不善，善者不來，即刻點起蝦兵蟹將到宮門口迎接。只見孫悟空大搖大擺地踏入宮內，眼不轉睛地四處張望，好一座富麗堂皇的水晶宮殿。心裡正讚賞不絕，早有龍王的一個手下，捧來一把大刀。悟空連忙搖手：「老孫不會耍刀，請另賜一件。」

龍王又命令部下抬出一支重三千六百斤的九股叉。悟空接在手中，耍了一趟招式，搖頭說：「太輕了，請再賜一件。」龍王大驚，忙令蟹將再抬出一把重七千二百斤的方天畫戟。悟空接過手，丟開架子，耍了幾下，又嚷說：「還太輕，不很順手哩。」

老龍王一發害怕起來，只好帶他到庫藏處，讓他自己挑選。打開庫門，只見神光灩

灩，悟空定睛看去，原來是根鎮壓天河底、長二十丈、米斗般粗細的神珍鐵柱。那柱子的兩頭各有一個金箍，箍上刻著一行字：「如意金箍棒，重一萬三千五百斤」。悟空伸手摸著那根鐵柱，不勝惋惜地說：「這般的粗長，若是能細短一些，不知該有多妙哩。」

說也奇怪，悟空一開口，那鐵柱立刻短了幾丈，細了一些。再咕噥幾句，又細短了幾分，等他握在手裡，卻只剩下六尺長短，碗口般粗細。原來這是一件隨人心意伸縮自如的佛寶，叫一聲長！可以上撐三十三天，下抵十八層地獄；喊一聲小！可以直縮成繡花針兒，藏入耳朵裡。

那孫悟空將金箍棒握在手裡，跳出庫藏，耍開渾身解數，在水晶宮裡舞弄一圈。唬得老龍王牙齒捉對廝兒打顫，眾蝦兵蟹卒魂飛魄散。耍完畢之後，又對龍王打拱作揖說：「嘻，多謝芳鄰厚意，這根棒子十分管用；只是老孫身上少了副披掛，索性再討一件吧！」

龍王搖頭：「我這裡可沒有什麼披掛，請大仙到別處借。」

孫悟空笑說：「一客不煩二主，走三家不如坐一家，若沒有披掛，也可以，那我就一直待在這兒。」說罷，當場把一根金箍棒耍得呼呼響。

龍王慌了，立即命手下敲起金鐘鐵鼓，將南海龍王、北海龍王、西海龍王三個兄弟召到宮外商量，說明殿裡正待著一個討不到披掛不走的無賴。南海龍王一聽大怒：「我兄弟

們各點起兵將，把那廝拿住，不就得了！」

老龍王直搖手說：「不行，不行，不要說拿住，只消被他手裡的那根神珍鐵柱磕著了就死，挨一下破皮，擦一下斷筋，千萬惹不得！」

西海龍王沉吟了一會兒說：「我們且不要跟那廝動干戈，先湊副披掛給他，打發他出門，再啟奏玉皇大帝發落不遲。」

眾龍王聽說有理，當下湊出一雙藕絲步雲鞋、一付鎖子黃金甲、一頂鳳翅紫金冠，再一齊踏入水晶宮，呈遞給孫悟空穿上。孫悟空將三樣金光耀眼的披掛穿戴妥當，喊一聲「打擾」！要動如意棒，一路打出水晶宮，撥開水道，返回水簾洞去了。

且說猴王自從獲得了如意金箍棒，如虎添翅一般，逐日水簾洞口賣弄神通；不然就安排筵席，與眾部下痛飲一番。有一天，猴王喝得酩酊大醉，酒嗝兒上湧，竟在松蔭底下呼呼地睡著了。恍惚中，忽然迎面跑來了兩名小卒，不容分說，套上繩索，就把他的魂兒押著，踉踉蹌蹌直帶到一座城門底下。那城門上掛著一塊鐵牌，刻著「幽冥界」三個大字。猴王一瞧，兀自打了個冷噤，酒醒了大半，不免自言自語：「幽冥界不是閻羅王住的地方嗎？我怎麼會到這裡來？」

兩名押他的小卒大喝：「少嚕嗦，你今日陽壽該終，我倆是奉命勾你來的。」

猴王一聽，登時惱怒起來：「我老孫已經超出三界，與天齊壽，不再受人管轄。閻羅王算老幾？敢派人來勾我！」

那兩名不知死活的勾魂小卒，只管拉拉扯扯，硬要把他拖入城門。惹得猴王發起脾氣，從耳朵裡掣出寶貝，幌一幌，變成碗口般粗細，才輕輕一下，可憐！兩名鬼卒竟成了兩堆肉醬！猴王一不做、二不休，掄動鐵棒，打入城中。唬得牛頭、馬面四處躲避，一位眼明腳快的鬼卒，急忙奔上森羅殿啟奏：「大王，不好了，外面有一個毛臉雷公，打進來啦！」

慌得閻羅王急整衣冠，排下迎接班駕，遠遠地拱手說：「請問大仙尊姓大名？」猴王怒氣未消：「我是花果山水簾洞的大王孫悟空，你既然不認得我，為什麼還派人去勾我來？」

「請孫大仙息怒！」閻羅王不吃眼前虧，立即轉換口吻說：「想天底下同名同姓的不少，必是小卒勾錯了。」

「還敢強辯！」猴王睜大眼珠，提起金箍棒，使勁地往地板下一搗，震得一座森羅殿無風自動，喝聲：「快把生死簿遞上來讓老孫瞧瞧！」

閻王不敢怠慢，連忙命判官取來文簿，雙手呈上，讓猴王親自過目。

猴王也老實不客氣，抓過生死簿，逐頁翻到猴子的部門，只見簿上這樣記載：「孫悟空，天產石猴，壽命三百四十二歲」。他一看，便從桌案上搶來一支蘸墨的毛筆，把自己的名字一筆勾消；又將其他猴子，凡有姓名的，不問認不認識，也一概塗掉。然後把簿子摔下說：「啊哈，今番不用你們管了！」說著，掄動金箍棒，一路打出幽冥界。就在出了城門不遠處，腳下忽兒絆了一跤，跌了個四腳朝天──方才猛的怵（ㄔㄨˋ chù）醒過來，原來卻是南柯一夢。

四、官拜弼馬溫號稱齊天大聖

從孫悟空在水晶宮裡奪得了如意金箍棒，又把幽冥界生死簿裡的名字勾消了之後，水簾洞的聲威遠播，嚇得所有花果山的七十二洞妖王，個個前去頂禮膜拜，朝貢不已。卻說另一方面，那龍王和閻王早分別擬好奏章，將孫悟空強索武器、披掛，以及打死鬼卒、勾消生死簿等種種劣跡，飛書傳報天庭。

「這還得了？」玉皇大帝捧著奏章大怒：「托塔天王，你去替朕把妖猴捉來！」「不可！」班中閃出太白金星，上前啟奏說：「此妖猴原是三百年前天產的石猴，不知什麼時候被他修煉成仙，具有降雲伏虎的手段，若派天兵天將前去捉拿，免不了一場爭戰。依臣之見，不如降一道招安聖旨，把他召來天界，隨便授他一個小官職，也好拘束他；若他還

作怪，判他個擅離職守之罪，再擒拿不遲。」

玉帝聽了覺得有理，馬上吩咐太白金星到下界花果山走一趟。當聖旨從水簾洞口，一層層傳至洞天深處，聽入孫悟空的耳裡，他自然大喜過望，立即命令眾猴替他打點好行李鋪蓋，用金箍棒挑著，隨同太白金星，騰雲前往天界履職。兩仙通過南天門，來到靈霄殿外，不等宣詔，孫悟空早直溜到御座前，朝玉帝拱拱手。只聽金星立在殿下，恭謹地啟奏說：「臣領聖旨，已宣妖仙報到。」

玉帝問：「哪個是妖仙？」孫悟空拱拱手說：「老孫便是！」

驚得眾文武百仙起了一陣騷動說：「這個野猴，不跪拜叩見也罷了，還敢頂一句『老孫便是』！這回死定了！」

玉帝看了又好氣又好笑，傳旨說：「那孫悟空，本是下界妖仙，初變為人身，不懂天庭禮節，且赦他無罪。」眾仙一聽，齊聲歡呼「謝恩」！卻只有孫悟空一人叉開雙腿，朝上唱個大喏，算是回禮——看得文仙、武仙個個搖頭不已。

玉帝又詢問眾仙，天庭現有哪個空缺？只見武曲星閃出來啟奏：「依臣所知，天庭裡的各宮各殿都無空缺，只御馬監少了一個管事。」

「也好，賜孫悟空做『弼馬溫』。」玉帝傳旨完畢，眾仙擠眉弄眼，暗示孫悟空趕快

叩頭謝恩，孫悟空也只是朝前唱個大喏。接著在木德星君的引導下，來到御馬監，孫悟空立即聚集監丞、典簿、力士等一干人員，查看文簿，點明馬數。在眾力殷勤照料下，半月有餘，將天庭的一千匹天馬，養得又肥又壯。

有一天閒暇，眾監丞安排酒席，來款待孫悟空，一則與他接風，二則與他賀喜。正在歡飲之間，猴王忽兒停住酒杯問：「我這個弼馬溫是幾品官銜？」眾人回話：「不入品呀！」猴王奇怪：「怎麼說叫做不入品？」

眾人說：「咳！不入品，也叫不入流。這樣的官兒，在天庭算最低最小，頂多是我們這批養馬伕的頭兒罷了。若養得馬肥，只得一聲『好』；若讓馬稍微餓了、病了、瘦了，動輒拿去問罪呢！」

猴王聽了，不覺心頭火起，咬牙大怒：「這般藐視老孫！老孫在那花果山稱王稱祖，怎麼哄我來替他養馬，做下賤的工作？不幹了！」嘩喇的一聲，一腳把酒桌踢翻，從耳中掣出金箍棒，使出手段，一路打出御馬監，直打到南天門。看守天門的眾天丁，知他受了仙職，乃是個弼馬溫，不敢阻擋，讓他打出天門去了。

且說孫悟空打出了南天門，駕起觔斗雲，剎那間回到花果山，看見水簾洞口眾猴正在操練，便厲聲高叫：「小的們，老孫回來了！」

眾猴見猴王回來，忙前來叩頭：「恭喜大王衣錦還鄉！」

孫悟空搖手說：「唉，不要說，不要說，真的活活羞殺人！那玉帝不會用人，他見老孫這般瘦矮，隨便封我個什麼『弼馬溫』。原來是個未入流的養馬伕，要不是同僚提醒，知是這般卑賤，恐怕還要被他哄哩！」

一猴打抱不平說：「那玉帝這樣沒有眼光！不知大王的神通廣大，可憐落得與他養馬；不如咱們自立門戶，號稱『齊天大聖』，給他點顏色瞧瞧！」

孫悟空大喜，忙叫手下準備一面旗子，繡上「齊天大聖」四個大字，豎在洞口；並交代眾猴，以後只許稱他為齊天大聖，不准再稱呼大王。

另說天界這這一方面，自從走了孫悟空，慌得眾監官一起趕到靈霄殿外報告：「萬歲，新任的弼馬溫孫悟空，因嫌官小，昨日反離天宮去了。」正說間，又見看守南天門的天將前來啟奏，說是弼馬溫不知何故，已溜出天門去了。玉帝聽了，即刻派托塔李天王與哪吒（ㄋㄨㄛˊ ㄓㄚˋ nuó chà）三太子，率領天兵，前往下界捉拿妖猴。這批奉令的天將天兵，出了南天門，一霎時來到花果山水簾洞外，唬得那些正在洞口練武的小猴，奔入洞裡報告：「大聖爺爺，不好了，天界派兵來算帳了！」

孫悟空聽了，連忙戴上紫金冠，束上黃金甲，穿上步雲鞋，手執金箍棒，領眾出門，

擺開陣勢，喝聲問：「你們是哪路的潑毛神，敢來我洞口耀武揚威？」

早有哪吒太子跳上前：「你這隻擅離職守的猢猻！我們奉玉帝聖旨來收伏你，快束手就擒，若嘴裡敢迸出個不字，叫你頃刻粉身碎骨！」

孫悟空一看是哪吒太子，倒覺得好笑：「哦，原來是李天王的小哥兒，瞧你的乳牙還沒退，胎毛還沒乾，就敢說出這般大話？你快回去對玉皇說，他不會用賢！老孫有無窮的本事，為什麼只做個區區養馬伕？你看看我洞口旌旗上寫的是什麼字號，若依這個字號升官，我就不動刀兵；若不依，隔些日子就打上靈霄殿，叫他龍椅坐不穩哩！」

哪吒太子迎風睜眼觀看，果然看見洞口邊立了一根竹竿，竿子頂上懸掛了一面「齊天大聖」的旗子，不覺冷笑說：「你這隻不知天高地厚的妖猴！有多大的本領？就敢自稱齊天大聖？看我拿你！」大喝一聲，變作三頭六臂，手執斬妖劍、砍妖刀、縛妖索、降妖杵、繡球兒、火輪兒六般兵器，掄手劈面就打。孫悟空看了，著實心驚說：「這小哥兒倒也會弄些手段，且看我神通！」好個齊天大聖，喝聲「變！」也變作三頭六臂，把金箍棒一幌，也變出三根，六隻手輪番耍動，架住來勢。

就這樣一來一往，各逞神威，鬥了三十回合，仍分不出勝負。那孫悟空眼明手快，一個箭步快攻，趁對方忙於招架的當兒，暗中拔下一根毫毛，叫聲「變」！變做他的模樣，

僵持住哪吒；他的真身卻一縱，跳到哪吒背後，猛不防一棒打去。哪吒正在酣鬥之際，忽聽腦後有棒頭響聲，急忙躲閃，哎的一聲，左肩早挨了一下，只好負痛逃走。

李天王立在半空中，把哪吒敗陣的經過看得一清二楚，知道以他父子倆的法力，無法擒住孫悟空，於是趕緊鳴金收兵，直接回天庭繳令。當消息傳到靈霄殿，玉帝緊急升堂，與眾仙商討對策。這時，太白金星又從班部裡閃出來，啟奏說：「那妖猴出言不遜，只想討個『齊天大聖』的封號。陛下不如再降一道招安聖旨，召他來天界做個空頭銜、有官無祿的齊天大聖，以便收攏他的邪心，不就可以免掉一場干戈？」

玉帝准了太白金星的奏言，即刻派他再去下界花果山走一趟，宣召孫悟空到天庭，受封「齊天大聖」。

五、偷吃蟠桃仙酒金丹身陷天羅地網

孫悟空自從做了「齊天大聖」，也不知官銜品從，也不去計較俸祿高低，只知日食三餐，夜宿一榻，自由自在，今天東遊攀交眾神，明天西蕩拜會群仙，雲來霧去，好不逍遙快活。到了某一天，玉帝依據底下人的反應，惟恐他在天界閒蕩，無意中惹出事端，便派他去管理蟠桃園。

那座蟠桃園裡有瑤池王母親手栽種的三千六百棵桃樹：前排一千二百棵所生的桃子，三千年一熟，人吃了可以成仙；中排一千二百棵所長的桃子，六千年一熟，人吃了可以長生不老；後排一千二百棵所結的桃子，九千年一熟，人吃了可以與天地齊壽。孫悟空接了這個好差使，再也不出外應酬，整日帶著手下，四處巡守。

有一天，孫大聖抬頭瞥見枝頭上的桃子熟了大半，想起當年在爛桃山大吃大啃的情景，忍不住口水直流，先命部下到園外巡邏，他自己脫了衣冠，自個兒爬上大樹，揀那紅透的桃子，囫圇吃個一頓飽。從此之後，三番兩次設法偷桃，痛快地享用。

隔了一些時候，瑤池王母慣例要辦「蟠桃勝會」，便吩咐身邊的七名仙婢，挽著花籃，前去蟠桃園摘桃。眾仙婢來到園門口，找了半天，找不著齊天大聖的蹤影，只好直接踏入園子裡。先在前排摘了兩籃，又在中排摘了三籃，再轉到後排去，不覺大吃一驚，只見那一千兩百棵桃樹，棵棵花果稀疏，僅有幾個毛蒂青皮的，還懸在枝頭上蕩呀蕩的。好不容易望見南枝上有一顆半紅半白的桃子，眾仙婢一湧上前，七手八腳地扯下枝頭，將桃子摘下；摘畢，鬆手一放，那枝兒帶勁地往上甩動。拍一聲響，驚醒了變作二寸長小人兒，躲在這棵樹濃葉裡酣睡的孫大聖。他急睜眼，現出本相，跳下樹來，耳朵內掣出金箍棒，大喝：「何方妖怪？竟敢大膽偷摘我的桃子！」

嚇得眾仙婢一齊跪下：「大聖息怒，小的們是王母娘娘身邊伺候的七名女婢，今日被派來摘桃回去做『蟠桃勝會』的！」

「蟠桃大會請了老孫嗎？」「奴婢不知道，我們只曉得請了一些佛老、菩薩、聖僧、羅漢等眾仙。唯獨不知齊天大聖是否列入名單中。」「什麼?!」大聖焦躁起來，使了個定

身法，定住七仙婢，然後一個觔斗跳出蟠桃園，直奔瑤池。冷不防撞見迎面而來的赤腳大仙：「大仙哪裡去？」「去參加蟠桃勝會啊！」「哦，原來大仙還不知道，凡是要參加大會的，都在南天門先集合哩！」「喔，那我也先去南天門好了！」赤腳大仙匆匆離去。

孫大聖卻搖身一變，變作赤腳大仙的模樣，大搖大擺地直奔瑤池。不一會兒，來到宴客的會場，放眼看去，桌上的山珍海味早擺得琳瑯滿目，卻還不見半個賓客。大聖一邊數一邊瞧，忽然嗅到一陣酒香，急轉頭看去，見右邊走廊有幾個造酒的仙官，正在那兒壓榨酒糟，一旁擺的是已釀好的芳香美酒。他忍不住嘴饞，弄個神通，把毫毛拔下數根，丟入口中嚼碎，噴出去，叫聲「變」！變作幾隻瞌睡蟲，爬到眾仙官臉上。不一會兒，那些仙官，個個手軟頭低，嘴呵眼合地睡著了。大聖變回本相，喜孜孜地伸手從筵桌上一樣樣抓來大吃一頓，再對著酒甕，放懷痛飲一番。吃了半晌，不覺有些兒醺醺然，方才摸出瑤池，一腳高一腳低地往來時路歸去。

卻不想醉眼迷糊，把路認錯了，竟誤撞到兜率天宮——那兜率天宮位於三十三天之上，乃是太上李老君的住處——大聖搖搖擺擺地闖入裡面，見丹房內有五個葫蘆，葫蘆裡裝的都是已經煉好的九轉金丹。他一見，大喜過望，仰起脖子，一口氣將丹丸如吃炒豆也似地吃個精光，直條條地躺在地上睡著了；忽兒酒醒，暗自尋思：「糟了！這場禍比天還大，

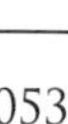

若驚動玉帝，性命一定難保；還是三十六計走為上策，回下界躲避一陣再說。」偷偷地溜出兜率天宮，從西天門，使個隱身法，直接逃回花果山去了。

且說孫悟空逃回水簾洞以後，天庭已查出偷摘仙桃、擾亂蟠桃會場、吃光九轉金丹，都是他幹的好事。玉帝大怒，立刻差遣四大天王，會同李天王、哪吒太子，及二十八宿、九曜星官，率領十萬天兵，布下十八座天羅地網，前往花果山擒拿妖猴。

首先由九曜星官擔任先鋒，到水簾洞前叫戰。這時，孫大聖正與七十二洞妖王飲酒作樂，聽到小猴通報，全然不予理睬。不一刻，又一批小猴撞進來嚷話，說是那九個凶神，已把洞門打破，快殺進來了。大聖大怒叫一聲：「開路！」掣出鐵棒，丟開架勢，打出洞外。將九曜星官殺得筋疲力軟，一個個倒拖兵器，敗陣而走。

李天王接獲敗訊，再調四大天王與二十八宿出去應戰。那孫大聖全然不懼，愈戰愈勇，直混戰到日落，眼看天色將黑，忍不住焦躁起來，拔了一把毫毛，變出千百個大聖，個個掄棒猛打，打得眾天兵天將抱頭鼠竄。

大聖得勝，收了毫毛，洋洋得意，叫手下緊閉洞門防守，飽食一頓，酣睡一覺，等明天再戰。李天王見己方的兵將，到底無法勝過孫大聖，只好囑咐負責天羅地網之兵，嚴加看守，把整座花果山圍困住，等他奏明玉帝再說。

當出師不利的消息傳到靈霄殿，玉帝正感頭痛時，剛好南海觀音菩薩因赴蟠桃會，仍逗留在天庭，便合掌啟奏：「請陛下寬心，可急調顯聖二郎真君，叫他率領梅山六兄弟，前往助戰，可望一舉擒住妖猴。」

駐紮在灌江口的二郎真君，得到了聖旨，不敢怠慢，即刻喚來梅山六兄弟及本部神兵，前往花果山，助擒妖猴。等會合了李天王，聽取了戰況督報，二郎神笑著說：「各位只要用天羅地網把四周圍罩住，並請李天王立在空中，用照妖鏡照住妖猴，讓我和他鬥個變化。」一率領手下，奔到水簾洞外叫戰。

大聖接獲通報，忙整披掛，掣出金箍棒迎戰。二郎神抖擻精神，搖身一變，變成一個身高萬丈的巨無霸，手執三尖兩刃刀，往大聖的腦袋就砍。大聖也使神通，變得與二郎神一樣高大，掄起金箍棒就打。在一旁助威的梅山六兄弟，乘機放出鷹犬，將那批排列在洞口搖旗吶喊的小妖小猴，追逐得個個喊爹叫娘不迭。一聽手下奔竄逃命的聲音，大聖不覺心慌，急忙收了法相，倒拖鐵棒，抽身便走。可是二郎神窮追不捨，逃到洞口，又撞著梅山六兄弟擋住去路，被他們喊一聲：「潑猴，哪裡走！」

心頭一慌，迅速把金箍棒捏成一支繡花針兒，塞入耳朵裡，搖身一變，變作一隻麻雀，飛上樹梢。那六兄弟前前後後找不著妖猴的蹤影，以為被他溜了。二郎神趕到，急睜額頭中間那法眼觀看，見大聖變了麻雀釘在樹枝上，也收了法相，撇下神刀，搖身變作隻蒼鷹，抖開翅膀，飛過去撲抓。大聖見了，颼的變作一隻大鷀（ㄘˊ cí），沖天飛去。二郎神見了，急抖羽毛，搖身變作一隻大海鶴，沖上雲霄來啄。大聖心覺不妙，將身按下雲頭，鑽入澗中，變作一尾魚兒。二郎神趕到澗邊，不見鳥的蹤影，便知大聖的把戲，也搖身變作一隻專門捕魚的水老鴨，探頭就銜。這叫大聖如何不著急，急轉頭，打個水花，竄出水面，變作一條小水蛇，游上岸邊，鑽入草叢中。二郎神聽見水響，又見一條小水蛇躲入草中，認得是大聖，又急轉身，變成一隻灰鶴，伸長鐵鉗子般的尖嘴，撲上去啄那條水蛇。水蛇跳一跳，又變作一隻花鴇（ㄅㄠˇ bǎo），急走入泥田裡。二郎神知花鴇是鳥類中最淫賤的鳥，便不去追趕，現出本相，拿起彈弓，喊一聲「中」！一彈把花鴇鳥打個倒栽葱。

大聖趁這個機會，滾下山崖，伏在山腳下，又變成一座土地廟，張著嘴巴當作廟門，牙齒當作門扇，舌頭變作一尊土地公，眼睛變作窗戶，只有尾巴不好收拾，豎在後面，變作一根旗竿。二郎神趕到，不見被打倒的花鴇鳥，卻見一座土地廟，仔細一看，不覺笑出聲來：「哪有土地廟把旗竿豎在廟後的？必是這猢猻耍的花樣了！看我先搗窗戶，後踢門扇再說！」

大聖聽得心驚：「窗戶是我的眼睛，門扇是我的牙齒，若被搗瞎了眼、踢斷了牙，豈不糟了？」托地一個虎跳，又竄入空中，消失不見。二郎神急縱雲朵，追上天空，遇見李天王正擎著照妖鏡，連忙趨前問說有無拿住妖猴？李天王便將照妖鏡四下裡照一照，卻呵呵笑說：「真君，快去！那妖猴使了個隱身法，正往你那灌江口的窩搗亂去了。」

原來孫大聖一個觔斗，縱到灌江口，搖身變作二郎神爺爺的模樣，大搖大擺地登上二郎廟裡的寶座。不一會兒，真君趕到，舉起三尖兩刃刀，劈臉便砍。大聖側身躲過，也扯出金箍棒就打。這樣你一刀、我一棍，可憐把一座二郎廟打成個稀爛廟。兩個鬧鬧嚷嚷，打出廟門，一逃一追，又打回花果山，仍分不出勝負。

那玉帝同觀音菩薩、太上老君，正在靈霄殿內等候真君的消息，等了許久，仍不見回報，只好起駕一同到南天門外觀戰。只見眾天丁布緊十八座羅網，陰陰沉沉，罩住四方，李天王擎著照妖鏡，真君與大聖就在中間苦鬥。菩薩合掌說：「那妖猴法力廣大，二郎神雖然已將他困住，一時之間恐怕還不能擒住。我現在把手裡的淨瓶拋下去，讓那猴頭來個措手不及！」

老君在一旁笑說：「妳這淨瓶是個瓷器，打著了便好；若打不著他的頭，萬一撞著他的鐵棒，豈不被打碎？我看還是用我的金剛琢打他，比較安穩些。」從左胳膊取下一個金晃晃的圈子，往下界滴溜溜地擲下去。

那金剛琢是太上老君隨身的寶貝，降魔伏虎，好不厲害！猴王只顧苦戰，哪裡料到天空中會落下來這般兵器？腦袋上被敲了一下，立腳不穩，摔了一跤，剛爬起來，又被二郎神的天狗趕上，往腿肚上咬一口，又摔了一跌。梅山六兄弟趁機一擁而上，將他緊緊按住，用綁妖索綑翻在地，再穿上勾刀琵琶骨，防止他變化脫逃。

六、踢翻八卦爐卻逃不出如來佛的手掌心

天兵天將凱旋回天，玉帝見孫悟空的罪狀重大，傳旨押到斬妖台處死。但是不論刀砍，或是斧劈、火燒、雷殛（ㄐㄧˊ jí），樣樣都不能傷他分毫。太上老君急忙啟奏說：「這妖猴已吃了蟠桃、金丹，喝了仙酒，煉成金剛不壞之身，短時間內不能傷他；不如把他放入我的八卦爐中，以文武火煅煉，煉出我的金丹來，他自然化為灰燼。」

玉帝大喜，便叫人把孫悟空解下斬妖台，由太上老君押回兜率天宮，關入八卦爐裡熬煉。大聖他一點也不怕文武火，倒是風勢攪起煙來，把一雙眼睛給熏紅了，弄出個「火眼金睛」的病症出來。

光陰荏苒，不覺過了七七四十九天，老君屈指一算，知道火候已到，便叫人開爐取

丹。那孫悟空見爐門縫一開，搗著雙眼出來，一腳把八卦爐踢翻，轉身就走。慌得那批煽火看爐的道童，急忙伸手來抓。猴王發起脾氣，悶哼一聲，好似瘋狂的獨角獸，將他們一個個衝倒。老君趕上抓一把，也被甩了個四腳朝天。猴王又從耳中掏出金箍棒，風吼般地一路亂打，從兜率天宮，直打到靈霄殿外，打得眾天王抱頭鼠竄、九曜星官關門閉戶，幸有三十六名雷神捨命混戰，才擋住他的攻勢，在靈霄殿外殺成一團。

嚇得玉帝戰戰兢兢，急忙派人趕到西方，請如來佛前來降服。如來佛接到玉帝的請求，頃刻來到靈霄殿外，只見風霧滾滾，殺聲震耳，忙叫大家住手。那大聖正戰得酣熱，怒冲冲地問：「你是何方人物？竟敢來干涉老孫！」

如來佛笑說：「我是西方佛教教主釋迦牟尼佛，聽說你屢次大鬧天宮，到底為了什麼？」

大聖高聲回答：「老孫從小修煉成道，不但有七十二種變化的手段，又有一觔斗十萬八千里的神通。常言說得好：『皇帝輪流做』，那玉帝理當搬離天宮，空出寶座，也好讓老孫坐坐看。」

如來佛微微一笑：「既然你自認本領大，又志在寶座，那麼現在我就與你打個賭，若你一觔斗能跳出我的手掌，算你贏，自然請玉帝到西方居住，把天宮讓給你；若不能跳出手掌，你就安分一點，再回去下界修煉。」

大聖聽了，覺得十分可笑，心想：「這佛祖好呆，我老孫一觔斗去十萬八千里，他那手掌有多大？哪有跳不出的道理！」忙問：「真的嗎？不能賴皮喲！」佛祖說：「絕不打誑（ㄎㄨㄤˊ kuáng）語！」

「好！」孫悟空收了棒子，抖擻神威，將身子一跳，立在佛祖的手掌心，發一聲喊，一個觔斗雲，疾如流星般地一路西去。不多時，他睜眼看見前頭有五根肉色的柱子，撐著一股青氣，擋住去路，不覺暗自歡喜：「嘻，這想必是天盡頭了，這番回去，靈霄殿鐵定讓給老孫坐了！」

正待轉身回去，忽自言自語：「且慢！等我留下記號，當作憑證，那如來佛才沒話講。」拔下一根毫毛，吹口仙氣，叫聲「變」！變作一支飽蘸濃墨的毛筆，在那根中間柱子寫下一行大字：「齊天大聖，到此一遊。」寫完，收了毫毛，見四下裡無人，又在第一根柱子下，撩起褲檔，稀稀沙沙地撒了一泡猴尿。拍拍手，翻轉觔斗雲，回到靈霄殿外，仍站在如來佛的掌上，高聲說：「我老孫已到了天路盡頭，還留下記號，你快去叫玉帝讓出天宮給我！」

如來佛罵說：「呸，你這隻尿急猴精！你先低頭看看我的手掌！」

大聖急睜火眼金睛，只見如來佛的手掌中指上寫著「齊天大聖，到此一遊。」一行小字，大姆指的根處還遺留些猴尿的臊氣，不免吃了一驚說：「有這種怪事？我絕不相信，讓我再去走一趟看看！」縱身又要跳出去。

說時遲、那時快，早被如來佛覆掌一罩，將他推出西天門外，壓在五行山底下。又從袖中取出一張「唵嘛呢叭咪吽」的金字壓帖，貼在山頂上。再叫來一個土地，住在五行山的山腳下監押。吩咐：當他餓的時候，給他鐵丸子吃；渴的時候，給他銅汁喝。等他罪孽滿期之後，自然會有人前來搭救他出去。

七、觀音菩薩奉如來旨意尋找取經人

日月如梭子般快速，自從孫悟空被如來佛壓在五行山底下，一轉眼，已過了五百個年頭。這一天，佛祖在西天竺靈山大雷音寺裡，聚集眾菩薩說話：「我這裡有一部專講大乘佛法的《三藏真經》，本想直接派人送去東土，但恐怕那方眾生粗眼，以為來得容易，反生出輕視之心。因此要從各位之中，挑一位懂法力的，去東土尋找一個信徒，叫他跋涉千山萬水，逢遍千災百難，才來到我這裡求取《真經》，以便永傳東土，勸化眾生。不知誰肯替我走一趟？」

只見一位菩薩走近蓮臺，應聲說：「弟子不才，願意到東土找一個取經的人來。」

如來佛低眼看去，見是觀音菩薩，不覺大喜，急忙遞給他三件寶貝：一件錦襴（ㄌㄢˊ

lán）袈裟、一支九環錫杖及一個緊箍兒。並且囑咐說：「讓取經人穿上這件袈裟，手拿這支錫杖，一路上若是遇到災厄，便可逢凶化吉。那個緊箍兒，有一段咒語，如果路上撞見神通廣大的妖魔，願做取經人的徒弟，惟恐日後不聽使喚，可趁機讓他戴上；這箍兒一經戴上，見肉生根，咒語再一念，不怕他不伏貼聽話。」

觀音菩薩領了這三樣寶貝，即刻喚徒弟惠岸跟隨，一同往東土走一趟。師徒二人半騰雲半走路，無非為了留意取經的路徑。不久，來到流沙河界。忽聽河中潑刺一聲響亮，從波浪裡鑽出一個紅髮黑臉、脖子上掛著一串九顆骷髏的妖魔。那妖魔手執一根寶杖，跳上岸邊，往兩人身上就打。惠岸急忙掣出渾鐵棒架住，吆喝一聲，撥開對方的攻勢，回身一棒。那怪也用杖擋住，兩人一來一往，戰了數十回合，仍然不分勝負。那妖魔大罵：「你是哪裡來的和尚？敢來與我對敵！」

惠岸止住鐵棒回答：「我是托塔李天王的第二太子木叉惠岸行者。」

那妖魔奇怪說：「我記得你跟隨南海觀音在紫竹林中修行，為什麼跑到這裡來？」

惠岸指指站在岸上的觀音菩薩說：「那不是嗎？」妖魔定睛一看，慌的跪下來叩頭。

原來這妖魔乃是靈霄殿下侍奉鑾輿的捲簾大將，只因在蟠桃會上，失手打碎了一隻玻璃盞，被貶到下界來受罪。耐不住肚子餓，三兩天就出來吃人。只聽菩薩喝斥：「你在天上

犯罪，既然被貶下來，仍不知悔改，反而吃人度日，正所謂罪上加罪！你知罪嗎？」

那妖魔叩頭不已，一心只想皈依佛門。菩薩點了點頭，方才替他摩頂授戒，指沙為姓，起個法名叫沙悟淨；又叫他在此地等候東土來的取經人經過，好一路護送，將功折罪。

菩薩和惠岸駕雲飛過流沙河，轉到福陵山界，遠遠看見惡氣瀰漫，忽一陣狂風，閃出了個豬臉模樣的妖怪。那妖怪不分青紅皂白，舉起手裡的九齒釘鈀，往菩薩身上就築下去，噹的一聲，早被惠岸的渾鐵棒架開。兩個就在山腳下一迎一擋，殺得日月無光。正殺得氣喘吁吁，菩薩在半空中抛下一朵蓮花，將釘鈀隔開。妖怪見了，便問：「你是哪裡的和尚？敢弄什麼『眼前花』哄我？」

惠岸高聲回答：「你這肉眼凡胎的潑物！我是南海觀音的徒弟；那是我師父抛下來的蓮花，你當然不認得！」

妖怪一聽是觀音菩薩，趕緊撇下釘鈀，納頭便拜。原來這妖怪本是天河裡的天蓬元帥，因酒後調戲嫦娥，被貶下塵凡，不料走錯路，竟投在一隻母豬的胎裡，才變成這般嘴臉；成精之後，就居住在這山上的雲棧洞裡，靠吃人度日。菩薩見他有悔悟之心，便提起取經之事說：「我領了佛旨，上東土尋找取經人。你若是願意做他的徒弟，一路護送上西天取經，將功補罪，就可以恢復你的本職。」

菩薩見妖怪點頭答應，方才與他摩頂授戒，指豬為姓，法名叫豬悟能，叫他斷絕葷腥，在此等候取經人的來到。

師徒二人又繼續往東走，忽聽呻吟聲，抬頭望去，見半空中吊著一條小龍。原來這隻小龍是西海龍王的兒子，因縱火燒了殿上的明珠，被父親告了忤（ㄨˇ wǔ）逆之罪，玉帝把他吊在這裡，等候處決。菩薩動了慈悲之心，於是親自走一趟靈霄殿，請求玉帝饒了孽龍一命，以便賜給取經人當作腳力。玉帝准了之後，惠帝將回音告訴了孽龍。菩薩見孽龍叩頭謝救命之恩，便把他送入深澗，只等取經人的來到，變作白馬，一起上西天，也算一場功勞。

師徒再往東行，不多時，忽見金光萬道，瑞氣千條。兩人已來到五行山的地界，那如來佛的壓帖還貼在山頂上。菩薩掐（ㄑㄧㄚ qiā）指一算，知妖猴五百年的罪孽也該滿期了，於是帶著惠岸來到山腳下，喊一聲：「孫悟空，你還認得我嗎？」

那大聖被五行山壓住身軀，只能將腦袋伸出來呼吸，忽聽有人叫他的名字，急忙睜開火眼金睛，磕著頭說：「我怎會不認得？你是南海觀音菩薩，快救我一救！我在此度日如年，快憋（ㄅㄧㄝ biē）死我了！」

菩薩搖頭說：「你這廝罪孽深重，若放你出來，本性難改，又要去為非作歹，不如不

放你出來的好。」

大聖一急：「我已知錯，知錯，知錯，再也不敢了！」

菩薩看他悔悟的表情，方才點頭說：「好吧，你若願意皈依佛門，我現在正要到東土找一個取經的人，將來他會經過這裡；到時候，你再懇求他放你，收你做徒弟，一同往西天取經。」

師徒二人離開五行山，輾轉來到東土大唐帝國，變作兩個癩和尚，遊入長安城。這時，剛好唐太宗傳旨玄奘法師，聚集一千二百名和尚，正在城內化生寺，做超渡亡魂七七四十九天的「水陸大會」。觀音菩薩心下一算，知道這位玄奘法師，乃是如來佛身邊的金蟬長老轉世的，便打定了主意。師徒倆從一條小路，踅到東華門，故意沖撞了宰相的車駕。果然引起宰相的注意，他見兩名衣衫襤褸的和尚，手捧著一件燦爛發光的袈裟及一支稀奇的錫杖，沿著城門口叫賣，忍不住好奇地問：「喂！賣袈裟、錫杖的和尚，價錢要多少？」

菩薩應聲：「袈裟要五千兩銀子，錫杖要二千兩。」

價格一說出來，倒惹起宰相的跟班們一陣哄笑。宰相詫異地問：「要這樣高價嗎？它們有什麼好處？」

菩薩微笑說：「價錢的高低是另外一回事，若是遇上德行崇高的法師，像玄奘大師那樣，我們想和他結個善緣，情願白白送他。」

宰相正要開口再問，轉眼間，那兩個癩和尚已消失不見，袈裟及錫杖都扔在一個跟班的手上。宰相便將這件怪事奏明太宗知道。太宗見了袈裟與錫杖，心下大喜，即刻傳旨賜給玄奘。

到了水陸大會的第七天，玄奘披著那件錦襴袈裟，登上講壇，演說佛祖的義理。太宗也率領宰相及文武百官，在場觀禮。忽然聽眾當中有個癩和尚站起來，大聲對玄奘叫嚷：「法師所講的都是一些小乘的道理，卻不會講大乘的佛法！」

玄奘法師一聽大乘佛法，慌忙步下講壇，對菩薩化身的癩和尚合掌說：「請老師父指示大乘佛法的義理。」

這一騷擾，早有人報知太宗知道。宰相一看是前些日子那兩個送袈裟的癩和尚，便向太宗奏明。太宗正要發怒，一聽宰相的話，才和顏悅色地詢問：「你是從哪裡來的和尚？你的大乘佛法又怎樣講解？」

菩薩合掌回禮，卻不答腔，直接走上講壇說：「在西天竺大雷音寺我佛如來處，有一部專講大乘佛法的《三藏真經》，只要派一個志心堅固的求經人，跋涉十萬八千里，便可得到。」說罷，領著惠岸，踩踏祥雲，飛上九霄天空，現出手托楊柳淨瓶，救苦救難南海

觀世音菩薩的寶相。

這突然來的變化，慌得太宗、宰相、文武百官，以及玄奘、眾和尚，個個伏地叩拜。等祥光冉冉地隱退之後，玄奘便向太宗請示，願意發大宏願，上西天求取《真經》。太宗聽了，放心不下說：「法師要親自走這一趟，固然可賀可喜！可是路途遙遠，更多妖魔阻擋，只怕有去無回，葬送了性命！」

無奈玄奘已立下誓願，不取得《三藏真經》，絕不罷手。太宗見他一心一意，至死不悔，感動之下，便和他結拜為兄弟，賜「唐三藏」的名號，派他跋涉到西天竺一趟。玄奘謝恩之後，忙於整理行李，領取通關寶印及取經文牒。

臨走的那一天，太宗早已選派兩名隨從，供三藏使喚；欽賜白馬一匹及紫金鉢一只，當作他遠行的腳力和沿途化緣之用；又命文武百官排下鑾駕，親自送出長安城門。

八、三藏取經路過五行山救出孫悟空

唐三藏辭別了太宗，跨上白馬，一行三人，逐漸遠離了長安城，往西方的路徑前進。一路上，天晚投宿，天亮趕路，不知不覺來到大唐的西邊地區。早有鎮邊的總兵以及本處的僧道，迎入城裡安歇。

隔日一大清早，三人又繼續趕路。那時正是秋深季節，一夜的霜氣仍未消褪。大概走了十幾里路，眼前被一座山嶺擋住去路。三藏只好叫二名隨從在前面撥開草叢，找出崎嶇的路徑。就在進也難、退也難，又恐迷路的當兒，忽腳下一個踩空，咕咚一聲，三人連馬匹應聲墜入一口陷阱裡面。嚇得三藏心慌意亂、隨從膽戰心驚、白馬嘶號不已。這時候，忽聽上頭有人喊：「把他們抓上來！」

一陣狂風過處，閃出五六十個妖怪，將三藏、兩名隨從及馬匹一一揪出陷阱，用繩索綑了，抓去見他們的魔王。那魔王生得青面獠牙，唬得三藏魂飛魄散、二隨從骨軟筋麻。只聽魔王喝令眾妖刷洗鍋灶，準備吃人肉大餐。二隨從到底是凡人，一聽人肉大餐，啊的一聲，嚇得昏死過去。

那魔王已好久沒嘗過人肉的味道，今日抓到了三個人，大喜之下，卻不想一次全部吃光，下令先將昏死的那兩人，放下鍋裡煮熟；將口裡只管默念佛號的那個和尚，暫時押入土牢，等改天再吃。

三藏隔著土牢，仍聽得到眾妖怪咀嚼人肉及啃噬骨頭的聲音，唬得他六神無主。這樣昏昏沉沉，不知過了多久，忽兒在他眼前出現一個老頭子。那老頭子用手一指，三藏身上的繩索立刻自動解開；再吹一口仙氣，三藏才完全清醒過來。眨眨眼睛，才發覺自己一個人置身在深山之中，馬匹和包袱、錫杖都在身邊，不曾失落，倒是二名隨從不知去向。再仔細四周圍觀望，發現地下留了一張字條：「我乃是西天太白金星，特地前來救你一難。」一慌忙跪下，向西方叩頭拜謝。

拜完站起來，看天色不早了，三藏只好獨自一人策動馬蹄，往崇山峻嶺行去。大約走了半個時辰，仍不見半點人煙，一則飢火中燒，二則路徑坎坷，正在進退兩難之際，忽聽

爆地一吼，竟從樹後竄出兩隻咆哮的猛虎，嚇得那匹凡馬腳軟腿彎，伏倒地面，打也打不起來，牽也牽不動。三藏自個兒料定，這回必死無疑了。就在莫可奈何的當兒，又從樹後跳出一個手執鋼叉、腰懸弓箭的獵人，他發喊一聲：「畜生哪裡走！」將那兩隻猛虎驚得夾著尾巴就逃。

原來這人姓劉名伯欽，綽號叫鎮山太保，是雙叉嶺一帶有名的獵戶，野獸見他，無不怕他三分。他見三藏一個人孤零零地騎馬趕路，問明原因，知道是太宗派往西天求經的法師，連忙以禮接待，迎入山坡後的劉家安歇。

隔天，在鎮山太保及眾家僮的護送下，三藏騎著馬匹，離開雙叉嶺，蜿蜒來到險峻的兩界山。那兩界山是大唐國與韃靼國的地界，東邊屬大唐管轄，西邊屬韃靼管轄。由於太保是大唐人氏，不願跨越地界，只想告辭回去。三藏一聽不再送他了，立即滾鞍下馬，扯住太保，央求他無論如何再送他一程，直到平地為止。但是太保執意不肯侵犯邊界，直搞得三藏望去路心亂如麻。就在賓主難分難捨的時候，忽聽山腳下有人發出如雷般的叫喊聲：「師父快來救我啊！」

眾家僮奇怪說：「聽這叫喊聲，莫非是那隻被壓在山腳下已有五百年之久的老猴？」

太保忽然記起來說：「不錯，就是那隻老猴！記得這座山舊名叫五行山，到了大唐王

西征時才改名為兩界山。我還聽老一輩人傳說，在王莽篡漢之時，有一天突然從天空中降下這座山，山腳下就一直壓著一隻神猴，只要讓他吃些鐵丸、銅汁，就不會餓死，想不到竟能活到現在。」

眾人叫三藏不用怕，一起來到山腳下。果然有一顆猴頭露出來，開口說話：「師父，您怎麼磨到現在才來？這下子來得好，快救我出去，我可以保護您上西天取經。」

三藏見那猴頭上長滿了青苔蘚塊，又有泥土雜草，只有一雙眼睛能轉動，一張嘴巴能開合，樣子十分狼狽，不覺動了慈悲之心說：「你既然能猜出我要往西天取經，也算是隻靈猴。我且問你，你為什麼被壓在這裡受罪五百年？」

猴頭便將五百年前大鬧天宮及被如來佛壓在此地的往事敘述一遍。聽得那太保和眾家僮，個個咬指吐舌不已。猴頭接下去把前幾天蒙觀音菩薩點化，要他護送東土來的取經人，前往西天竺走一趟的大概，也說一遍。三藏一聽菩薩來過，滿心歡喜地說：「你既然聽從菩薩的教誨，願入我佛門，作我的徒弟，實在是太好了。可是我手邊並沒有半支斧頭或鑿子，怎能救你出來？」

猴頭急忙說：「師父若要救我，不用斧頭鑿子，只要去這山頂上，將如來佛的金字壓帖揭下來，我自然能出來。」

在太保及眾家僮的攙扶下，好不容易才攀上山頂，果然看到一塊四方形大石，石上貼著一張隱隱發光的金字帖兒。三藏不敢魯莽，朝金字壓帖拜了幾拜，口誦佛號，再伸手輕輕揭下。那壓帖說也奇怪，被突然颳起的一陣輕風吹得無影無蹤。一行眾人，又回到山腳下猴頭那裡。猴頭知壓帖已揭下，大叫：「好，好，老孫要出來了！師父，您快走，往東走得愈遠愈好！」「喔，好，好！快走！」三藏和眾人急忙向東快跑，跑了十幾里，忽聽一陣山崩地裂的大響，震得眾人掩耳閉目，趴在地上不敢亂動，睜開眼，已見那猴王已跳到三藏的馬前，赤條條地跪下說：「師父，我出來了！」

三藏見他誠心，高興地說：「徒弟啊！我替你取個法名，也好呼喚。」

猴王叩頭說：「多謝師父好意，我已有一個法名，叫做孫悟空。」

三藏將孫悟空攙起來說：「這個法名取得好，不過看你這個模樣，就像小頭陀一般，我再替你取個渾名，叫孫行者好不好！」

悟空連忙點頭：「好，好，孫悟空又叫做孫行者了。」

劉太保見三藏已有了孫行者的保護，便帶領眾家僮，向三藏告辭，回雙叉嶺去了。孫行者即請師父上馬，他在前面引路，向西平安通過兩界山。忽然一陣風響，從石堆後跳出一隻猛虎，大吼一聲，直向唐僧衝來，唬得三藏坐在馬上直打哆嗦，幾乎摔下馬來。孫行者卻歡喜地說：「師父不用怕，牠是送衣服來給老孫的。」說著，從耳朵裡拔出一支針兒，幌一幌，竟變成一根碗口般粗細的鐵棒，他邁開腳步，吆喝一聲：「畜生，往哪裡逃！」說也奇怪，那隻猛虎竟聽話一般地伏在地下，動也不敢動一下，任憑孫行者當頭一棒，打得腦袋開花。嚇得三藏只是驚魂未定地念著佛號。笑說：「師父稍等一下，等我脫下牠的衣服，穿了好走路。」

三藏驚訝地問：「牠哪裡有什麼衣服？」

「這不是！」從身上拔下一根毫毛，吹口仙氣，叫聲「變」！變作一把牛耳尖刀，將老虎皮割下，裁作兩條虎皮裙，收起一條，另一條圍在腰間，又從路旁揪來一根葛藤，將腰束緊，說：「師父，咱們走吧！到了前頭人家，借些針線，再縫它一縫。」

三藏見徒弟有這般降龍伏虎的手段，不禁大喜，放心策馬前進。師徒二人向西走著，不覺間太陽西墜，就地找了一處人家投宿，募化來一些乾糧充飢。就這樣，天黑投宿，天明走路，邊走邊聊著話，不知不覺又逢初冬時候。

這一天，師徒二人正頂著寒風趕路，忽聽一聲唿哨，從樹林後竄出六個強盜，個個手執刀槍，向他們包圍過來，其中一個頭兒喝聲：「和尚哪裡走！快留下馬匹行李，饒你們性命過去。」

這個突然來的恐嚇，把三藏唬得跌下馬來。行者連忙上前把師父扶起坐定，才轉身對六個強盜說：「各位既然是幹這一行的，想被你們打劫去的珠寶一定不少，現在快拿出，我與你們作七份均分，才饒了你們的狗命！」

六個強盜聽說，呆愣了一下，大罵：「小賊禿，敢拿你大爺開玩笑？」掄動刀槍，一擁上前，對著行者的腦袋，乒乒乓乓地亂砍。悟空動也不動，讓他們砍了七八十下，直砍得大家虎口酸麻，止手說：「這，這，這個和尚的頭殼好硬！」

孫悟空笑嘻嘻地說：「我看你們也打得手酸了，該輪到老孫取出針兒來耍耍。」

其中一個強盜大罵說：「原來這個和尚以前是操針灸的郎中，我們又沒有什麼病症，何必他來動針？」

孫悟空不理他，從耳朵掏出一支繡花針兒，迎風幌了幌，卻是一條粗硬的鐵棒，握在手中，跳上前去，一棒把六個正要逃命的強盜，壓成肉餅。

唐僧看見，嚇得魂飛魄散，又不敢罵，只是亂念佛號，一路嘟噥著說孫行者這樣心狠手辣，全無出家人半點慈悲之心，上天有好生之德，殺生是佛家大戒……等等。那猴子見三藏儘管嘮嘮叨叨講個不停，按不住心頭的火說：「喲，你既然這也說我不配作和尚，那也說我沒資格上西天，好吧！西天我不去了，和尚也不作了，我要回花果山稱王稱爺去了，免得受你這個禿驢的閒氣！」使起性子，將身一縱，早消失得無影無蹤。

三藏急抬頭，連個影子兒也沒瞧見，嘆息一聲，呆呆站了好久，才收拾行李，掛在馬背上；跨下馬背，一隻手拉著錫杖，一隻手抓住韁繩，依舊孤孤單單地往西走去。行不多久，迎面來了一個老太婆，手裡捧著一件錦衣和一頂花帽。三藏見她年老，忙拉開馬閃在一邊，要讓她先行通過。可是那老太婆走到他面前，也不通過，卻止住腳步說：「長老啊，你可有徒弟？若有徒弟，我就把這衣帽送給他穿戴。」

唐僧搖搖頭，將好不容易收了一個徒弟，又讓他溜掉一事說了一遍，眼淚不覺掉了下來。老太婆卻笑說：「長老不用擔心，我猜你的徒弟馬上就會回來，你現在就把這件錦衣和花帽暫時收下，等你的徒弟回來，趁機會讓他穿戴，包管他以後再也不敢耍賴。」說畢，又教了三藏一段〈緊箍兒咒〉。

三藏依言熟念了幾遍，完全牢記在心裡，正要合掌道謝。那老太婆早化作一道金光，飛上九霄雲外。唐僧知是觀音菩薩下凡，急忙叩頭跪拜；禮畢，才收了衣帽，藏入包袱裡面。

卻說那孫悟空，撇下師父，翻一個觔斗，跳入東海，分開水路，在龍王的水晶宮裡喝了一杯茶。這時，氣惱已消，忽覺不忍心，又即刻告別龍王，跳出東海，一個觔斗雲，回

到師父那裡，看見唐僧坐在路邊悶不吭聲。唐僧抬頭見是孫悟空回來，記起菩薩臨走前的囑咐，便叫他去包袱裡拿乾糧及拿鉢子去舀些水來。

孫悟空走過去打開馬背上的包袱，見有幾個燒餅，拿出來遞給師父吃了。再把包袱翻過來找鉢子，忽然，眼睛一亮，發現一件光閃閃的錦衣和一頂嵌金的花帽。唐僧見悟空把錦衣抖開來左瞧右瞧，又把花帽戴在頭上試試，便合掌說：「這些衣帽是我小時候穿戴的。徒弟啊！你若是喜歡，就拿去了吧！」

行者聽師父要把衣帽送他，大喜過望，立刻把錦衣穿上，花帽戴上，正好十分合身。那唐僧也不吃燒餅，口裡只管默默地念著〈緊箍兒咒〉。才一念動，行者就雙手抱住自己的腦袋，直喊「頭痛！」、「頭痛！」那師父嘴不停地又念了幾遍，直把他痛得翻觔斗，豎蜻蜓，在地下打滾，把錦衣扯破，又把那頂嵌金的花帽抓得稀爛。三藏怕他扯斷金箍圈，便住口不念。

說也奇怪，不念時，他的頭就不疼。行者伸手在自己頭上摸摸，有一圈金線般的箍兒，緊緊地勒在上面，取不下、揪不斷，好似生了根一樣。他從耳裡掏出針兒，翹入箍裡，往外亂撬。三藏恐被他撬斷，口中又念起來。疼得孫行者臉漲脖子粗，滿地打滾。三藏見了不忍心，便住了口；他的頭也就不疼了。

唐僧看看他：「你從今以後肯聽我的話了吧？」

孫悟空大怒：「好潑禿！老孫好意回來看你，竟敢拿這個圈子來害我！」忽把那支針兒幌了幌，碗口粗細，往唐僧頭上敲下來。慌得長老口中又念了兩三遍。猴子一疼，丟下鐵棒，地下打滾，直喊：「師父，別念！別念！徒弟以後永遠聽話就是！」

到了這無可奈何的時候，孫悟空才死心塌地追隨在唐僧的後面，一步捱一步地往西天邁進。

九、蛇盤山鷹愁澗玉龍誤吞白馬

走了數日，已是臘月冬殘，北風漫天呼呼地吼，吹得師徒兩人縮短著脖子趕路。這一天，迤邐（ㄧˇ ㄌㄧˇ yǐ lǐ）來到蛇盤山鷹愁澗的地界，忽聽咻的一聲響亮，從澗中鑽出一條龍來，探爪就直抓馬上的三藏。孫悟空何等的眼明手快，不等龍爪伸到，急把師父抱下馬，回頭便走。那條龍見撲了個空，張開嘴巴，一口吞下整匹白馬，依舊潛回澗裡。

孫悟空先把師父安置在一塊高地上，轉身就要去牽馬。到了現場，哪有什麼馬匹，地下只留下那擔行李。悟空一個觔斗，跳到半空中，用手搭起涼篷，睜開火眼金睛，四下裡觀看，就是看不見白馬的蹤跡。再仔細張望了一會兒，方才按落雲頭，向三藏報告說：

「師父，我們的馬恐怕已被那條潑龍吃了！」

唐僧一聽白馬被龍吃掉，忍不住垂淚：「天啊！若是沒有馬當腳力，從這裡到西天，千山萬水，要走到什麼時候？」

悟空見三藏抽抽咽咽地哭起來，禁不住焦躁，發聲喊：「師父，不要這樣膿包呀！您坐著，等老孫去找那潑怪，叫他還給我們馬匹！」抽出金箍棒，一個觔斗跳到澗邊，對水面高叫：「潑泥鰍！快還我馬來！」

那條吞了白馬的龍，正伏在澗底慢慢兒消化，忽聽水面上有人叫罵，按不住怒火，縱出水面，出爪就抓。悟空一見他出來，掄起金箍棒就打，才兩三下，就把那條龍打得筋疲力軟。龍見他棍子厲害，打一個轉身，又竄回水底，任由猴頭叫罵，再也不敢出來。猴王哪裡肯罷休，跳開腳步，追到澗邊，使出翻江攪海的神通，把一條碧澄澄的澗水，攪得泥濁不堪。搞得那龍坐臥不安，咬著牙，跳出來繼續應戰；但戰不到三回合，實在無法抵擋，將身一幌，變作一條水蛇，溜入草叢裡去。

猴王握著鐵棒，趕上前去撥草尋蛇，哪有蹤跡？他一急，念了一聲「唵！」喚出蛇盤山的土地詢問：「那條水蛇溜去哪裡了？」慌得土地跪下稟告：「大聖不需發怒！這條鷹愁澗有千萬個孔竅相通，就不知他溜入哪一孔、哪一竅。若要擒拿，只消請觀音菩薩來，他自然順伏了。」

悟空聽罷，跳回去稟告師父，說要動身去請菩薩。三藏卻一把拉住他說：「徒弟啊，你這一去，把我撇在這裡，若萬一那龍又竄出來，叫我怎麼辦？」

行者聽師父這麼一說，一時間失了主意。就在這個當兒，半空中冉冉地出現一團祥光，正是觀音菩薩的聖駕。慌得唐三藏急忙下拜叩頭，菩薩便吩咐身邊的惠岸到澗邊喊了三聲：「玉龍三太子！」那玉龍一聽是惠岸的聲音，知是菩薩駕到，急忙從石孔中鑽出來，跳出波浪，變作人形，納頭便拜：「弟子前些時候蒙菩薩解救，在此久等，卻一直沒有取經人的消息。」

菩薩出聲：「喏，取經人不就在你的眼前？你還吃掉他的坐騎呢！那坐騎是匹凡馬，不能夠跋涉千山萬水，正需要你這樣一匹龍馬才行。」把楊柳枝沾了甘露，往玉龍的身上一拂，喝聲「變！」變作一匹原來毛色的白馬。

菩薩正要回南海，被行者扯住不放：「我不去了！這條路遙遠崎嶇，又要保這個凡僧取經，一趟折磨下來，老孫必然沒命，我不去了！我不去了！」菩薩說：「好吧，你不用怕，我贈你三根毫毛，許你叫天天應，叫地地靈！」摘下三片楊柳葉兒，放在行者的腦後，喝聲「變」！即刻變作三根救命的毫毛。

三藏見菩薩顯化，立即撮（ㄘㄨㄛˋ cuò）土焚香，望南禮拜；等菩薩走了看不見，才叫行

者收拾好行李，牽動龍馬，來到澗邊。放眼只見澗水渺渺茫茫，怎樣渡得過去？正感到心慌，忽見上流源頭處轉出一個漁翁，撐出一只木筏。行者連忙招手：「喂，老翁，我師父要去西方取經，煩你渡我們過去。」

漁翁聽到叫聲，忙把木筏靠攏過來。悟空請三藏踏下木筏，他拉著馬在一旁扶持。那老翁撐開筏子，如風似箭地渡過了鷹愁澗，到達西岸。三藏登上岸後，叫悟空解開包袱，取出幾兩銀子，送與老翁，當作渡船費。那老翁搖手說不要錢，撐開筏子，急忙往中流蕩去。三藏有點過意不去，只管合掌稱謝。悟空卻在一旁笑說：「師父，算了，你不認識他。他是此澗的水神，不曾迎接我老孫，老孫還要打他幾棍子哩！如今能夠免一頓打，他還敢要錢？」

十、高老莊雲棧洞豬八戒出醜

離開蛇盤山，師徒兩人往西蜿蜒前進，日落月升，約莫過了個把月，又逢初春；眼前到處一片桃紅柳綠，花香蝶語，好一個踏青的季節。三藏坐在龍馬上，左右瀏覽春景，不覺天色晚了，望見遠處有一座山莊，便策動馬蹄，來到村莊的門口。這時候，從村裡迎面奔來一個行色匆忙的家僮。孫悟空順手一把扯住他，問說：「小哥，這裡是什麼地方？」

家僮只管掙扎，口裡直嚷：「倒楣！倒楣！受了老爺的氣，又要受這光頭的氣！」

悟空對他咧著嘴笑：「你有本事掙開我的手，我便放你走；否則就老實說，這裡是什麼地方？」

那家僮左扭右扭，哪裡掙得開悟空那把鐵鉗也似的手掌，只好回答說：「這裡是烏斯

藏國界的高老莊，因為全莊的人家大半姓高，所以叫高老莊。好了，你放開我吧！」

悟空並不放手，又問：「看你急急忙忙的，要去哪裡辦事？說出來我才放你。」

那人無奈，只好和盤托出：「我是高太公的家僮。我那太公有個小女兒，年方二十歲，不幸三年前被一個妖精霸占去。我太公不高興，要那妖精退婚。那妖精蠻不講理，不但不肯退，反而把太公的小女兒關在後宅將近半年了，再也不放她出來與家人見面。太公便給我幾兩銀子，叫我出去暗中尋訪法師，來捉拿那妖精。前前後後一共請了三四個，但都是一些膿包的和尚或飯桶的道士，反被妖精嚇跑。我剛剛才被太公罵了一頓，說我不會辦事，叫我另外去請一位高明的法師。好了，放開我吧！」

悟空放了手，笑說：「算你運氣找對人了！我們是大唐皇帝派往西天求經的聖僧，最擅長降妖捉怪了。不要說一個妖怪，就是一籮筐的妖怪，我吆喝一聲，無不手到擒來。」

家僮剛剛被他捏得手疼，想必有一些來歷；便轉身領他們到高太公家的門口，自個兒進去通報。那太公一聽有兩個遠來的和尚，能擒得住妖怪，急忙整了衣服，出門迎接。一眼看見孫悟空的嘴臉，唬得倒抽一口氣，將家僮罵了一頓：「你這小廝，要嚇死我不成？家裡已有一個豬頭蠢臉的妖怪打發不掉，你又去引來一個雷公嘴臉的妖怪來害我？」

家僮正要辯白，悟空插嘴說：「老頭子，真虧你吃了這般大的年紀，還在以貌取人！

我老孫醜自醜，本事卻十分厲害哩！」

高太公看到三藏長得相貌堂堂，方才放了心，將兩個和尚請入客廳奉茶，又把妖精的大概說了一遍：「他初被招贅來時，模樣兒倒也看得過去，耕田、耙地、播種、割稻，樣樣都會做，不失為一個好的莊稼漢。但來了不久，模樣就逐漸變了，變成一個長嘴大耳扇的獃子，腦後又有一溜鬃毛，身體粗糙怕人，食腸又大，一頓要吃個三五斗米飯，就是早餐，也要百十個燒餅才夠。又會呼風，雲來霧去，飛沙走石，唬得我一家和左鄰右舍都不得安寧。如今又把小女兒關在後宅，更不知是死是活。所以要請個手段高明的法師來降伏他。」

「好，簡單，一句話，」悟空胸有成竹地說：「我把那豬精擒來就是！」

「是什麼樣的兵器？要多少人作幫手？」高太公不放心地問說：「好讓我吩咐下去。」

悟空故意不答腔，慢吞吞地從耳內取出一支繡花針兒，捻在手裡，迎風幌了幾幌，吆喝一聲，忽然變成一根碗口般粗細的金箍鐵棒！把高家的人唬了個大跳。猴頭抓起鐵棒，扯著高太公說：「你引我去後宅，看看豬精的住處，以便先救出你的女兒。」

高太公立即引他到後宅門口，只見門板被一把銅汁灌鑄成的鎖扣住。悟空見了便說：

「你快去拿鑰匙來！」

高老頭應聲：「這？若是我有鑰匙，哪還用請你來？」

悟空嘻笑說：「呀，呀，你這老頭兒，年紀一大，就不懂開玩笑；我拿一句話哄你，你就當真哩。」提起鐵棒一搗，將銅鎖搗了個稀爛，推開門板，見裡面竟是一片黑洞洞的。

高太公見門開了，急忙撞進去把女兒拉出去。可憐好一個如花似玉的女子，竟被蹧蹋成面黃肌瘦，半絲兒血色也沒有。那女子見了她爹，放聲就哭。行者一聽，不免煩躁，喝聲說：「好啦，老頭兒！快把令嬡帶到前邊客廳去哭，並陪我師父聊天，免得在這裡礙事。只讓老孫一人在這裡等那妖精，他若不來，便一切罷了；他若來了，定與你斬草除根！」

行者見高老頭拉著女兒歡喜去了，便弄個神通，搖身一變，變得像那女子一般模樣，扭著腰兒，獨自個坐在床上，靜等那豬精出現。等不多久，果然颳起一陣狂風，真的有飛沙走石之勢。那陣狂風過後，從半空中跳下一個妖精，確實生得醜陋：竹筒嘴、蒲扇耳、老鼠眼、黑炭臉、剛鬣（ㄌㄧㄝˋ liè）毛，跟豬的嘴臉並沒有兩樣。行者不去迎他，且睡在床上假裝生病，口裡只管哼哼哎哎嬌喘個不停。哄得那妖精摸上床來安慰說：「小姐兒，哪個地方病了？或是怪我來遲了？」

行者故意揉著眼睛說：「都要怪你！今日被爹隔著牆罵了一頓哩！說我好人家的女婿不會嫁，偏偏嫁了個沒來路的怪物，破壞了他的門風，失了他的面子！」

豬精唔的一聲回答：「怎說我是沒來路的？我家住福陵山雲棧洞，以相貌為姓，所以姓豬，官名叫豬剛鬣。我不但有名有姓，而且有籍貫、住址，怎麼說我沒來路？」

行者把耳朵一聽，心下暗喜：「這潑怪卻也老實，不用動刑，就供得明明白白。既有了地址、姓氏，不怕拿不到他！」

那豬怪就要伸手來摟著親嘴。行者使個拿法，將他拽（ㄓㄨㄞˋ zhuài）下床說：「我爹又要請法師來抓你哩。」

豬怪爬起來，也不惱怒，扶著床邊笑說：「小甜姐，睡吧！不要理睬你爹的話！我老豬有三十六種天罡變化，萬夫不能抵擋的九齒釘鈀，怕什麼法師、和尚、道士？就算你老爹能把九天蕩魔祖師請來，也不敢對我怎麼樣！」

行者又添上一句：「據爹說已請到一個五百年前大鬧天宮姓孫的齊天大聖，要來抓你哩。」

「什麼！那猴頭來了？糟了！那我們兩口子今生今世不能再做夫妻了。」轉身就要開門走掉。

行者早一把扯住他，將自己臉上抹了一抹，現出原形，喝聲說：「豬剛鬣，慢點走！你睜眼瞧瞧我是誰？」

豬剛鬣轉過眼來，看見孫行者齜牙咧嘴、火眼金睛、凸額毛臉，活像雷公一般，知是齊天大聖，驚得他魂飛魄散，嘩喇的一聲，掙破了衣服，化陣狂風，脫身就逃。孫行者急跳上前，掣出金箍棒，望風打了一下。那怪閃得快，化作萬道火光，溜回他的本山去了。行者隨後追趕，一邊叫罵：「往哪裡逃？你若飛上天，我就趕到兜率天宮！你若鑽入地，我就追到枉死城！」

那豬怪只顧慌張逃命，逃到一座高山，便將紅光聚斂，撞入洞裡，把洞門緊緊關閉。孫行者追到洞口，一頓鐵棒，將石塊鑿成的門板打得粉碎，又罵說：「你這個吃糠的獃貨，快乖乖出來受縛，否則別怪老孫不客氣！」

妖精正躲在洞底吁吁地喘氣，聽見門戶被打碎的聲音，又聽見被罵是吃糠的獃貨，惱怒難忍，拖出九齒釘鈀，跑出洞外，指著行者的鼻尖罵：「我老豬以前也是堂堂一名天蓬元帥，因為酒醉調戲嫦娥，才被貶下凡界，不料投錯母豬的胎，才變成這副醜樣子。你這個石迸的潑猢猻！造反的弼馬溫！出身比我低，罪孽比我重呢！還敢在這裡叫囂？且吃老豬一鈀！」

孫悟空掄起鐵棒，就與豬怪展開一場厮打。打了幾回合，行者忽然住了手，笑說：「看你只會往老孫頭上猛築個不休，好吧！老孫就把腦袋擱在地下，讓你築一下看看。」

豬精聽說，果真高舉釘鈀，看準腦袋，盡平生力氣築下去。只聽一聲金屬般的大響，鈀齒迸出了幾點火花，定睛看去，更不曾傷得他一塊頭皮，唬得自己手麻筋軟，只說了聲：「好硬的頭！」

行者托地跳起來拍拍身上的灰塵，笑說：「要不要再築幾下？」

這豬精一時也寒了臉，正待脫身，忽然記起了一件事：「你這猴子，我且問你。我記得你大鬧天宮時，家住在花果山水簾洞，難道是我老丈人去那裡請你來的？」

孫悟空說：「你丈人也不曾去請我，是因老孫改邪歸正，在五行山下被觀音菩薩點化，要老孫保護一個來自東土的聖僧，前往西天取經。今日路過高老莊投宿，因高老頭提起，我們當然義不容辭，替他捉你這個豬獸！」

豬精一聽，立刻丟下釘鈀，唱個大喏說：「那取經人在哪裡？有勞老哥引見。」接下去，便將觀音菩薩對他的囑咐也說了一遍。

聽得行者半信半疑：「你別想哄我！以為老孫是好哄的？我哪裡不知道你是為了暫時脫身！如果你真心的話，你現在就對天發誓，我才帶你去見我師父。」

豬精見他不信，撲的跪下，望天空叩頭如搗蒜一般，發誓說：「阿彌陀佛！我老豬若不是真心真意，就會被五雷劈死！」

行者見他發了誓，又說：「我還不相信！若是真的話，你就點了把火，將你的洞穴燒掉，我方才相信。」

那豬獸真的就撿來蘆葦荊棘，點起火，把好一座雲棧洞燒得像個破瓦窰一般。燒乾淨後，才拱手說：「現在可以帶我去見你師父了吧？」

悟空仍不放心：「你那把九齒釘鈀遞給我拿，我怕你一時發起豬癲，將我師父一鈀打死，那我豈不上了你的當？」

豬獸聽說有理，果然把釘鈀遞給行者。行者看看這獃子腦滿腸肥，頗有些兒蠻力，若一時反抗起來，傷了師父怎麼辦？想著，從自身拔下一根毫毛，吹口仙氣，叫聲「變！」變作一條麻繩，走上前，把那獃子的手反綁到背後；然後揪著他蒲葉般的耳朵，縱上雲朵，回到高老莊。

那獃子見了三藏，慌忙雙膝跪下，背著手叩頭說：「師父，弟子失迎，早知師父您要住在我丈人家，我老早就該來拜接，也不致於生出這許多波折，直到現在才見到師父。」說著，又把菩薩勸化的前後說了一遍。

三藏聽了大喜，忙叫悟空鬆了他的繩綁，親手扶他起來說：「你既然誠心要皈依佛門，做我的第二徒弟，那我就替你取個法名，以便早晚好叫喚。」

獃子連忙說：「師父，先前菩薩已替我摩頂授戒，取了法名，叫做豬悟能。」

三藏點點頭，知他食量驚人，刻意要他注意斷絕腥葷，於是又替他取了個別名，叫做「八戒」。那獃子聽了歡歡喜喜地說：「謹遵師命！從此以後，我豬悟能又叫豬八戒。」

高太公見豬八戒去邪歸正，自是十分喜悅，立刻命令家僮去安排齋宴、打掃房間，好讓他們師徒三人吃飽了過夜。到了隔天清早臨走前，只見八戒搖搖擺擺地對高太公唱個大喏說：「丈人呵，您要好好照顧我那老婆！只怕我們中途取經不成時，我還會回來還俗，照舊作您的女婿咧！」

卻被孫悟空喝了一聲：「獃子，你在胡謅什麼！」

八戒說：「哥呵，這不是胡謅！只恐取經途中有了一些兒差錯——豈不是誤了做和尚，又誤了娶老婆，兩頭都耽誤了嗎？」

只聽三藏騎在馬背上說：「徒弟們，廢話少說，趕快上路要緊。」

十一、流沙河裡跳出一個沙悟淨

師徒一行三人離開了高老莊，一路餐風飲露，來到了一處平原，忽聽得波濤洶湧的聲音，舉目望去，只見一條波瀾澎湃的大河擋住去路。三藏坐在馬上說：「徒弟啊，你們看那前邊的水勢湍急，又不見半艘渡船，叫我們從哪裡過去？」

行者托地聳身一跳，跳到半空中，搭起手篷，看得他心驚，倏地跳下地面稟告說：「師父呵，這條河一望無際，至少有八百里的寬闊。若是老孫，只消腰兒扭一扭，就跳過去了；若是師父，那就萬分難渡了。」

那長老聽得心下直涼了半截，兜回馬頭，四下裡張望，卻瞥見岸上立了一塊石碑，碑上刻著「流沙河」三個字。師徒三人正要攏過去看碑文，忽聽嘩喇喇的一聲響，急轉眼

睛，但見波浪中鑽出一個胸前懸掛九顆骷髏，手執寶杖的妖精。那妖精一跳上岸，就直搶唐僧。慌得行者把師父抱下馬，回身就走。八戒一看事出緊急，丟下行李擔，掣出釘鈀，望妖精身上便築。一個舞動釘鈀，一個揮動寶杖，各逞英雄，在流沙河岸展開一場生死決鬥。行者在一旁磨拳擦掌觀看，看得手癢，也抽出鐵棒，一聲唿哨，往妖精頭上一棒打下去。妖精慌忙架住，心知不敵，急轉身，鑽入流沙河裡。八戒見逃了妖精，更加抖擻神威，吆喝般地嚷：「潑妖怪哪裡逃？逃的是龜孫子！」口裡光喊著，腳下卻不曾追上去。

行者在一旁看了好笑：「獃子，怎不跟著追入河裡？」

八戒回答：「老豬當年總督天河，掌管八萬名水兵，倒是學會了一些水性——最是怕這妖怪在水裡有他的親眷老小，七窩八代的衝著我包圍過來，豈不等於叫老豬自投羅網？哥呵，由你去擒他就是了。」

行者笑說：「獃子，你去水中和他交戰，許敗不許勝，把他引到岸上，等老孫一棒打他個措手不及。這一筆功勞，就記在你的身上。」

八戒聽了覺得有理，便脫了衣服，跳入河裡，手舞釘鈀，使出當年的手段，分開水路前進。且說那水怪敗了陣，方才喘定，忽聽到水響，見是八戒執了釘鈀推水，便舉杖喊說：「又是你這個粗糙的傢伙！這次別怪我手下不留情，是你自動送上門的。看我把你打

昏了剁成塊塊，好拿來下酒！」

八戒聞聲大怒：「你這潑怪，別把我看走了眼！我老豬還掐得出水珠兒來哩！你怎敢說我粗糙？不要走！吃你老祖宗這一鈀！」舉起釘鈀就築。這水怪也不是泛泛之輩，舉起寶杖，架開攻勢，順勢就劈了過去。這樣你一鈀、我一杖，各逞本領，從水底殺到水面，直殺得天昏地暗。

在岸上的另一邊，大聖護住唐僧，眼巴巴的望著兩個在水上爭鬥，看得手癢癢的，只是不好動手。忽見豬八戒虛幌一鈀，假裝敗陣，回頭跳上岸就走。那水怪見八戒亂了手腳，緊追不捨也趕到岸邊。孫大聖再也忍耐不住，撇下師父，掣出金箍棒，跳到河邊，望妖精劈頭就打。妖精閃身躲過一棒，不敢迎戰，颼的又潛入河底。氣得八戒亂跳：「你這個敗事的弼馬溫！徹底的急猴子！你再慢些兒動手，等我哄他到岸上高處，你再堵住河邊，斷了他歸路，兩頭夾殺，豈不就此擒住了？哇（ㄉㄡ dōu）！你看！他這一溜回去，不知什麼時候才敢再露面呢！」

行者卻笑說：「獃子，打架就要乾淨俐落！你不知老孫有個餓鷹叼雞的手段，本想縱個觔斗，跳在半空，刷的俯衝下來，抓住那妖怪；要不是你詐敗不像，引動那廝疑心，他才逃脫了哩。」

八戒見行者說得有理，只好又潛入水中，去與那廝打鬥。那水怪見又是八戒，指著便罵：「你這個豬頭！哄我老沙上岸，叫一個幫手助打，有種在水裡就不要溜！」

八戒笑說：「難道老豬怕你？我手上的這把九齒釘鈀，只要輕輕的刮了你一下，保證你身上九個孔子一齊流血，叫你沒處貼膏藥。縱然不死，也要讓你得了個破傷風咧！」

話不投機，兩個又各顯神通，鬥了二三十回合。那水怪見分不出高下，索性跳開圈子說：「我老沙肚子餓了，改天再奉陪！」說完話，拖起寶杖就要走。

背後的八戒倒笑出聲：「怪咧，你還有名號來路不成？否則怎口口聲聲自稱老沙？」

水怪回轉頭說：「我本來是玉帝身邊的捲簾大將，因失手跌碎了一只玉杯，才被貶到這條流沙河裡受罪。前些日子，幸蒙觀音菩薩開導，賜了個法名叫沙悟淨，叫我在此等候一個東土來的取經人，護送他一同上西天，以便將功補罪。」

豬獃一聽，喜不自勝說：「快跪下孤拐腿來，朝老豬磕一百下頭——我是你的二師兄——算是見面禮！」

聽得那自稱老沙的水怪，當真唬了一跳說：「難道那個騎白馬的和尚，就是東土來的取經人？」

豬獃點頭之後，便運用孫悟空降伏他的同樣手法，揪著沙悟淨的耳朵，分開水道，跳出波浪，來到岸上唐僧的面前邀功：「師父，今日才顯出我老豬的手段！不但活擒了水怪，而且勸服他改邪歸正，要拜您為師呢！」

行者覷著眼，插嘴笑說：「恐怕是觀音菩薩的功勞哩！」原來孫行者已知擒拿水怪不易，趁八戒下水索戰的當兒，叫來六丁六甲護住唐僧，他一個觔斗，縱到南海普陀岩，打聽水怪的來歷。隨後菩薩吩咐惠岸跟他走一趟流沙河。那水怪被八戒揪到岸上，慌忙叩拜了三藏，又叩謝惠岸，並遙拜南海。惠岸見沙悟淨禮拜完畢，便從袖中取出一顆菩薩交代的紅葫蘆兒說：「悟淨，你把胸前的那串骷髏拿下來，把這只紅葫蘆圈在中間，做成一條法船，讓唐僧渡河過去。」

沙悟淨不敢怠慢，取下脖子上掛的九顆骷髏，把紅葫蘆放在中央，請師父上船。三藏登上法船，果然十分平穩，飄然地渡過流沙河，登上西岸。惠岸見順利渡過，便收回葫蘆，轉踏祥雲，逕回南海去了。

十二、松柏林內菩薩考驗取經人

過了流沙河，師徒四人一步步往西方邁進。這一天傍晚，來到一座松柏林，忽從裡面傳出一聲狗吠，原來是一戶富貴人家，正當大夥兒探頭張望，只見門板咿啞一聲打開，走出一個中年婦人來。婦人抬眼瞧見了他們，慌的退回門內，把門半掩著問：「你們是什麼人？擅自在我寡婦人家門口徘徊！」

唐僧連忙合掌說：「貧僧是東土大唐國來的，奉旨往西天求經，路過貴地，眼看天色黑了，特地來向女施主借宿一夜。」

婦人聽了，點著頭把唐僧四人讓入門裡。喝茶的當兒，婦人一反剛才的嚴肅，笑吟吟地談起來：「我家姓莫，這裡周圍百里以內的田地，都屬於我家的。不但有上千頭的牛羊

騾馬，又有吃不盡的米穀，穿不完的綾羅綢緞。可惜丈夫早逝，只留下我跟三個女兒：大女兒叫真真，二女兒叫愛愛，三女兒叫憐憐，如今長得亭亭玉立，卻仍還待字閨中。本想嫁她們出去，可是莫家偌大的祖業，叫誰來管理？剛好四位降臨，想來個招贅成婚，不知道各位的意思怎樣？」

聽得三藏裝聾作啞，好似雷驚的孩子，雨淋的蝦蟆，只是呆呆睜睜。那八戒聽了，卻心癢難搔，坐在椅子上，屁股好像被針戳到一般，左扭右扭地忍耐不住，便暗中扯了唐僧一把，低聲說：「師父，這個娘子告訴您的話，您怎麼假裝沒聽見？總要回答人家呀！」三藏喝聲：「你這個孽畜！我們是個出家人，難道見了富貴、美色就動了心？快給我住嘴！」

八戒雖然被唐僧喝了一聲，嘴裡仍嘮嘮絮絮個不停。悟空笑說：「獃子，你若還想幹那種事，你就留在這裡算了！」

八戒嚷說：「哥呵，不要栽人！大家從長計議嘛！」

婦人見他們推辭不肯，撲地把茶壺茶杯一股腦兒都搶了回去，轉入屏風，把角門砰的一聲拽上。師徒四人被撇在外面，大眼看小眼，再沒有人出來招呼。八戒不免埋怨唐僧說：「師父這樣不會辦事！說話也要留些活腳兒，只消含糊答應。哄她些齋飯吃，等明日

我們再趁早走路。如今茶飯沒了著落，燈火黑漆也沒人掌管。即使我們熬得了這一夜，想那頭白馬明日又要馱人，又要趕路，再不能讓牠餓壞。你們坐著，等老豬出去放馬吃草。」獃子說著，踏出門口，急的解下韁繩，牽著馬就走。

孫悟空也不出聲，詭譎地一笑，搖身變作一隻紅蜻蜓，嚶的一聲飛出門，趕上八戒。那獃子只管拉著馬，有草處卻不叫馬吃草，竟一直繞到後花園去。剛好那婦人帶了三個女兒，正在這裡欣賞菊花和落日。她們看見八戒出現，三個女兒急躲入屋子裡面。八戒這驚鴻一瞥，竟失魂了老半天。還不曉得婦人喊出聲：「小長老要去哪兒呢？」被這一喊，八戒方才從夢裡醒來，丟了韁繩，慌忙上前作揖說：「娘！我是來放馬的。」婦人嗲（ㄉㄧㄚ diā）聲嗲氣笑說：「你師父也實在不懂風情，在我家當了女婿，不是比走西方那條坎坷路好多了嗎？」

八戒回答：「他們是奉了唐王的聖旨，不敢違抗——而我雖有意思，只恐娘嫌我嘴巴長耳朵大。」

那婦人眼波一轉說：「既然小長老有意思，我就去問問小女兒她們看看。」說完話，款腰一擺地掩上後門。

孫悟空把這一切看得明明白白，展開雙翅，先八戒一步飛回前面客廳，現出原形，一

五一十向唐僧報告了一遍。三藏聽了，似信不信。不一會兒，八戒將馬拴好進來。悟空喝聲就問：「獃子，牽馬出去，怎不讓馬吃草？」

八戒驀地心驚，知走漏了消息，努著長嘴，半晌說不出話。忽聽呀的一聲，角門打開，那婦人撐著一對紅紗燈，領了三個花容月貌的女兒，笑盈盈地走出來，對唐僧四人施禮。三藏只管合掌念佛號，悟空瞅著眼睛不理不睬，沙僧索性背轉身體。只有那八戒，看得目不轉睛，嘴涎四流，扭捏了一陣，悄聲說：「有勞仙子下降，請姐姐們暫時迴避。」那三個女子，一直笑嘻嘻地轉入屏風。留下婦人出聲說：「四位長老，留意好了配我的小女嗎？」

沙僧說：「我們已商議定了，要那個姓豬的招贅門下。」

八戒急嚷：「兄弟，不要栽我，還得從長計議！」

悟空笑說：「獃子，你還計議些什麼？你剛才在後花園溜馬，連娘都叫出聲了，還要再計議？師父做個男親家，這婦人做個女親家，老孫做個證婚人，沙僧做個現成的媒人，也不用選日子、看八字，今晚就可以成親了哩。」

八戒口裡雖一勁地推辭，心頭卻也有七八分肯了。悟空用手揪著他耳朵，他也不十分反抗，直被扯入裡面，交給那婦人。婦人見狀，格格地亂笑，一方面吩咐僕人去準備齋

飯，讓其餘三個長老吃飽，安排去客房安歇；另方面領著八戒進入裡面，不知經過多少道絆腳門檻，又是轉彎抹角，直搞得八戒一路磕磕撞撞，才到了內堂房間。婦人出聲：「女婿，今日事出匆促，也不曾動用花燭拜堂，你就對我這個丈母娘八拜算數吧！」

八戒說：「娘說得對！您就請上坐，受女婿八拜，一則當作拜堂，二則當作謝親，兩頭都省事。」獃子果然筆直地拜了八拜，又啟稟說：「娘，您要把哪個姐姐配給我呢？」

婦人滿臉堆笑說：「正是我的左右為難處！我若把大女兒配給你，恐二女兒、三女兒不服氣；同樣情形，若把二女兒或三女兒配給你，又恐大女兒吵鬧，所以遲遲還未決定。」

八戒咧嘴說：「娘，既然怕她們相爭，乾脆全部配給我算了，省得吵鬧不公平。」婦人搖頭說：「豈有此理！你一人就占了我三個女兒不成？」八戒笑笑：「娘，哪個男人沒有三房四妾的？再多幾個，您的女婿都笑納了。我老豬小時候也曾經學過夜裡熬戰之法，保證服侍得她們個個歡喜。」婦人笑說：「不好，不好，這樣吧！我這裡有一條大手帕，你把眼睛蒙住，我叫三個女兒從你面前通過，讓你伸手抓，抓住哪個，就把哪個配給你。」

獃子歡喜接過手帕，將自己眼睛蒙住，只聽得一陣叮噹響的環珮聲，又嗅到一股幽蘭

般的香味，他便伸手望人影亂抓；左撲也落空，右撲也落空，不是抱住柱子，就是撞到磚壁，兩頭跑暈了，跌跌撞撞，嘴也腫了，頭皮青一塊、紫一塊的，最後筋疲力盡地趴在地下乾喘氣。

婦人替八戒揭了手帕，吃吃亂笑說：「女婿呀，是我那些女兒乖滑，彼此謙讓，不肯配你。」

只聽八戒喘著氣兒說：「娘呵，既然她們不肯配我，您就配了我吧！」

婦人吃了驚：「好女婿呀！這般沒大沒小的，連丈母娘也都要了！這樣吧，我那三個女兒的女紅不錯，各結了一件篏珠子的汗衫兒，你若是穿哪件合適，那她就配給你吧！」轉入房去，先取出一件，遞給八戒。那獃子脫下自己的衣服，取過衫兒，就套在身上——忽然撲地跌了一跤，竟被幾條麻繩緊緊地綑住——登時把他疼得殺豬也似地叫。

且說三藏、悟空、沙僧三人一覺醒來，東方已發了魚肚白，睜開眼睛一看，哪有什麼姓莫的大戶人家？四周圍都只是些松樹、柏樹，只見陽光穿透葉尖上的露珠，射到他們睡覺的草地上。沙僧說：「嚇！我們遇著鬼了。」

忽聽一聲「救命！」細聽之下，原來是豬八戒的喊聲。大夥兒循著聲音，抬頭看見樹梢上吊著那獃子。只見他赤條條的掙扎地喊：「師父呵，快救我下來，下次再也不敢亂來

了！」

悟空笑說：「獃子，滋味怎樣？老孫老早就知道那婦人是觀音菩薩化身的，故意不告訴你哩。」

三藏連忙吩咐沙僧去解下八戒，合掌說：「悟能雖然比較愚癡，倒也有些兒臂力，挑得動行李，這一趟西方求經，少了他也不行，料他以後再不敢胡思亂想了。」

十三、五莊觀的一場人參果糾紛

師徒四人出了松柏林，仍舊往西方趕路。約莫又走了三四個月，忽見一座氣勢磅礡的高山擋住去路。唐僧勒住馬頭說：「徒弟啊，前面這座山高聳入雲，恐有妖魔作祟，必須小心應付。」三個徒弟不敢疏忽，護在師父的周圍，邁開腳步，往山中前進。

走不多遠，拐過一片樹林，一座巍峨的宮觀，豁然呈現在眾人的眼前。到了門口，三藏離鞍下馬，見門右立了一塊石碑，碑上刻著「萬壽山福地，五莊觀洞天」十個字。那字體寫得仙風道骨般瀟灑，眾人正讚賞不絕。忽聽大門咿呀的一聲打開，從裡面迎出兩個道童：「這位長老，莫非就是從東土派往西天取經的三藏法師？」

唐僧聞聲，立即合掌回聲：「貧僧就是，二位仙童怎麼知道我的名號？」

其中一道童回話：「我師父叫鎮元子，是這裡五莊觀的主人。他因為有事外出，臨走之前，知道您會經過此地，特別囑咐我們兩個代為接待。」說著，一人一手把三藏迎進去，卻把其他三人撇在外面。

悟空見狀，忍不住喝了一聲：「你這個臊道童！還有你們那個潑師父！怎麼只接待唐僧一人，就不接待我老孫及二位師弟了？」八戒和沙僧聽說，也一發鼓噪起來，把道童及鎮元大仙痛罵一頓。

三藏轉身將三個徒弟喝住：「不准胡鬧！他師父既然不在，我們怎好打擾人家？悟空你去山門前草坡放馬，悟淨你去看守行李，悟能你去解開包袱，取出些米糧，借他鍋灶，做頓飯吃。臨走前我們再送幾文錢貼補他木柴，不就得了？快去幹各人的事！」

那兩個道童聽唐僧這樣說，暗暗誇讚說：「好一個識大體的三藏法師！怪不得師父命令我們要好好接待，摘兩枚人參果請他；並交代要提防他的手下窺伺，萬不可驚動他們。」

原來這人參果不是凡物，就是尋遍天下，也只有五莊觀才長得出這種異寶，本名叫「草還丹」，又名「人參果」。必須等三千年才開一次花，又等三千年才結一次果，再等三千年才能成熟。成熟的人參果，就像出生未滿三日的嬰兒一樣，有四肢五官。人若是有緣

分，把人參果嗅了一嗅，就能活上三百六十歲；吃了一個，就可以活到四萬七千歲。

那兩個道童把三藏迎入前殿，從道房裡端出一杯香茶來，向三藏說：「師父臨走前曾經交代，要我們去摘兩枚人參果，來給您解解渴，就請聖僧在這兒稍候一下。」說完才回到房中，一個拿了金鑿子，一個捧了丹盤，又將絲帕墊著盤底，一同到後園子，敲了兩枚下來，再繞回前殿，雙手恭敬地奉上。唐僧肉眼一看，唬得戰戰兢兢說：「善哉！善哉！貧僧連酸辣湯都不敢嗅一下，哪敢吃嬰兒的肉解渴？」

一童笑說：「聖僧，您認錯了，這的確是樹上結的果子，吃一口不要緊。」

唐僧一勁地搖手：「胡說！胡說！想他父母懷胎十個月，不知受了多少苦楚，好不容易才生下來，怎麼可以把他拿來當果子吃？」

兩道童見三藏千推萬阻，只好拿著盤子，轉回道房。那人參果不能久放，一放久便僵了走味。二人回到房裡，只好一人一個，坐在床邊，只管咔嚓咔嚓地啃起來；中間還夾了一些說話。

天下事就有這樣湊巧！這間道房的隔壁就是廚房。八戒正在架柴燒飯，剛剛才聽見說取什麼金鑿子，他耳朵早豎了起來，這回又聽見說唐僧不認得人參果，合該他們享用。……那啃嚙的響聲，直惹得八戒口水忍不住汩汩地流，心想：「無論如何也要偷個來嘗嘗味道，可是自家身體笨重，怎爬得上樹枝？只要等猴子來，與他商量，才有希望。」獃子一陣胡思亂想，在鍋灶前更無心燒飯，卻不時地往廚房門外伸頭探腦。不多時，見行者把馬牽回來，拴在槐樹下，正待往前殿走去找師父。那獃子急忙用手亂招，壓低了聲音亂喊：「嘿！師兄，這裡來！這裡來！」

悟空見八戒招手，果然轉來廚房，笑說：「獃子，你嚷什麼？想是飯不夠吃？先讓師父吃飽，我們再到前邊大戶人家化緣去。」八戒壓低嗓子說：「你快來，不是飯少！這觀裡有人參果可吃，你曉得嗎？」悟空眼睛一亮說：「只聽說過人參果乃是草還丹，吃了極能延年益壽，這裡果真有？」

八戒便將剛才無意間偷聽到的話略說一遍，又說：「那兩個童子實在賴皮！師父既然不吃，便該讓給我們吃，他倆卻瞞著我們，躲在道房裡，一人一個，嘓啅（ㄍㄨㄛˊ ㄓㄨㄛˊ guó chuó）嘓啅地吃掉，聽得我老豬口水損失掉好幾斗。哥呵，你是一等一的爬樹高手，後園子裡一定還有一些，你就去偷摘幾個來，讓我止止饞！」

悟空笑說：「這個容易，老孫一去，摘它個一籮筐回來。」急轉身，就要往外走。卻被八戒一把扯住：「哥呵，我聽隔壁講，要拿什麼金鑿子去敲呢！必須幹得妥當，不可走漏一點風聲才好。」

大聖聽說，使了一個隱身法，閃進去道房看。原來那個童子吃完果子後，便到前殿去和唐僧說話。大聖見四下裡無人，一眼瞥見窗戶上掛著一條赤金棒，暗想：此物就叫做金鑿子吧？他伸手取下來，跳出道房，繞到後邊，果然發現一棵頂天立地的大樹。他就倚在樹下，往上眺望，見向南的枝葉裡，露出一個人參果，形狀真的就像嬰兒一般。那猴子是個天生爬樹偷桃的專家，只見他抱著樹幹，骨碌碌地爬上樹枝，拿出金鑿子敲了一下，那果子撲地落下去。他隨即跳下地面尋找，卻寂然不見，四下的草叢裡更不見蹤跡，不覺喃喃自語說：「怪事！怪事！難道它有腳會走路？即使會走路，也不可能立刻走出這塊方圓之地。我知道了！想是被園子的土地發覺，不許老孫偷他的果子，被他收回去了。」

悟空想著，捻動真訣，叫一聲「唵！」將管園子的土地公拘來面前質問：「你難道不知道老孫是蓋天下有名的賊頭？當年偷蟠桃、盜御酒、竊金丹，也不曾有人敢跟我分吃；怎麼今日偷了鎮元子一個果子，你就抽頭分去了？」

唬得土地急忙叩頭分辯說：「大聖錯怪小神了！這人參果有遇金而落、遇土而入的特性；剛才被大聖敲落地面，它便立即鑽入土裡去了。」

孫悟空聽說有理，喝走土地公，自個兒又爬上樹。這回他學聰明了，一隻手拿金鑿子，一隻手將衣襟扯開做個兜兒，分別敲了三枚，跳下樹就直奔廚房。八戒見了，有些兒等不

及：「哥呵，到手了沒有？」悟空將衣兜展示了一下，笑說：「這不是嗎？我一共偷了三個，不要瞞沙僧，你快去叫他一聲。」

沙僧來到後，三人每人拿一個去享用。那八戒一則腸子粗嘴巴大，二則剛才聽了童子的咀嚼聲，饞蟲早已蠢動，當下搶了一枚略大些的人參果，仰起脖子，轂轆（ㄍㄨˇ ㄌㄨˋ gǔ lù）的一聲就囫圇吞下肚裡去。這時，他轉過臉來，見悟空、沙僧才啃著皮而已，竟翻白著眼，向兩人耍賴：「你兩個吃的是什麼？」

沙僧莫名其妙：「這不是人參果嗎？」

八戒連忙湊上前：「是人參果！可是不知有什麼味道？」

悟空早看出獃子的用意，笑說：「沙老弟，不要理他！他已經吃過了，小心上他的當。」

八戒透著哀求的口吻說：「哥呵，誰叫老豬天生的嘴巴大，不像你們能夠細嚼慢嚥，絲絲地嘗出一些滋味來。我也不知有核無核，就一口吞了下去。哥呵，做人要做徹底，既已誘動我肚裡的饞蟲，再去弄幾個來，好讓老豬慢慢地吃它一吃。」

孫悟空立刻拉下臉來：「獃子，你好不知足哩！這種東西，不比米飯、饅頭，遇著了盡量填個飽。據說一萬年總共才結三十個而已，我們已經吃了它一個，算是天大的福氣了，也該滿足！」說罷，欠起身來，把那支赤金棒，找個窗縫，丟入道房，再也不理睬八戒的糾纏。

那獃子只管絮絮叨叨地咕噥，不料卻被兩個道童聽去了一句話：「人參果吃不過癮，哥呵，再去偷一個來吃吃吧！」童子知出了紕漏，急回頭看，又見金鑿子棄在地下。慌得兩人直奔入後園子，倚在那棵人參果樹底下，望上查數，顛倒來顛倒去地數，只剩二十二個。其中一童屈指算說：「果子原來三十個，師父開園時已吃了兩個，還剩二十八個；剛才敲下兩個給三藏吃，還有二十六個；如今只剩二十二個，等於少了四個！不用說，定是被那夥醜八怪偷去！我們現在就去找三藏要！」

兩個童子出了園門，直接奔到前殿，指著三藏鼻尖，禿前禿後、賊頭賊腦，不絕於口地亂罵。唐僧聽不過去，皺起眉頭說：「仙童啊，你們在鬧什麼？有話就慢慢講！」

一童氣忿忿地說：「你還裝耳聾？唆使徒弟去偷摘人參果，你還想推得一乾二淨？」

唐僧合掌說：「阿彌陀佛，小兄弟不要生氣，怎斷定是我唆使的？且斷定是我徒弟偷的？縱使已經摘了吃掉，你們不要嚷，我拿錢賠你們就是。」

一童說：「賠？告訴你，就是有錢也無處買！」

三藏只好說：「既然賠不起，俗話說『人非聖賢，孰能無過』，叫偷吃的人賠你個不

是，也就算了——到底是不是他們偷的，也還沒有確定！」

一童搶白說：「怎麼不是他們？他們躲在廚房分不均，還在吵嚷呢！」

三藏無奈，便高聲呼喚三個徒弟。三人知道走了風聲，邊走邊約定不要承認。到了前殿，八戒故意裝蒜說：「師父，飯快熟了，叫我們有什麼事？」

三藏說：「徒弟啊，不是問飯。他們這觀裡有什麼人參果的，恰似嬰兒的模樣，你們之中是哪一個偷了吃掉？」

八戒挺著肚子說：「我老實，不曉得，也沒有看見。」那獃子話一說出，行者就噗哧一聲，忍不住笑出聲。

道童便指著孫行者：「笑的就是他！笑的就是賊！」

孫行者喝聲：「我老孫天生就是這個笑臉，你家丟了東西，難道就不准我笑？」

唐僧莊重地說：「徒弟啊，我們出家人不要說謊，不要昧了良心！果真吃了，就賠個失禮吧！何苦這般抵賴？」行者見師父話說有理，便老實說：「師父，不關我的事，是八戒在廚房偷聽到那兩個道童正在吃什麼人參果，他也想吃一個嘗嘗滋味，慫恿老孫去敲了三個，我兄弟們各吃一個。如今吃也吃了，隨他拿我們怎麼辦吧！」

一童扯直嗓子說：「偷了四個，還謊說三個呢！」

八戒一聽，忍不住嚷說：「哥呵，既然偷了四個，怎只拿出三個來分？定是你暗地裡藏了一個！」

二道童問得是實情，愈加謾罵不堪。那行者一聽入耳裡，恨得火眼圓睜，牙關咬得嘎嘎（ㄍㄚˊ gá）響，把條金箍棒握得幾乎揑出汁來，忍了又忍，暗想：「這童子這樣可惡，老孫打從出生到現在，還不曾受過這種窩囊氣！若打殺了這兩個潑童，又恐師父念起緊箍兒咒——等我送他一個『絕後計』，讓大家都吃不成！」想著，把腦後的毫毛拔下一根，吹口仙氣，叫聲「變！」變作一個假行者，陪沙僧、八戒站在那裡，忍受道童的辱罵。他的真身卻一縱，跳到後園子的人參果樹下，掣出金箍棒，往樹幹上乒乒乓乓亂打一氣，再使個移山倒海的神力，把樹整棵推倒。然後再潛回前殿，真身與假身合一。

大概罵也罵夠了，一童說：「這些和尚真能忍受得住氣呢！任憑我們像罵雞一般，罵了老半天，全沒個回音——或許他們不曾偷四個也說不一定，那樹高葉密，萬一數錯了，豈不誣賴了他們？我們再去數一遍看看。」兩人又繞到後園子，只見樹倒根出，葉落枝斷，現場一片凌亂。嚇得兩人魂飛魄散，手酥腳軟，跌倒在地，心中只管叫苦：「完了！完了！斷了我五莊觀的丹頭，絕了我仙家的根苗！師父回來，看我們怎麼交代？」

一童說：「師兄，不要嚷出聲！我倆暫時整理好衣冠，不要驚嚇了那幾個禿驢。這裡沒有別人，定是那個毛臉雷公嘴幹的好事！我們若是現在去向他問罪，那廝畢竟會抵賴，爭執起來，免不了一場鬥毆。你想我們兩個，怎麼敵得過他們四個？不如我們且裝作不知，先去哄他們一哄，說果子不少，是我們算錯了，轉向他們賠個不是；然後趁他們吃飯的時候，你站在門右，我站在門左，出其不意把門關上，再落個鎖，不放他們走。等師父回家，再任憑師父處置。不這樣，不足以減輕我們的罪！」

兩童商量好，勉強打起精神，裝作歡喜的樣子，回到前殿，對唐僧鞠躬說：「師父赦罪！人參果並無短少，只因為樹高葉子濃密，算不仔細，剛才語言粗魯，沖撞之處，還請師父原諒！」

在一旁的八戒趁機接下去說：「你看！你看！你們這兩個童兒，年幼無知，不把事情弄清楚，就來胡亂冤枉我們！老豬向來老實，怎會做出這種事來？」孫悟空心底下明白，口裡不言，知是童子說謊，其中必有蹊蹺（ㄒㄧ ㄑㄧㄠ xī qiāo）。

三藏終於鬆了口氣說：「既然事情弄清楚了，徒弟們，早點吃飯，早些兒離開這個是非之地。」就在師徒四人，每人手裡拿碗，口裡扒飯的當兒，兩道童撲的一聲響，把前殿的門從門外關上，再扣下了一副銅鎖，又出聲痛罵：「你們這些饞鬼！偷嘴的禿賊！偷吃了果子不算，還把我們的仙樹推倒。這一回，看你們插翅也難飛離這兒！」

唐僧一聽，知是行者搗的鬼，不覺埋怨起來：「你這個猴頭，三番兩次闖禍！偷吃人家的果子，被罵幾句，也就罷了，還狠心把人家的仙樹推倒。如今被鎖在這兒，看怎麼脫身？」

行者只顧嘻笑說：「師父，區區一把銅鎖是難不倒我老孫的！等天黑，我們再脫身不遲。」

三藏一有隱憂，哪有胃口再吃飯？便把碗筷丟下，自個兒打坐去了。那八戒吃得正上癮，將鍋裡的米飯一撈吃得精光，還嘟囔不夠吃，又要去架柴升火，再煮一鍋。行者將他的耳朵揪住，低聲說：「獃子，天已黑了，我們要趁機溜走，你要留在這裡頂罪？」

八戒努了努嘴：「前後門都落了鎖，你怎麼溜得出去？」

「看老孫的手段！」行者說著，把金箍棒捻在手中，使一個解鎖法，往門上一指，只聽得鏗鏘的一聲，門扇果然自動打開。八戒笑說：「叫鎖匠來，也不見得這般俐落！」

「這小小的一個門兒，有什麼稀罕！就是南天門，指一指也就開了。」行者口裡說著，腳下不敢怠慢，忙請師父上馬，八戒挑行李擔，沙僧攏著馬頭，一行四人，連夜往西急急奔去。

一夜馬不停蹄，趕到天亮，大約已遠離五莊觀一百二十里了。師徒四人隨便找一處樹

林坐下，一夜沒睡，個個疲憊。那長老下馬打坐，沙僧倚著行李擔打盹，八戒枕著石頭齁（ㄏㄡ hōu）地睡著，卻只有行者一人，仍有精神盪著樹枝玩耍。約莫到了中午，忽從樹後轉出一個行腳的老道，來到唐僧面前，拱手說：「長老一路東來，可曾經過萬壽山五莊觀？」行者在樹枝上，早聽出老道話中有話，不等唐僧回答，連忙岔開話說：「我們是從大路來的，不曾經過叫什麼五莊觀的！」

「潑猴！你想瞞誰？」那老道指著行者大罵：「我就是五莊觀裡的鎮元大仙，你推倒我的人參果樹，連夜逃到這裡，還不招認？趁早還我的樹來！」

行者惱羞成怒，掣出鐵棒，往老道背後就打。老道側身閃過，踏起雲光，立在半空中，現出本相，將袖口一甩，使一個「袖裡乾坤」的手法，刷地一聲，把四僧一馬吸入袖裡。八戒猛地驚醒，睜眼一看，黑窟窿咚的，誤以為自己睡過頭，師父、行者、沙僧三人撇下他先走一步，不覺放聲大哭起來。忽聽悟空的聲音：「獃子，發什麼夢囈？我們被鎮元子籠在袖子裡哩。」八戒揉揉眼睛，甚覺不好意思，忸怩了一會，才咧嘴說：「既然被他籠在袖子裡，看老豬一頓釘鈀，築他個窟洞，大家好從這兒溜走。」舞動手中的傢伙，猛力一築——卻像築在一層厚棉被上，哪裡築得動？

卻說大仙轉踏祥雲，逕落五莊觀，立刻叫徒弟拿繩子來，接著由他伸手入袖裡，像抓

傀儡一般，把唐僧眾人一一抓出來，分別綁在前殿的四根柱子上；又吩咐徒弟捧出那條龍皮做的七星鞭，要從三藏先打起。行者一聽，暗想：「我那老和尚不耐打，若是一頓毒鞭打昏了或打死了，豈不是我造的孽？」忍不住開口說話：「大仙錯了，偷果子的是我，吃果子的是我，推倒樹的也是我，怎麼不先從我打起？」

鎮元子一聽，笑說：「這潑猴倒敢做敢當！也罷，從他先打起！依照人參果的數目，給我打三十鞭。」

拿鞭的道童，刷的一聲，就往行者的腿部打去。孫行者惟恐仙家的法器厲害，不敢掉以輕心，便把腰扭一扭，變作兩條熟鐵腿，讓他一共打了三十下。隨後，鎮元子又命令：「其次打三藏管教不嚴之罪，也一樣三十鞭。」

悟空又出聲：「大仙又錯了，偷果子時，我師父不知道；吃果子時，我師父沒看到；推倒樹時，我師父不在場；我師父縱然有管教不嚴之罪，我這個做人大徒弟的，理當替他代打。」

鎮元子笑說：「這潑猴，雖然狡猾，卻倒也有些孝心！好吧，再打他三十鞭，好替我的人參果樹出氣。」

又打了三十鞭，悟空低下頭看，兩腿被打得通體發亮，暗叫一聲：「好險！」這時天色已晚，鎮元子便叫手下把龍皮鞭浸在水裡，等明天再拷打。

到了夜深人靜，悟空說聲「變！」將身子變小，鑽出繩索，再解下其他三人的綁，找到馬匹，拿了行李，師徒四人靜悄悄地摸出了大門。臨走前，悟空叫八戒去拔了四顆柳樹根，分別綁在四根柱子上，再念動咒語，咬破舌尖，把血噴在樹上，剎那間，四顆柳樹根各變成唐僧、八戒、悟空、沙僧的模樣，依舊被綁在柱子上。

這一切手腳，做得神不知、鬼不覺，一行四人，仍然急匆匆地摸黑上路，筆直地朝西奔去。到了天亮，唐僧禁不住兩夜沒睡，坐在馬鞍上一搖一幌地打盹，八戒則是呵欠連天，沙僧也是一腳高、一腳低地走路，只有行者依然神采奕奕地蹦跳。

在五莊觀上，那鎮元大仙天亮起床，吃了早齋，呼喚手下，到前殿集合，繼續拷問。四人都不說話，大仙吩咐仙童拿龍皮鞭打唐僧，乒乓一陣打，唐僧吭也不吭，大仙奇怪，上前用手一摸，叫：「呵呀，不好！」唐僧變成柳樹根了；再打悟空、八戒、沙僧，也同樣都變成柳樹根。大仙看了，忍不住呵呵冷笑：「好一個滑溜的潑猴！」縱起祥雲，不一會兒就趕上唐僧四人，按落雲頭便罵：「潑猢猻，往哪兒逃！還我的人參果樹來！」

孫悟空見鎮元子又趕來，急忙對八戒、沙僧使個眼色，各拖出兵器，一擁上前，把大仙圍在空中，一陣亂打亂築。鎮元子取出麈尾，左遮右拂，抵擋不住；忽然猛喝一聲，袍

袖一展，颼的仍將四僧一馬全部籠去，捉回五莊觀。

這一次，大仙吩咐手下拿出十四匹布和一大桶生熟漆，把唐僧師徒四人分別纏裹及塗漆，只留頭臉露出外面。行者笑說：「好，好，正好大殮。」八戒也忍不住笑說：「大仙，上頭包紮倒不要緊，千萬拜託在下面留個孔兒，不要把我老豬的尿兒、屎兒給阻塞住了。」

鎮元子不理他們，又叫手下準備來一口大鍋。行者又笑說：「獃子，抬出大鍋來，想是要煮飯給我們吃哩。」八戒眼睛一亮：「想是可憐我們，要讓我們做個飽死鬼。」

大仙又交代架起乾柴，搧起烈火，將油注入鍋裡；等火候到了，才命令手下：「把那潑猢猻丟下油鍋，炸他一炸，好替我們的人參果樹報仇。」

行者聽大仙這樣說，心下暗喜：「正合老孫的意思！這些年來忙於求經趕路，一向不曾洗澡，皮膚不免有些騷癢，就趁此機會，洗它個痛快。」頃刻間，油鍋已經滾燙。大聖本想洗它一洗，可是又怕仙法厲害，自己弄巧成拙，當真被炸焦了，豈不成了冤死鬼？想著，四下裡張望，瞥見門口的左側有座石獅子；計上心頭，便把元神一縱，跳到門口，咬破舌尖，朝石獅子噴了一口，叫聲「變！」變作他本身的模樣，再使個偷天換日的手法，讓假身裹著漆布，真身卻一縱，跳到屋簷上，倒勾著身子觀看。

只見四個奉令的仙童，過來抬假行者，竟然抬不動；八個來抬，也抬不動；又加四個，依然抬不動；最後一共勞動了二十個仙童，吆喝一聲才扛起來，往油鍋裡一摜——只聽砰的一聲，濺起來的滾油點滴，把來不及閃的小道童臉上燙出了幾個燎漿大泡；又聽燒火的小童喊說：「不好了，鍋漏了！」喊聲未了，一鍋的滾油流得滿地都是，鍋底打破了一個大窟窿，原來是一座石獅子擱在鍋裡面。

鎮元子見狀，不覺大怒：「這個潑猴，實在可惡！溜走便罷了，怎麼又搗毀了我的鍋灶？好吧！另換新的鍋灶，去把唐僧拿來炸一炸，替我的人參果樹報仇。」

行者躲在屋簷上聽得明明白白，心裡暗驚：「這下子糟了！師父若到了油鍋裡，一滾就死，二滾就焦，到三五滾，早已變成稀爛的和尚了！看樣子還得老孫去救他一救。」想定，一個觔斗，跳下殿前，拱手說：「大仙別忙，還是由老孫親自來下油鍋吧！」

大仙咬牙切齒地罵：「你這潑猴！怎麼弄手段，搗了我的灶？」行者笑說：「你遇著我就該倒灶！干我什麼鳥事？老孫本想承受你的一些油湯油水，不巧大小便急了，若在鍋裡拉撒起來，恐怕汙了你的熱油，不好調菜吃。如今大小便通乾淨了，正好下鍋，炸起來才香酥脆哩。」

鎮元子一把扯住行者，冷笑說：「我早聽說你的鬼計多端，不能奈你何！你儘可以

賣弄你的神通，但是你到底不能脫得了我的手掌。即使你逃到西天，見了你那佛祖，他也少不了還我的人參果樹！」行者笑說：「你這個老頭，好小家子氣！若要樹活，有什麼困難！早說出這句話，不就可以省去這一場糾紛？」

大仙依然冷笑：「你若有本事將樹醫活，我不但送你們師徒一程，而且與你八拜為交，結為兄弟。」行者笑說：「話就這麼說定了，老孫保證還你一棵活跳跳的人參果樹就是了！現在你就鬆了我師父他們的綁，我這一趟去，你們可要好好款待我師父，每天三頓飯、六次茶，不得缺一；袈裟髒了，替他漿洗；等我回來，若是看到我師父臉兒黃了、手腳瘦了，當心老孫將你的五莊觀踩為平地。」

鎮元子說：「好，一言為定！」

「那老孫去了！」

孫悟空縱起觔斗雲，快如閃電，疾如流星，轉瞬間來到南海普陀山上。菩薩早料到他的來意，故意責罵說：「你這潑猴，不知高低！鎮元子乃是地仙之祖，我也要讓他三分，你怎麼這樣衝動？發起脾氣就打傷了他的仙樹！」

大聖正待分辯，菩薩接下去說：「幸虧我這只淨瓶裡的甘露水，善能醫治一切仙樹靈苗。當年，太上老君曾經與我打賭，他把我的楊柳樹枝拔回去，放入八卦爐裡炙得焦乾，

再送來還我；我拿了插回瓶中，經過一天一夜，立刻又恢復從前青綠的樣子。」

行者大喜過望：「既然烘焦的尚能醫活，那推倒的，有啥困難？勞煩菩薩走一趟吧！」兩人駕起祥雲，往五莊觀的方向飛去。

鎮元大仙和三藏師徒們，見孫悟空請來觀音菩薩，慌忙出來迎接。彼此寒暄過後，眾人便陪菩薩到後園子，眼看那棵人參果樹，根也斷了、枝也枯了、葉也落了，可憐整棵撲倒在塵埃裡。菩薩即刻吩咐悟空伸出左手，她用楊柳枝蘸著淨瓶中的甘露水，在他手掌心上畫了一道起死回生的符，然後再叫他把手伸入樹根底下。不一會兒，突然從根下湧出一股清泉。菩薩忙請大仙拿來玉瓢，把清泉舀起來；再叫八戒、沙僧將樹扛起來扶正，填上土壤；最後用楊柳枝，將玉瓢內的清泉，灑向人參果樹。不一刻鐘，那棵仙樹果然又恢復從前綠意盎然的樣子，樹上不多不少掛著二十三個人參果。

那先前負責接待唐僧的兩個道童，仔細數了一下，驚訝地說：「怪了，前日不見果子時，顛倒地數只算出二十二個，如今怎麼又多出了一個？」

行者笑說：「這叫做日久見人心，前日老孫只偷了三個，那一個落下地就鑽入土裡。八戒直嚷，以為我暗藏了一個，以致走了風聲，糾纏到現在，才見水落石出。」

鎮元大仙見人參果樹恢復了原狀，笑得合不攏嘴來，急令道童拿來金鑿子，把人參果

敲下十來個，請菩薩坐首席，唐僧師徒坐右席，五莊觀的人坐左席，來個熱熱鬧鬧的「人參果會」。那三藏到現在方知是果子，吃了一個；八戒忍不住嘴饞，口裡啃一個，口袋裡卻暗藏一個，留待晚上吃；其餘諸人各吃一個。這個聚會，快快活活，直吃到日落黃昏，方才各自散去。

菩薩早駕祥光，逕回南海去了。唐僧師徒又在五莊觀上留宿了一夜，等到天亮，這才告辭大仙，繼續上路。

十四、蓮花洞開金角銀角的玩笑

過了萬壽山，師徒四人一路上曉行夜宿，飢餐渴飲，說不盡的辛苦。除了投宿與化齋外，又必須避開熱鬧的地區走路，以免沖撞了人家。原來前一陣子路過一處小鎮，那鎮上人們見從東方突然來了四個和尚，忍不住好奇，紛紛圍上去觀看。八戒見被阻住去路，惱羞之下，把蒲扇耳擺了幾擺，竹筒嘴伸了一伸，嚇得那些人東倒西歪，喊爹叫娘也似地逃命。為避免再發生類似這種情形，三藏便叮嚀八戒，若遇到人家，就把長嘴揣在懷裡，把耳朵貼緊腮幫，裝作斯文模樣。

且說這一天，大夥兒專撿一條偏僻的路徑走，竟兜到一座高山。八戒所挑的行李重，不免埋怨腳下崎嶇難走。忽聽一陣窸窣（ㄒㄧ ㄙㄨˋ xī sù）聲，從樹林裡走出一個樵夫。八戒見了人來，立即把長嘴揣入懷裡，耳扇貼緊，瞅眼望著對方。那樵夫將八戒打量了一下，搖頭說：「不像，不像，不像豬八戒的模樣！」

行者見樵夫話中有話，跳上前攔住去路說：「老哥，不知有什麼指示？」樵夫又把行者打量了一番，若有所悟地說：「像，像，像孫悟空的模樣！」

這前後兩句話，倒把唐僧師徒四人推入五里霧中，個個面面相覷。行者最是猴急，掣出金箍棒，往地下一搗，震得整座山都搖搖亂動，喝聲問：「老頭兒！你怎麼知道我們的名號？快招來！」在一旁的八戒，也趁機火上添油，把耳扇攤開，長嘴伸直，默默地傻笑。

唬得樵夫戰戰兢兢跪在地上說：「各位有所不知，這座山住了兩個魔王，隨身攜帶有五件寶貝，神通極為廣大。他們早已放出風聲，要吃唐僧的肉；最近又將唐僧師徒四人畫圖繪影，叫小妖拿去山前山後張貼。我是前天從那邊山腳下經過時看見的，如今無意間把你們指認出來。冒犯之處，原諒！原諒！」不等把話說完，樵夫猛叩頭不已。

三藏見狀，覺得過意不去，連忙跨下馬鞍，將他扶起來。那樵夫見對方不追究，飛也似地滾下山去了。這時候，行者笑說：「原來只是兩個小妖精霸占了這座山，不值得大驚小怪！」行者嘴上說得輕鬆，心下到底不免有一絲著急，暗自尋思：「那兩個妖精的手段

不知怎樣？且先慫恿獃子出頭，去和妖精廝打一場。若是打贏了，就算他一功；若打輸了被抓去，等我再去解救不遲，也好顯出老孫的本領。只怕獃子懶惰，不肯出頭廝打，師父又有些兒護短，且讓老孫勾他一勾。」

大聖想定，故意把金箍棒丟下，伸手把眼睛揉了幾揉，擠出些淚水來，迎著三藏面前，直唉聲歎氣。八戒看見，慌了手腳，急忙叫住沙僧：「老沙，馬繩不用牽了，快來分行李。」

沙僧莫名其妙：「二哥，怎麼回事了？」

八戒說：「分了吧！你往流沙河再去做水怪，我老豬要回高老莊探望妻子。再把白馬賣了，買口棺材給師父送老，大家散伙！」

唐僧在馬上聽見，喝聲：「這個獃貨！正走著路，胡說些什麼？」八戒回答：「是我老豬在胡說！您沒看見，連那弼馬溫也哭起來了。他是個鑽天入地、斧砍火燒、挨龍鞭、下油鍋，樣樣都不怕的硬漢；如今戴了頂愁帽，淚眼汪汪的，一定是他已知道這山裡的妖怪十分凶狠。像我們這樣軟弱的人兒，怎能過得去？不如趁早散伙算了！」

「你暫時不要胡說，讓我問你師兄，看他怎樣說話。」三藏說著，把行者叫到面前：「悟空，你有什麼話要當面說？自個兒哭喪著臉，豈不存心要嚇唬我們？」

行者繼續揉搓眼睛說：「師父，打從一路取經以來，我哪件事敢不盡心盡力？如今到了這地界，只恐妖魔厲害，我一個人勢孤力單，如何應付得了？因此不免煩惱起來。」唐僧點頭說：「你說得也是！兵書上說『寡不敵眾』，我這裡除了你，還有八戒、沙僧，任憑你調度指揮，作你的幫手。」

悟空見這一場扭捏，果然奏了效，逗出唐僧這幾句話來，心下暗喜，只是仍假裝心情沉重：「師父，若要通過這幾座山，必須八戒聽我的話做兩件事。他若不聽話，不能作我的幫手，那要過去就難了。」八戒一聽，急嚷：「哥呵，不去就散伙，不要強拉我下水吧！」

行者也不管八戒嘟囔，開口直說：「第一件是看師父，第二件是去巡山。」

八戒說：「喲，看師父是坐，巡山是走，總不至於叫我坐一會兒又走，走一會兒又坐，兩頭怎忙得過來？」

行者笑說：「獃子，我並沒有叫你兩件事一齊幹呀！你只要選一件就可以。」

這時，八戒才轉憂為喜說：「這還差不多！只是不知看師父要怎樣？巡山要怎樣？」

行者笑說：「看師父嘛，師父要拉屎、撒尿，你得伺候；師父要走路，你得攙扶；師父要吃齋，你得去化緣。若是讓師父餓了、瘦了，你就該打。」

八戒一聽，慌了：「這個難！難！難！伺候屎尿走路還不太要緊，要叫我去鄉下化緣，則難上加難了！這條西方路上，萬一人家不認識我是取經的和尚，誤以為是從山裡闖出來的一頭半壯不壯的肥豬，吶喊起來，一時扁擔、掃帚、棒棍、繩索齊下，把我老豬圍困翻倒，拿去宰了，醃著過年，豈不跟遭了瘟一樣？」

行者帶著命令的口吻說：「那麼去巡山吧！去打聽打聽這座山叫什麼山？洞叫什麼洞？洞裡大妖、小妖一共有多少個？我們也好商量對策。」

「這個容易！」那獃子束了束肥腰，挺著釘鈀，雄赳赳地朝深山裡走去。

行者見八戒去遠了，忍不住捧腹大笑。冷不防被三藏罵了一句：「你這潑猴，從不念及師兄弟手足之情！此次捉弄他去巡什麼山，你卻躲在這裡笑他！」

行者依然笑說：「不是笑他，我這笑中有笑！您看豬八戒這一去，絕不是去巡山，他哪敢見妖怪？必定跑到一個隱蔽處，睡上一大會兒，再捏個謊，來哄我們哩。」

三藏說：「你怎麼知道他會這樣？」

行者說：「我最了解那獃子了！若不信，等我跟蹤在他的背後，一則幫他降妖，二則看他是否有誠心拜佛。」

唐僧半信半疑說：「好，你跟去看看，但記住不要捉弄他！」

行者應了諾，跳上山坡，搖身一變，變作一隻蟭蟟蟲兒，嚶的一翅飛去，趕上八戒，釘在他耳朵後的鬃根底下。那獃子只管向前走路，哪裡料到身上多了隻小蟲子？約莫走了七八里路，把釘鈀撇下，轉過頭來，望著唐僧方向，指手畫腳地罵：「你這個軟耳朵的禿和尚，捉弄人的弼馬溫，唯唯諾諾的沙悟淨！你們都在那裡自在快活，卻叫我老豬來探什麼鳥路，巡什麼鳥山！哈！哈！哈！管他什麼大妖小妖多少個？我先睡上一覺，再回去含含糊糊的說一共有九個，可憐不耐打，被老豬的九齒釘鈀，一齒對一個，全都給打死了。」獃子一口氣罵下來，轉過頭，四下裡找尋草窩，只見山凹處有一塊紅草坡，他一頭鑽進去，用釘鈀耙出個地鋪，轂轆一聲就躺下，又把腰桿伸了一伸，嚷說：「快活！快活！就是那弼馬溫，也不見得有我這般逍遙！」

行者釘在八戒的耳根後，句句聽得清楚，忍不住飛到空中，搖身變作一隻紅嘴尖的啄木鳥，刷的一翅飛下來。那獃子只管蒙頭倒睡，睡得正酣，哪裡會料到是啄木鳥的尖嘴，只覺得嘴唇被什麼東西扎了一下，唬得爬起來，口裡亂嚷：「有妖怪！有妖怪！把我戳了一槍去了，嘴上疼得發麻呀！」

獃子伸手摸摸，只滲出血絲來，又嚷說：「哎呀，我又沒什麼喜事，怎麼嘴上掛了紅？」

抬頭一看，見是隻啄木鳥，還停在半空中抖著翅兒，不覺咬牙罵說：「這個小畜生！弼馬溫欺負我也罷了，連你也來欺負我！」語氣一轉：「噢，我曉得了，牠一定是把我的長嘴當作一段黑朽枯爛的木頭，以為木頭裡有蛀蟲吃，便朝我啄了一下。那麼我就把嘴揣在懷裡睡吧！」

孫悟空聽八戒一陣絮絮叨叨，接著再度睡倒，又刷地一聲俯衝下來，朝他的耳根後啄了一下。獃子慌得爬起來，口裡嚷著：「好狠，好狠，又叮了我一下！想這裡一定是牠的巢，惟恐被我霸占了。也罷，也罷，不睡了！」

悟空見八戒扛著釘鈀，鑽出紅草坡，往深山走去，又立刻搖身一變，變作一隻蟭蟟蟲兒，釘在他的耳根後。那獃子走了三四里路，發現山腰有三塊桌面大的青石頭，便放下釘鈀，對石頭唱個大喏。原來他把石頭當作三藏、沙僧、悟空三人，朝他們念台詞一般演習哩。只聽獃子說：「我這一回去，見了師父，若問起有幾個妖怪，就說有九個妖怪；他問什麼山，我就說是石頭山；他問什麼洞，就說是石頭洞；若萬一再問起什麼門，我就說是釘釘（ㄉㄧㄥ ㄉㄧㄥ dìng dīng）的鐵葉門。」

八戒編好了謊話，拖著鈀，繞回本路。行者在他的耳朵後，聽得一清二楚，見他往回走，先騰起雙翅，早一步飛回去；現出原身，見了師父，便把八戒鑽入草叢裡睡覺，被啄木鳥叮醒，朝石頭唱喏，又編造九個妖怪及什麼石頭山、石頭洞、釘釘的鐵葉門等經過，從頭至尾說了一遍。三藏總不大相信，說：「豬八戒會編謊話，我倒不信！」不多久，那獃子走了回來，又怕臨時忘了台詞，低著頭，嘴裡反覆地念著。忽被行者喝了一聲：「獃子！念什麼經哩？」

獃子被唬了一下：「我到地頭了？」

三藏安慰他說：「悟能，辛苦了。」

獃子精神抖擻地說：「正是！走路的人和爬山的人，天底下第一辛苦咧。」

長老問：「有妖怪嗎？」

八戒嚷說：「有妖怪！有妖怪！一堆妖怪咧！」

長老又問：「妖怪一共有幾個？」

行者忍不住插嘴：「是不是有九個？」

八戒一聽，登時嚇得矮了二寸說：「爺爺呀！你怎麼知道？」

大聖跳上前，一把揪住他：「我再問你，什麼山？什麼洞？什麼門？」

獃子慌了，結結巴巴地說：「石頭山，石頭洞，釘釘的鐵葉門。」

大聖罵說：「你這個吃糠的獃貨！這是什麼地界，你還貪睡，被啄木鳥叮得疼不疼？

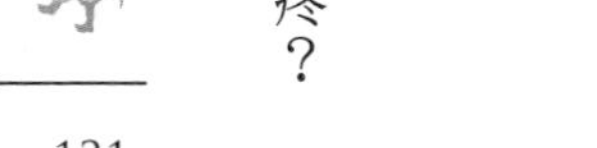

快伸腿過來，挨打五棍，當作教訓！」

八戒慌忙跪倒：「爺啊，下次不敢了！你那支哭喪棒重，擦一下皮破，碰一下筋傷，若打五下，只有死豬一條了！」

三藏在一旁見了不忍心：「悟空，你就饒他一次吧！」

行者冷笑說：「哼，獃子，快向師父叩頭！你再去巡山，若再偷懶誤事，加倍打十棍！」

八戒見逃過了哭喪棒，叩了頭，握起釘鈀，直奔大路。可是疑心生暗鬼，以為悟空又變化成蟲兒鳥兒跟住他；只見他一步一回頭，看見一隻白頸老鴉，對他當頭喳喳地連叫幾聲，也以為是悟空變化來跟蹤的。其實，這一趟孫悟空並沒有跟他去，只是他自己在胡亂猜疑。

卻說這座山，叫做平頂山；山中有一洞，名叫蓮花洞；洞裡住了兩個魔頭，一個叫金角大王，一個叫銀角大王。這一天，銀角奉了金角的吩咐，帶著唐僧師徒連馬五口的圖形，點動三十名小妖，出來巡山，也是豬八戒的晦氣臨頭，竟面對面撞個正著。獃子心頭一慌，急忙把長嘴揣入懷裡，耳扇貼緊，把釘鈀藏在背後，兩眼眨呀眨的，閃在路邊，裝作恭順的樣子。

忽其中有一名小妖，指著八戒喊說：「大王，這個和尚像圖畫中豬八戒的模樣！」

銀角仔細把圖形跟猷子對照一下，喝令說：「和尚！把嘴伸出來！」

八戒故意喘著嗓子說：「胎裡帶來的病，伸不出來。」

銀角便命令手下，拿鈎子要鈎八戒的長嘴。那猷子慌得把嘴伸出來說：「本爺爺正是豬八戒，你們要把我怎樣？」說著，舉起釘鈀，虛幌一招，轉身就要溜。可惜慢了一步，早被銀角大王手中的七星劍攔住去路。八戒知道溜不掉，發起狠來，拼命向前。銀角見他口裡呅呅喝喝，嘴涎四噴，不免有一絲害怕，便回頭招呼眾小妖，一齊動手。八戒一看眾小妖圍上來，慌了手腳，倒拖釘鈀，回頭就跑。不想路面凹凸不平，不曾看得仔細，忽然絆了一腳，跌了個踉蹌。掙扎起來正要再跑，又被一個小妖趕上扳住了腳跟，撲的又趴了個狗吃屎。最後被那二三十個小妖，七手八腳地按住，有的抓鬃毛，有的揪耳朵，有的扯腳蹄，有的拉尾巴，拖拖推推地捉回蓮花洞去。

銀角到了洞口就喊：「大哥，捉來一個了。」

金角立即迎出洞口看：「老弟，抓錯了，這個和尚沒用。」

八戒一聽忙接口說：「是啊！我粗笨，是個沒用的和尚，放了我吧！」

銀角拱手說：「哥哥，不要放他！雖然沒用，也是和唐僧一夥的。把他浸在後邊水池

中，浸退了毛，用鹽醃著曬乾，等陰天好下酒。」

八戒聽了，亂嚷：「天哪！撞著了一個賣醃臘肉的妖怪！」

大魔頭命令小妖把豬八戒抬進去，他卻和二魔頭商量捉唐僧的計策。二魔頭忽心生一計說：「對付唐僧必須用軟的，不可硬來的；又必須提防他身邊的孫悟空，聽說他手段十分厲害。咱們必須這般這般……」

金角點頭之後，銀角不帶半名小妖，獨自個跳出洞口，跳到山路邊，搖身變作一個跌斷腿的老道，口裡有氣無力地喊：「救命噢！救命噢！」

且說三藏一行三人，見八戒巡山還沒有回來，一則去尋找他，二則慢慢趕路。正行走間，忽聽救命聲，拐過彎路，見一個老道，蹲在路邊，腳下血淋淋的。唐僧看了大驚失色：「道長，你是哪裡來的？腳為什麼受傷？」

銀角哎呀哎喲的說：「師父啊，我是這座山西邊一間宮觀裡的道士，剛才帶著一個徒弟經過前面那裡，不料從樹後闖出一頭斑斕（ㄌㄢˊ lán）老虎，把我的徒弟叼走，貧道沒命地逃，卻在亂石坡這一帶把腿跌斷了，再也動彈不得！求求師父發個慈悲，救我一命，順路送我回觀裡，這輩子定感激不盡。」

長老心軟，便把馬匹讓出來，要給老道騎。那老道卻哀求說：「師父的好意不敢忘記，

只是我的腿胯跌傷，不能騎馬。」

三藏回頭叫沙僧說：「悟淨，你把行李擱到馬背，你揹他一揹。」

銀角見是沙僧要來揹他，又急忙說：「師父啊，我剛才被猛虎嚇怕了，見這位晦氣臉的兄弟，愈加害怕，不敢讓他揹。」

唐僧見老道既然這樣說了，便叫行者揹他。行者連聲答應：「我揹！我揹！」

銀角一眼就認定了孫行者，順從地讓他揹，再不出聲。行者一邊揹，一邊冷笑說：「你這個潑魔，也不打聽打聽老孫是何方的人物！你這些鬼話兒，只能瞞得唐僧，能瞞得了我嗎？想吃唐僧肉，就乾脆說一聲，何必兜這麼一大圈子？老孫可沒那個耐性與你磨菇哩。」

走了大約三五里路，唐僧的馬快，早繞到另個山坡去了。孫行者到底是隻猴子，一雙天生彎曲的圈盤腿，本來走路就必須連跑帶跳的，方趕得上馬蹄；這下子，身上多揹了一個比他重三四倍的傢伙，自然舉步艱難，哪能跑快？眼看落後師父一大截路，心中不免埋怨：「師父這般大年紀了，還是不會體諒人家！這麼遙遠的路途，空著肩膀趕路也嫌累，何況又揹了一個妖怪！不要說妖怪，就是一個大好人，吃到這麼大年紀了，死了也不會遺憾——不如就此摔死他，揹他幹什麼？」

孫悟空想著，正盤算要摔。那妖怪早已猜出他的心意，即刻使一個移山倒海的手法，念動咒語，把一座須彌山遣在空中，劈開來壓行者。大聖慌得把頭偏一邊，正好壓在左肩上，不覺笑說：「我的兒呀，你使什麼重身法來壓老孫？這個倒也不怕，只是一肩重一肩輕，不平衡，難走路哩。」

銀角見一座山不夠，又遣來一座峨眉山。孫行者見頭上又落下來一座山，忙把頭偏一邊，讓它壓在右肩上。只見他挑著兩座大山，反而精神抖擻，流星趕月一般地追他師父。魔頭一看，嚇得渾身涼了半截，一不做、二不休，又調來一座泰山，往行者的頭上罩下去。這時，孫行者才筋疲力盡，被壓在三座大山的底下。

銀角大王見壓住了孫悟空，立刻現出原形，駕起一陣狂風，趕上唐僧。從雲端裡伸下兩隻巨手，抓住三藏、沙僧，再使個攝法，把馬匹、行李一同抓回蓮花洞。到了洞口，高叫說：「哥哥，這些和尚都拿來了！」

老魔王連忙迎出洞口，定睛一看，搖手說：「賢弟啊，又抓錯了！要是孫行者沒有抓到，一切努力都白費力氣！」

二魔王笑說：「哥呵，虧那猢猻被你捧上天，其實也沒有多大本領！早被我遣了三座大山，壓在底下，只有乾喘氣的份兒呢！」

金魔一聽，方才眉開眼笑地將銀魔迎入洞裡，吩咐小妖，去把豬八戒撈出水池，連三藏、沙僧一起吊起來。另一方面，拿出「紫金紅葫蘆」和「羊脂玉淨瓶」，吩咐兩個小妖說：「你兩個拿著這兩件寶貝，跑到高山頂上，把底兒朝天，口兒朝地，叫一聲『孫行者』！他若應了聲，就已裝入裡面，再貼上『太上老君急急如律令』的封條，只要一時三刻，他就化為膿水了。」

那孫行者被壓在三座大山底下，忽想起師父必然也凶多吉少，一時悲從中來，忍不住嗚咽出聲。早驚動那些一路上暗中保護唐僧的六丁六甲，以及三座山的山神。那些六丁六甲對山神說：「你們可知道山底下壓的是什麼人？他就是五百年前大鬧天宮的齊天大聖孫悟空！你們怎把山借給妖魔壓他？這回你們準是死定了！」

一番話，嚇得山神個個心驚膽跳，慌忙跑到孫行者的面前叩頭請罪。行者揮揮手，叫他們快把山遣開，免得挨揍，並答應赦他們不知之罪。那三個山神一齊念動真言咒語，把山歸回本位。只見行者一個滾地跳起來，抖抖身上灰塵，從耳裡掣出金箍棒，對山神喝聲：「都伸出腿來，每人先打兩下，讓老孫解解悶！」

眾山神一齊磕頭說：「大聖不是答應赦小的們不知之罪？怎現在又變卦了！」

行者笑說：「你們不怕老孫，卻怕妖魔哩！都給我滾開，老孫要去找妖魔算賬！」行

者說著，回頭見山凹處有一道霞光，朝這裡移來，便問山神：「那放光的是什麼東西？」

眾山神齊聲回答：「是妖魔的寶貝所放出的光！想是派小妖要來捉大聖。」

孫行者喝退山神，搖身一變，變作一個老道士，閃在路邊，把金箍棒橫在路的中央，靜等兩個小妖來到。不一會兒，見那兩小妖提著袖口，只顧奔跑，不曾提防，忽絆了個腳，撲的一跌，爬起來，才看見老道打扮的行者，口裡便嚷：「咦！你這老道兒是誰？從哪裡來的？」

行者笑說：「我是蓬萊山來的老神仙，路過此地，要找一個仙童，你們哪個肯跟我去？」兩妖一聽對方是神仙，要找一個仙童，無不爭先恐後要去。行者反問：「你們兩位又是從哪兒來的？要往哪兒去？」

一妖答說是從蓮花洞來的，另妖答說奉命捉拿孫行者。大聖明知究竟，卻不動聲色地說：「是不是那個跟隨唐僧往西天取經的孫行者嗎？」大聖見兩妖點頭，又接下去說：「說起那隻潑猴，我還認得他，他生性傲慢，曾經罵我一頓；我現在就跟你們一起去抓他，助你們一臂之力。」

小妖笑說：「不需老神仙幫忙，我們的銀角大王已經遣了三座大山，把他壓在底下，我們只要拿寶貝去裝他就行了。」

行者問：「什麼寶貝？怎樣裝他？」

一妖吐露說：「我拿的是紅葫蘆，我兄弟拿的是玉淨瓶，兩寶貝的功用是一樣的。我只要把葫蘆口朝地，叫聲孫行者，他若應了聲，立刻就被裝入裡面，再貼上一張『太上老君急急如律令』的封條，只消一時三刻，他就化為膿水了。」

悟空一聽，心底下暗暗吃驚，卻不露聲色地說：「兩位可否把寶貝，借我過目一下？」

那小妖不疑有他，果然從袖中摸出兩件寶貝，雙手遞給老神仙看。大聖拿在手中，本想颼地一聲搶著就跑，可是一想，豈不成了白日搶奪？砸了齊天大聖的名聲！想著，又把寶貝遞還給小妖，故意裝作不屑的口吻說：「你們的寶貝雖然可以裝人，卻比不上我這個可以裝天的寶貝稀罕哩！」不等說完，暗中拔下一根毫毛，在手指間捻了一捻，叫聲「變！」變出個特大號的紫金葫蘆，從腰後摸出來給小妖看。

兩小妖吃了一驚：「當真可以裝天？」

孫行者笑說：「天若是招惹我生氣，一月之間我就裝它個七八次。」

兩小妖私底下商量：「哥呵，我們裝人的寶貝跟他換吧？」「他裝天的寶貝，怎肯跟我們交換？」「若他不肯，再貼這個淨瓶給他吧！」「但我們總要親眼看一次他裝天呀！」

大聖聽見，點頭表示可以裝一次天給他們看看。只見孫大聖低頭念動口訣，叫動六丁

後，六丁六甲急以傳音入密的手法，通知孫悟空知道。

六甲，立刻去替他奏明玉帝，說要借天來裝一下。玉帝知道大聖告急，忙傳令叫哪吒太子拿著一面黑旗到南天門，適時去把日月星辰遮住，以便助孫悟空一臂之力。一切準備妥當後，六丁六甲急以傳音入密的手法，通知孫悟空知道。

那兩小妖眼巴巴地看老神仙嘴裡只管喃喃念念，就是不動手裝天，正等得不耐煩，忽聽神仙吆喝一聲「俺把你哄！」一把那顆大葫蘆往天空一拋。哪吒太子即刻把那面黑旗刷喇喇地展開，把日月星辰都遮住了。霎那間，下界呈現一片黑暗，真的叫人伸手不見五指。果然把兩小妖唬作一團：「怪事！怪事！剛才明明才中午時刻，怎一下子就變黑夜了？」

大聖把假葫蘆接回手裡，得意地說：「日月星辰都裝在這裡面了，天色怎麼不黑？」

小妖一聽，忙請老神仙快把天放了，他們情願交換寶貝。大聖見他們心服口服，又迅速念動咒語，通知哪吒太子把黑旗捲起。不一會兒，果然重現光亮世界。哄得小妖叫嚷：「太妙了！太妙了！這樣好的寶貝若不交換，一定是傻瓜。」說完話，立刻拿出紅葫蘆與玉淨瓶，交給老神仙。孫行者接過手，也把那顆特大號紫金紅葫蘆遞給他們。

那兩小妖以為占了一件便宜事，四隻手捧著一顆假葫蘆，左瞧右看，興高采烈地撫摸。忽兒回頭，不見了老神仙，一妖埋怨說：「哥呵，神仙也會說謊？他說換了寶貝，就要從我倆之中挑一個去當仙童，怎麼不告而別？莫非年紀一把，忽然給忘了？」

另一妖卻只專心在裝天的把戲上，一手搶過假葫蘆，口裡也學孫行者念了一段「俺把你哄」的咒語，真的把葫蘆往天空一拋，不料竟撲的落下來。一妖見不靈，他也搶過去試了一試，那葫蘆依舊墜下地。這時，兩小妖方才慌了，亂嚷：「一定是孫行者假變成老神仙，把我們的寶貝騙去了！」「怎麼可能？孫行者不是被三座大山壓住？」

就在兩小妖你猜我嚷，孫行者在半空中聽得明明白白，忍住笑聲，索性再把身體一抖，收回那根變成假葫蘆的毫毛。這一來，弄得兩妖四手皆空，一個說你拿去，一個說我沒拿，推來推去，又在地下草叢中亂摸亂找，最後才恍然大悟是上了孫悟空的當。跌足頓腳也沒用，只好硬著頭皮，逕回蓮花洞繳令。

孫行者站在半空中，見兩小妖氣急敗壞地奔回去，又搖身變作一隻蒼蠅，哼哼地飛去跟在後面。看見兩個魔頭，正坐在洞裡慶祝喝酒。兩小妖上前跪下，只是一直地磕頭，等魔頭再三逼問，方才把孫行者假冒成老神仙騙去寶貝的經過說一遍。老魔聽說，暴躁地跳起來：「可惡！可惡！那猴頭竟敢騙去我們的如意寶貝！」

二魔頭說：「哥呵，既然被騙去兩樣寶貝，也就算了！幸好我們還有三樣：七星劍和芭蕉扇在我們身邊，幌金繩放在壓龍山壓龍洞老母親那邊，如今我們快派人去請老母親來吃唐僧肉，順便帶幌金繩來捉孫行者。」

孫悟空聽得明白，抖開翅膀，哼的一聲飛出洞口，趕在兩小妖的背後，落地一變，變作另一個小妖的模樣，追上前，哄說是大王派他來督促他們的。兩小妖也不疑有詐，一起趕路。當快到達壓龍洞，悟空冷不防掣出金箍棒，將兩小妖打成肉餅，然後從身上拔下一根毫毛，跟他自己變作兩小妖的模樣，到了洞口，扯聲便喊：「我倆人是平頂山蓮花洞派來的，要請老奶奶去吃唐僧肉，順便帶幌金繩捉拿孫行者哩。」

那老媽子一聽，不疑有他，立刻叫人備轎。行者兩人便在轎前引路，默默地走了五六里路。來到一處山崖，行者忍不住掣出金箍棒，將老媽子連同兩名轎夫一棒打死，搜出幌金繩，自己卻搖身變作老媽子的模樣，坐在轎子裡，又拔出三根毫毛，遞補兩名轎夫及一名小妖；一行五人，吆吆喝喝地回到蓮花洞口。金角、銀角聽見，即刻迎了出來，接到洞裡的首位坐下，雙雙叩頭請安。

且說豬八戒被吊在屋梁上看了，忍不住哈哈地笑了一聲。沙僧莫名其妙：「二哥，你還會被吊出笑聲來？」

八戒笑得像發了豬癲一般說：「那老媽子我還以為是誰，原來是弼馬溫變的！他背著我們，我吊得高，所以看得清楚他那條猴尾巴呢！」

孫悟空端坐在寶座上，也側耳聽到那獃子的笑聲，故意對魔頭說：「我兒呀！這次專

程來吃唐僧的肉，我先不吃；倒是聽說過有個叫豬八戒的，他的耳朵又嫩又脆，正好可割下讓我下酒哩。」

八戒一聽，慌了就嚷：「天殺的！遭瘟的！你要割我的耳朵，我喊出來不好聽！」兩個魔頭聽豬八戒這一嚷，立刻起了戒心。忽聽洞口撞進來幾個巡山的小妖：「大王，不好了！孫行者打死了老奶奶，他卻假扮成老奶奶來哄您呢！」

魔頭應聲跳起來，哪容分說，掣出七星劍就砍。孫行者見走了風聲，化作一道紅光，奔向洞口。銀角大王仗著寶劍，追出洞外。孫悟空也掄起金箍棒迎敵，雙雙大戰了二三十回合，仍分不出勝負。

悟空忽地一想：「我已騙得他的三件寶貝，何不拿出來用用？免得跟這廝苦鬥！」想著，從腰間抽出那條幌金繩，喊一聲「中」！往那魔王的頭上扣去。想不到弄巧成拙，那銀角卻懂得「緊繩咒」和「鬆繩咒」，他見幌金繩擲過來，扣住自身，連忙念鬆繩咒，將幌金繩拿在手裡，再念段緊繩咒，反向那猴頭身上拋去。大聖見自身被幌金繩綑住，緊急使個「瘦身法」脫身，可是哪裡脫得了身？

銀角大王不覺哈哈大笑，將孫行者扯住，搜出身上的紅葫蘆和玉淨瓶，直帶回蓮花洞，把他綁在柱子上。那吊在梁上的豬八戒，見弼馬溫也被捉來，嘻笑地說：「哥哥呀，

耳朵吃不成了！」

孫行者不理睬豬獃的譏笑，見四下裡無人監視，弄個神通，掙脫繩子，再拔下一根毫毛，變作假行者，拴在柱子上，他自己卻搖身變作一個小妖，立在那兩個正在猜拳吃酒的魔頭旁邊。只聽八戒又在梁上亂喊：「不好了，拴的是假貨！」

老魔停下酒杯問：「那豬八戒在吆喝些什麼？」

行者變的小妖連忙稟告：「大王，是豬八戒要慫恿孫行者變化逃走，孫行者不肯，兩個正在那裡爭吵哩。」

二魔也停住酒杯：「還說豬八戒老實！原來這般不老實，該打二十記嘴棍！」

行者就去地下拿了一根棍子，上前要打。八戒笑說：「你打輕一點，若重了些兒，我就發喊起來，看你溜得了？」

悟空低聲罵說：「獃子！老孫變化，也只為了你們！你卻要扯我的後腿？可是話說回來，這一洞裡的妖精都認不得我，怪哩，怎麼偏偏你認得？」

八戒努著嘴笑說：「哥呵，你雖變了嘴臉，還不曾變得兩塊紅屁股呢！」

行者一聽，默不吭聲地溜到後面廚房，在鍋底摸了一把，將屁股抹黑，再回到前頭。八戒見了，又忍不住笑說：「這個猴子去後面混了一會兒，倒弄出個黑屁股來。」

孫悟空不理豬八戒，自個兒挨近魔王身邊說：「大王，你看那行者，被拴在柱上，仍一勁地左掙右扯，恐怕弄壞了我們那條幌金繩，得換上一條粗麻繩才好。」

老魔聽說有理，便把腰間的獅蠻帶解下來，交給小妖。行者接了帶子，上前把假行者拴住，換下幌金繩，暗中塞入自己袖內，又拔一根毫毛，吹口仙氣，變出一條假的幌金繩，雙手呈給魔頭。那魔頭只管貪酒，也不曾仔細看，就收了下來。孫行者得了寶貝，捉個空隙，溜出洞外，現出原形，挺著金箍棒，厲聲高叫：「潑魔，我是孫行者的弟弟者行孫，快出來受死！」

老魔接獲小妖通報，大驚：「拿住孫行者，怎麼又有個者行孫？」

二魔放下酒杯說：「哥哥，難道怕他不成？寶貝都在我們手裡，等我拿葫蘆去把他裝回來。」說著，整頓披掛，拿了紅葫蘆，走出洞外，但見來人長得跟孫行者一般的模樣，只是屁股黑黑的，喝聲便問：「既然來人是者行孫，你敢應我一聲嗎？」銀角大王把話說完，將葫蘆朝地，叫一聲：「者行孫！」

孫悟空想：「孫行者是我的真名，者行孫是假名，大概不會被裝進去吧？」想著，挺起胸膛，當真應了一聲。說也意外，他應了一聲，颼的被吸入葫蘆裡。銀角大王連忙貼上封條，帶回洞中。原來這寶貝不管名字真假，只要對方應個聲音，就會被裝入裡面。那大

聖到了葫蘆裡面，黑漆漆的一片，用頭往上一頂，哪裡頂得動？不免著急起來。忽聽葫蘆外老魔的聲音：「放著不要動它，等一會兒搖得出聲響，再揭開封條看看。」

行者暗想：「我這樣一個硬幫幫的身子，怎可能搖得出膿水的聲響？也好，等我撒泡尿哄哄他們。」忽又一想：「不行，不行，尿液雖然搖得聲響，卻可惜污了我這條虎皮裙！不如等他搖時，我在口裡聚集些唾液，稀哩嗯喇地漱著，哄他揭開。」行者做好了準備，就是遲遲不搖。

那兩個魔頭只顧痛快喝酒，一霎時把什麼都忘了。忽聽葫蘆裡傳出者行孫的聲音：「天呀！我的孤拐腿化了！」魔王且不去搖它，不一會兒又聽：「娘呀！連腰骨都化了！」老魔一聽，呵呵笑說：「化到腰際，差不多都化盡了！老弟，揭起封條看看。」

孫悟空聽見，馬上拔了一根毫毛，變作半截身子，擱在葫蘆底下，真身卻變隻蟭蟟蟲兒，釘在葫蘆嘴邊。當二魔王揭開封條，他早已飛出去，打個滾，又變成一個小妖，侍候在魔頭旁邊。只見銀角扳著葫蘆嘴，送給老魔看。那金角大王瞇著眼，瞧了一下，見還剩半截身子，也認不出真假，慌忙叫說：「兄弟，快蓋上！他還沒有完全化掉！」

銀角聽說，忙把封條貼上，然後順手把葫蘆交給身邊的小妖收著，又繼續喝他們的好酒。不想那小妖正是孫行者變的，他接過手，趁魔頭忙於傳杯不注意的當兒，把葫蘆蓋塞

入自己袖裡，拔根毫毛。變顆假葫蘆，托在手上。托了一會兒，嫌累贅，又拔根毫毛，變出個小妖模樣，讓他托著假葫蘆。孫悟空又趁大家忙於吃慶功宴，自個兒偷偷溜出洞口，現出原形，掣出金箍棒，高聲罵戰：「潑魔，快滾出來！我是者行孫的弟弟行者孫，特地來替我的兩位哥哥報仇！」

老魔聽見小妖通報，大驚：「哇，惹動他一窩孫了！幌金繩拴了孫行者，紅葫蘆裝了者行孫，怎麼又來個行者孫？」

二魔笑說：「哥哥放心，葫蘆可以裝得下一千人，才裝了者行孫，我再去裝行者孫來湊雙！」說著，拿起假葫蘆，仍像前番雄赳赳、氣昂昂地踏出洞口，瞥了一眼來人說：「你叫行者孫嗎？本爺爺剛才吃飽酒菜，肚裡撐得很，不想陪閣下廝打，你若有種，敢應我一聲嗎？」

行者孫笑說：「你叫我，我就應了你；我叫你，你也敢應嗎？」

一語甫出，把銀角大王唬了一跳：「我叫你，是因為我有個裝人的寶貝；你叫我，難道你也有個什麼東西，可以裝人？」

只見行者孫從腰間摸出一個葫蘆兒，笑說：「潑魔你看，這不是嗎？」

銀角大王見了，不勝詫異地說：「怪怪，你的葫蘆怎跟我的一模一樣？就是同一根藤結的，也有個大小色斑的差異！」

行者孫笑說：「這有什麼好怪怪的？我這顆是雄的，你那顆卻是雌的哩。」

魔王把葫蘆拿起來幌了一幌：「管你是雄的雌的、公的母的？只要能裝得人，就是好寶貝。」

大聖笑說：「那麼我讓你先裝裝看。」

魔王心下暗喜，急忙跳到半空中倒提葫蘆口，叫了一聲：「行者孫！」大聖一聽，一口氣連應了八九聲，只是裝不了。慌得魔頭跳下地面，搥胸頓腳地說：「天哪，時代變了！我這個寶貝竟也怕起老公來了！」

惹得孫大聖哈哈笑說：「說話算話，輪到老孫叫你的魂哩。」說罷，急縱觔斗，跳到半空中，把葫蘆口朝地，對準魔王，叫聲：「銀角大王！」

那魔頭正在驚疑之間，不覺應了一聲；說也奇怪，倏地就被吸入裡面。行者見裝進去了，立刻貼上「太上老君急急如律令」的封條，然後再跳回地面，跳到洞口繼續罵戰：「老潑魔，快滾出來，我已替你弟弟辦好喪事哩！」

老魔一聽小妖通報，唬得魂飛魄散，骨軟筋麻，撲的跌倒在地，放聲大哭；滿洞群妖，也一齊痛哭流涕。哭了一個段落，又聽小妖報告：行者孫打破洞門了。老魔跳起來，咬牙

切齒地罵：「這潑猴，也太可惡了！什麼者行孫、行者孫，原來都是你孫行者一人搗鬼的！小的們，洞中還有幾件寶貝？」

眾妖應聲：「還有七星劍、芭蕉扇、玉淨瓶三件寶貝。」

老魔焦躁起來：「那瓶子也是用來裝人的，已被孫行者識破竅門，沒用放著！快把七星劍、芭蕉扇拿來！」不一會兒，穿好披掛，把芭蕉扇插在領子背後，把七星劍綽在手裡，點動大小群妖，一起殺出洞口。

孫悟空見來勢洶洶，立刻拔了一撮毫毛，丟入嘴裡嚼碎，噴出去，變出千百個孫行者，個個手執金箍棒，上前迎敵。老魔急了，立即喝退眾妖，拔出芭蕉扇，刷喇喇的一扇，搧出了一道熊熊的火焰出來，又一連搧了七八下，燒得烈火騰空。大聖從來沒見過這般猛烈的火，不免也膽戰心驚，急把毫毛收回身上，只將一根變作假身，裝作左閃右閃的樣子。他的真身，卻一個縱跳到老魔及眾妖的背後，溜入洞裡。只見一個放光的寶貝擱在桌上，卻是那只玉淨瓶，他也順手撈了；然後去褪掉八戒、沙僧身上的繩子，各執武器，一起殺出洞口。

又是一場混戰，殺得那些大妖、小妖，喊爹叫娘沒命地逃。老魔見行者、八戒、沙僧衝入陣中，怕傷著自己的手下，便把芭蕉扇收起來，只仗著七星劍迎敵。行者見他們殺得

激烈，一個觔斗，跳到半空中，從懷中掏出玉淨瓶，掩在老魔的背後，叫一聲：「金角大王！」

那老魔以為是自家的小妖呼叫，急回頭應了一聲——不想，颼地被吸入淨瓶裡。孫行者趕緊又貼上「太上老君急急如律令」的封條。眾小妖見老魔也完了，哄地一聲，四處逃散去了。不一刻鐘，洞裡洞外又恢復原來的平靜。

行者、八戒、沙僧三人，見剿除了妖魔，連忙進入洞裡解下唐僧。師徒們休息了一會兒，不敢逗留太久，收拾好行李擔，牽出馬匹，一行四人，又上路往西方前進。

行不多久，忽從路旁閃出一個瞎眼的老頭，扯住三藏的馬頭說：「和尚，哪裡走？還我的寶貝來！」

孫行者睜開火眼金睛一看，知是太上老君，慌忙上前施禮：「老官兒，還你什麼寶貝？」

太上老君急忙升上空中：「葫蘆是我用來盛丹的，淨瓶是盛水的，寶劍是煉魔的，扇子是搧火的，繩子是我用來勒緊袍子的。那兩個孽畜，一個是我看金爐的童子，一個是我看銀爐的童子。只因他倆偷了我的寶貝，私走下凡，我正派人追蹤，卻被你這猴頭拿住！」

大聖跟著跳上天空，笑說：「你這老官兒，也實在疏懶！竟放縱手下行凶，該判你個管束不嚴之罪哩。喏，寶貝拿去！」

李老君收回五件寶貝，揭開葫蘆與淨瓶的封條，倒出兩股仙氣，用手一指，化為金銀二童子，帶在左右，逕回兜率天宮去了。

十五、火雲洞紅孩兒的三昧真火

師徒四人拜別了太上老君，又繼續往西趕路。日月競走，一幌眼，又是初秋的氣候。這一天，遇見一座高山擋住去路。大家正驚疑的觀望，忽見山窪裡湧出一朵紅雲，直沖上九霄天空，結聚成一團火氣。孫悟空見了大驚，急跳上前，把唐僧攔腰抱下馬，叫一聲：「妖怪來了！」慌得八戒急掣釘鈀，沙僧扯起寶杖，三人將師父圍護在中間。

過了一會兒，等火氣自動散了，悟空方才鬆了口氣，依舊扶唐僧上馬：「想是路過的妖怪，不敢傷人，我們走吧！」八戒笑說：「弼馬溫最會說話了，妖怪又有個什麼路過的？」

行者不理睬那獃子的話，繼續走自個兒的路。師徒四人走到一個山腰處，忽聽路邊

有人喊救命，順著聲音，看見了一個十七八歲少女，被繩子綁在樹幹上。那女子長得花容月貌一般，看得豬八戒不覺動了非非之想。那獃子也不認清對方是誰，立刻迎上前，跑了個豬癲風，將少女身上的繩子解下。三藏在馬背上問說：「女施主怎會被綁在這荒郊野外？」

那女子擦了擦眼圈，一副楚楚可憐的模樣說：「我姓紅，住在這座山的西邊。昨日晚間被一夥強盜綁架到這裡，已經凍了一個晚上。多謝師父救命！」

行者睜起火眼金睛，認得這少女是個妖精，掣出金箍棒，劈頭就打。唬得長老喝聲制止：「這猴頭，人家是個落難女子，休得行凶！」

悟空見一棒被妖精閃過，又被師父數落了幾句，發起狠來，往女子頭上再一棒打下去。這妖精有一些手段，見行者的棍子打來，立刻使個「屍解法」，讓真神預先走了，留下一個假屍體，被打死在地下。這一來，唬得唐僧戰戰兢兢，口中念說：「這猴頭凶性未改，屢勸不聽，又無故傷人的性命！」

八戒見好一個漂亮女子，被行者打成肉醬，氣忿不過，也在一旁添油加醋說：「哥哥也實在狠心！一定是這幾個月來，不曾耍棒子；如今趁這個機會試一試身手，不想棍重，把人家打死了！哥哥什麼都不怕，最怕緊箍兒咒了！」

唐僧的耳根子軟，果然聽信八戒的攛（ㄘㄨㄢ cuān）唆，口裡念起咒來。慌得行者喊叫：「頭痛！頭痛！莫念！莫念！有話好說！」

三藏止住咒語說：「有什麼話好說？出家人慈悲為懷，你卻魯莽地行凶；打死了一個無辜的人，就是取到了經，又有什麼用？你回去吧！」

行者跪著說：「師父息怒，我下次不敢了！」

三藏見他有悔意，才放鬆口吻說：「既然你認了罪，就饒你一次；若再犯同樣過錯，我就把咒語顛來倒去念個二十遍！」

行者勉強點頭應諾，意興闌珊地陪著大夥繼續趕路。拐過一個山坡，忽聽一陣哭聲由遠而近。唐僧策馬過去，又見到一個八九十歲的老太婆，一路聲嘶力竭地哭來。八戒也不急著上前問明白，嘴裡只管嚷說：「糟了！剛才被師兄一棒打死的，定是她的女兒，這回她娘親自找上門來了！」

行者喝聲：「獃子！那少女才十八歲，這老太婆起碼有八十歲，哪有六十多歲還會生產？斷然是個假的，等老孫仔細看看！」

說著，行者拽開步觀看，見是個妖精，怕她欺近身把師父撈去，急忙掣出金箍棒，吆喝地虛張聲勢。不想那婆子公然不懼，哭哭啼啼地逼過來。行者心下暗想：「若一棒打

死她，惹師父生氣，又念起緊箍兒咒；若不打死，又恐怕師父性命危險！就取一個折衷辦法，輕輕打她一下吧！」想定了之後，掄棒往老太婆的頭上輕輕刮一下。

這妖精卻十分滑頭，見棍子來，抖擻一下身子，脫了元神，變出個假屍首棄在地下。唐僧一見血肉模糊，驚得跌下馬來，更沒有第二句話說，只把緊箍兒咒顛念了二三十遍。可憐把齊天大聖的頭，勒得像葫蘆的腰一般，十分疼痛難忍，滾在地下哀求說：「師父，不要念了，有什麼話我都答應！」

三藏大罵：「你不是我的徒弟，回去吧！」

行者也火了：「回去便回去！可是有一件事必須當面解決……」八戒插嘴說：「師父，他要和您分行李呢！他跟您做了這幾年來的和尚，總不能空著手回去！」

行者喝聲：「你這個尖嘴的獃貨！老孫豈是那種人？我意思是要師父念個鬆箍兒咒，把我頭上的這圈金箍褪掉！」

唐僧聽了大驚：「當時觀音菩薩只傳授給我緊箍兒咒，卻沒有什麼鬆箍兒咒。」

大聖立即哀求說：「若無鬆箍兒咒，您還是帶我走吧！」

長老這時氣也平了：「悟空你起來，我再饒你一次！」

大聖見沒事了，喜得又侍候師父策馬前進。走不多遠，忽又聽有人喊救命，唐僧促馬

上前，抬頭望見松樹梢上吊著一個赤條條的小孩，正一把眼淚一把鼻涕地哭啼。三藏看了不忍，忙叫八戒上去解救。八戒推說猴子第一會爬樹。三藏便叫行者上去救他下來。行者明知也是妖精，無奈不敢違抗師父的命令，只好一個縱跳，將那孩兒救到地面。長老出聲問他：「小童哥，你是哪裡人？怎會被吊在這裡？」

那孩兒抹著眼淚說：「我姓紅，昨日和我娘被一群強盜劫持到這兒，剝光了衣服，凍了一夜。幸虧師父解救！」

八戒聽了大驚：「不好了，剛才被師兄打死的那個女子也姓紅，這個小孩兒也姓紅，定是母子兩人了！」

行者喝聲：「好獃子！那女子才十七八歲，這童兒少說也有七八歲，難道女人十歲就能生產嗎？這謊言不揭自破！」

那孩兒一聽母親已被打死，一時放聲大哭，哭得死去活來。三藏連忙下馬來哄他，只聽他哭嚷地說：「我娘死了，我要回家找我奶奶，來抓你們去官府治罪！」

八戒又一驚：「完了，完了，我們不但打死了他的娘，又打死了他的奶奶，欺負他們一門孤孀，國法難容，天理也難容！」

那孩兒一聽奶奶也慘死，越發號啕大哭，哭得鬼神也愁。三藏見事態嚴重，不敢存僥

倖之心，急叫八戒揹他，一同回山的西邊他家去。八戒聽要由他揹，嘟著嘴，心不甘、情不願，就趁師父不注意，努起長嘴，搧動耳朵，裝出鬼臉，把那孩兒嚇得滿地亂爬，才出聲說：「回師父的話，這個童兒見老豬醜，不敢讓老豬揹！」

唐僧便叫行者揹。行者呵呵笑說：「好，好，由老孫來揹！」

孫悟空把那孩兒扯上背脊，轉頭對他冷笑說：「我師父是個慈悲好善的人，我若不揹你，他就怪我！要我揹，我就揹。你這個潑怪，身體輕輕，就敢在老孫面前搗鬼！」

妖精細聲說：「我骨架小，小時候又失乳，所以身體才這般輕。」

行者笑說：「不管你多輕多重，你若要尿尿，別忘了通知我一聲！若是從我的脊梁上淋了下來，污了我的虎皮裙，到時別怪老孫不客氣！」說著話，故意拉短腳步，跟前面唐僧三人越拉越遠，心想撿個偏僻處，結果了妖精，而不讓師父發覺。

那妖精早看出孫行者的鬼計，已把元神預先脫出軀殼，就在行者摔下他的剎那，扯起喉嚨尖叫：「救命啊！殺人啊！」

八戒聞聲急回頭，瞥見行者把孩兒摔在石頭上，吃驚地嚷：「咦！師兄發起猴癲了不成？光天化日下，又把寡婦的唯一兒子摔死！」

三藏聽八戒一嚷嚷，憤慨難禁，立即把緊箍兒咒反覆念了七八十遍。疼得行者倒豎蜻

蜓般地打滾，口裡只叫：「師父呀，不要念，我知錯了，任憑發落！」

唐僧止住咒語，罵說：「猴頭，你還有什麼話說？你在這荒郊野外，就一連打死三人；倘若在人煙熱鬧之處，你拿了那支哭喪棒，瘋狂起來，逢人亂打，闖出大禍，叫我怎樣脫得了身？你回你的猴洞去吧！」

悟空跪著叩頭說：「師父錯怪了，這小孩兒分明也是妖魔，您卻不認得，反信那獃子的冷言冷語，屢次驅逐我。俗話說：『事不過三』，我若仍賴著不走，反顯我老孫沒志氣！走就走，只是你手下沒有人！」

唐僧發怒：「這潑猴越來越狂了！照你說，只你是人，那悟能、悟淨就不是人了？」

行者一聽，止不住傷感：「罷，罷，罷，我走！只是頭上多了個緊箍兒！」

三藏嘔著氣說：「我再也不念了！」

行者聽了應聲說：「這個難說！若師父落入妖魔手掌，不能脫身，八戒、沙僧又救不得您；到那時候，想起了我，忍不住又念誦起來，就是十萬里路外，我的頭也會疼！若是還要爬回來見您，倒不如現在不走！」

唐僧見他瘋言瘋語，越發惱怒，滾鞍下馬，叫沙僧去包袱內取出紙筆，寫了一張貶書，遞給行者說：「猴頭！執此為憑，再不要你做徒弟了！」

孫行者接了貶書，說：「師父，不用氣憤，老孫會自己走路。可是想起這些年來，跟您一場，又蒙菩薩教誨，今日半途而廢，您就請坐著，受徒弟一拜，我走了也安心。」唐僧背轉身，不理睬他。行者拜了幾次都落空，索性使個身外身法，從身上拔下三根毫毛，吹口仙氣，變出三個孫悟空，連本身四個，四面圍住師父下拜。三藏左右躲不開，只好接受他一拜。

行者跳起來，收回毫毛，臨走前吩咐沙僧說：「賢弟，你是個好人，卻也要留心防著八戒。途中若一時有妖精拿住師父，你就說老孫是他的大徒弟。西方毛怪，一聽說是老孫，大概不敢傷師父！」說畢，一個觔斗，縱回花果山去了。唐僧見行者走得無影無蹤，便喝起八戒、沙僧，繼續趕路。

且說躲在半空中的那個妖精，見他們師徒四人內鬨，散了一個毛臉雷公嘴的，心下大喜，就暗地裡弄了一陣旋風，吹得飛沙走石。唐僧見突然起了狂風，慌忙伏在馬背上，不敢動彈；沙僧低頭掩面，忙閃到山坳（ㄠ āu）裡；八戒把行李擔丟下，伏在山崖下呻吟。等狂風一過，八戒和沙僧跳回路上，只聽白馬嘶號，馬背上空空，唐僧早已不知去向，登時唬得兩人面面相覷。

八戒掣出釘鈀，望空亂築，直築得嘴涎四噴，氣喘吁吁。沙僧看了，搖頭說：「二哥

呵，你發豬癲了？妖精又不在這裡，你在跟誰廝打？」

獃子擺擺手說：「兄弟，你不要嚷！妖精一定還逗留在這兒附近，他見我有一支萬夫不當之勇的九齒釘鈀，就會嚇出屎尿來，乖乖把師父送還給我們。」

沙僧見他獃得有趣，不覺噗哧一笑。八戒聽見笑聲，立即止住釘鈀說：「老弟，這有什麼好笑的？若論我老豬這一頓釘鈀，只除了那弼馬溫能招架之外，普天之下，有誰能擋得住？」

沙和尚聽了，自個兒暗笑，便將計就計說：「二哥說得對，咱們現在就去找那妖精算賬！」說著，也扯出寶杖。趁八戒的勇氣正上頭，兩人手中各執著兵器，駕起雲朵，升到半空中，四下裡觀望。瞥見山的東南方有一團紅雲，逐漸地消失。兩人立刻撥轉雲頭，往那個地方追去。

不一會兒，按落雲頭，見山凹處掛著一條澗水，澗間有一座火雲洞，洞口有一小群小妖，正在執槍弄棍，演練武藝。八戒跳上前，大喝一聲：「潑妖精，快還我師父來！若嘴裡迸出個不字，本爺爺就掀翻了你的山場，踩平了你的洞府！」

小妖見突然來了兩個凶神惡煞，慌得丟鎗棄棍，奔進洞裡通報：「大王，不好了！外面有個長嘴大耳的和尚，帶一個黑臉晦氣色的和尚，在門口叫囂，說是要討回他們師父！

否則就掀翻了我們的山場，踩平了我們的洞府！」

妖魔冷笑說：「小的們，把我那根丈八長的火尖鎗拿來，我要親自抓住他們，與唐僧一起湊來吃。」挺著鎗，跳出洞口，吩咐眾妖精擺開陣勢，將八戒、沙僧兩人包圍在中央。那獃子一見對方人手多，頓時矮了半截；又聽魔王命令眾妖包圍，登時嚇出一身冷汗；當魔王挺著長鎗，指著他鼻尖，喝聲說要捉活的蒸吃，已把獃子嚇得魂飛魄散，倒拖著釘鈀，跳上雲朵就逃。沙僧見情勢不對，先逃了八戒，也縱起一陣狂風，跟著溜之大吉。魔王看了，忍不住哈哈大笑，也不去追趕，即刻交代手下，去刷鍋洗灶，準備晚上蒸吃唐僧。

那八戒、沙僧兩人沒命地逃回來，歇在路邊，愁眉相對，想不出個好辦法去解救師父。獃子只好努努嘴說：「沙老弟，我看算了，乾脆就此散伙吧！你走你的流沙河，我走我的高老莊，還比較安穩自在呢！」

沙僧沉吟了半晌說：「師兄呵，難道你忘了菩薩的囑咐？若要救得師父，你只要去請一個人來。」

八戒睜眼說：「誰？」

沙僧催促說：「你還是趁早駕雲走一趟花果山吧！請回大師兄，只有他才有降妖的手

段。」

獃子直搖頭：「兄弟，另請一個吧？那猴子與我相處有些不和。他一定還怪我唆使師父念緊箍兒咒，其實我也只開開玩笑，不想那老和尚竟當真念起來，把他驅逐回去。我若去請他，措辭略微差錯一些，他那根哭喪棒又重，挨它幾下，叫我怎活得了？」

沙僧扯住八戒說：「他絕不會打你，他是個有義氣的猴王。你見了他，先不要提師父有難，只說師父想你哩，把他哄到此處。當他知道師父危險，斷然會跑去與妖精廝打，保證救得了師父。」

八戒只好說：「好吧，好吧，你既然這樣說了，我若不去，不就顯得我不熱心？可是我先把話說在前頭，我這一去，果然弼馬溫肯來，我就與他一路來了；他若不來，你不要等我，我也不回來了。」

那獃子胡謅罷，收拾了釘鈀，跳上雲朵，逕往東海方向去了。一路上，正遇順風，他撐起兩隻大耳朵，恰似帆篷一般，倏忽飄到了花果山的地界。按落雲頭後，四處亂闖，忽聽一陣嘈雜的聲音，循著方向，見一道瀑布掛在半山上，那山凹處正有千百隻猴子分班排列，朝一隻猴頭膜拜，口呼：「大聖爺爺萬歲！」

豬八戒躊躇了一陣，就是不敢大搖大擺去見他，卻往草崖邊，溜呀溜的，溜入那群猴

子，擠入中間，也跟著那些猴子磕頭。孫悟空坐在高處的一塊石頭上，眼尖的很，看出異狀，便喝聲：「那個在班部中亂拜的蠻人是哪裡來的？抓上來！」喝聲未了，早有一群小猴，七手八腳地將八戒拖到前面，按倒在地。

八戒低著頭說：「我不是蠻人，是熟人。」把長嘴往上一伸：「你看，起碼認得出我這張嘴。」

行者忍不住笑說：「豬八戒！」

那獃子聽見一聲叫，一骨碌跳起來說：「正是，正是，我就是豬八戒！」心底尋思：「既然認得，就好說話了。」

行者笑說：「獃子，你不跟唐僧取經去，卻來這裡幹什麼？想是你冒犯了師父，也被貶了？有什麼貶書，拿來我看看哩。」

八戒回答：「不曾冒犯，也沒有什麼貶書，只是師父想你。」

行者喝聲：「當真？」

八戒慌了：「真的是想你！你一走了之後，師父在馬上行進間叫了一聲：『徒弟！』我不曾聽見，沙僧又裝耳聾，師父就想起你來，說我們不如你聰明伶俐，聲叫聲應，問一答十。又說當時趕你走，只是一時的氣話，他現在好想念你呀！」

行者也不答腔，只把話題岔開，領著八戒到水簾洞周圍，到處瀏覽山景。八戒眼見日色已經中午了，恐怕誤了救師父，只管催促：「哥呵，君子不念舊惡，跟我早點兒回去吧？」

悟空卻直截了當回答說：「你要回去，你自己回去。」

八戒驚呆了：「哥哥，你不回去？」

孫悟空笑說：「我回去幹什麼？在這裡多逍遙自在，做什麼和尚？我決定不去，你自個兒回去，叫唐僧不要再想我。」

那獃子聽了，不敢苦逼，只恐他發起性子，抽出金箍棒打上兩棍，豈不冤枉？無奈，只得喏喏地告辭，找路下山。行者見他去了，即刻派兩個精靈的小猴，跟在八戒背後，偷聽他說些什麼。

果然那獃子下了山，不到三四里路，就回頭指著行者，罵說：「你這個潑猢猻，我好意來請你，你卻不去，不去就拉倒！」走幾步，又罵幾聲。

跟蹤在背後的小猴聽了，急忙跑回來報告：「大聖爺爺，那豬八戒不老實，一邊走路，一邊回頭來罵。」

行者大怒，立刻派眾猴去將他拿來。那獃子只顧走路，忽見一窩的猴子湧上前來，心

知不妙，拔腿就想跑。早被眾猴掀翻在地，抓鬃扯毛，拉尾扳腿，吆吆喝喝地扛回洞口。大聖坐在石塊上，開口便罵：「你這個吃糠的獃貨！你走便走了，怎麼還回頭罵我？」

八戒跪倒地下說：「哥呵，我不曾罵你！若罵了你，就爛了舌頭。我只說哥哥不去，我回去報告師父就算了，怎敢罵你？」

行者笑說：「你還想瞞我？我把左耳往上一豎，聽說見三十三天上人的說話聲；把右耳往下一扯，曉得十殿閻王在搗什麼鬼哩。」

八戒翻白眼珠說：「哥呵，我曉得了，你賊頭鼠腦，一定又變化成什麼蟲子，跟蹤在我的後面偷聽。」

行者叫了一聲：「小的們，拿大棍來！」

慌得八戒忙磕頭：「哥呵，即使不看師父的面，也看海上菩薩的面，饒了我吧！」

行者聽見說起菩薩，不覺有了三分轉意說：「獃子，唐僧在哪裡有難？你不老實說，卻來哄我？」

八戒只好照實說：「實不瞞哥呀，你走後不久，師父被火雲洞裡一個挺火尖鎗的妖魔捉去，至今下落不明。」

大聖喝聲：「獃子，我臨走之前，不是叮嚀又叮嚀，若有妖魔出現，就說老孫是他的

大徒弟。」

那獃子暗想：「請將不如激將，趁此機會激他一激。」想定了，努著嘴說：「哥呵，不說起你還好，一說出你的大名，惹得那妖魔越加憤怒地罵：『管你什麼鳥孫！他若敢來，我照樣剝了他的皮，抽了他的筋，啃了他的骨，吃了他的心！看他猴子瘦，我也要把他剁成塊塊油炸！』」

那猴王聽了，氣得抓耳撓腮，暴躁亂跳：「是哪個妖魔敢這樣罵我！想老孫五百年前大鬧天宮，天神天仙見了我，誰敢不恭恭敬敬，口稱大聖？這妖魔何方來歷？敢在我背後罵我！看我把他捉來碎屍萬段！」罵著，急跳下石塊，抓起八戒的手，縱上觔斗雲，頃刻來到唐僧落難的山頭。

按下雲頭，會見了沙僧。孫悟空也無心噓寒問暖，焦躁地掣出金箍棒，喝一聲「變！」變作三頭六臂，耍起三根金箍棒，呼呼響地東打西搗。不一會兒，打出一個土地公來，跪在大聖面前叩頭。行者厲聲問：「這火雲洞裡住的妖魔是什麼來歷？」

土地公慌忙稟告：「若提起他，大聖或許也知道。他叫聖嬰大王，是牛魔王的兒子，羅剎女養的，乳名叫紅孩兒，曾在火燄山修行了三百年，煉成了『三昧真火』，卻也神通廣大，被他老子派來鎮守這座六百里鑽頭號山。」

行者聽了，滿心歡喜，喝退土地公，現出本形，對八戒、沙僧兩人笑說：「不打不相識，原來這妖魔跟老孫有親戚關係哩。」

八戒說：「哥哥，這個節骨眼兒了，還在說笑？你在東勝神洲，他這裡是西牛賀洲，兩地距離千山萬水般遙遠，怎麼跟你有親呢？」

悟空笑說：「我和牛魔王在五百年前曾經結拜過兄弟，既是牛魔王的兒子，若論起輩分來，我還是他的老叔哩。」

說完話，叫沙僧牽著白馬，馬上馱著行李，找條小路，往火雲洞的方向走去。不一盞茶功夫，到了洞的附近，又吩咐沙僧把馬匹行李牽到樹林深處，等候他們的消息。他和八戒，各把武器藏在背後，直走到洞口叫戰。

早有小妖慌忙撞入洞裡通報。魔王聽了，知是唐僧徒弟又來叫囂，端起火尖鎗，帶動一班小妖，推出五輛小車子，出洞迎戰。八戒看了好笑：「哥呵，這個妖精必定怕了，推出車子，往外搬家呢。」

只見那批小妖，將車子各按金、木、水、火、土五個方位，擺好陣勢。魔頭挺著一把尖鎗，對著行者、八戒兩人耀武揚威。

悟空笑說：「我的賢侄，不要再耍花樣了。你今早在山路旁，變化成十七八歲姑娘、八九十歲老婆子以及七八歲瘦怯怯的黃病小兒，這些哄了我師弟，可哄不了我！趁早還了我師父，免得動起干戈。恐你令尊牛魔王知道，怪老孫以長欺幼哩。」

聖嬰大王聽得怒火中燒，咄的一聲，舉鎗就刺。悟空見鎗尖來得狠，一個側身閃過，掄起鐵棒，罵說：「小畜牲，你既不認老叔，我也不認你這小侄，看棍！」兩個你一棒、我一鎗，才戰了幾回合，紅孩兒雖不敗陣，卻只是手忙腳亂，難以招架。八戒在一旁看了，暗想：「弼馬溫若丟個破綻，哄那妖怪撞進來，一鐵棒打倒，不就沒了我老豬的功勞？」想著，抖擻精神，舉起釘鈀就築。

紅孩兒見了心驚，急拖鎗，跳出戰團，回到洞門。行者和八戒趕到洞前，只見他一隻手舉著火尖鎗，一隻手揑緊拳頭，往自個兒鼻梁上搥了兩拳。八戒笑說：「這廝倒會耍賴！自己搥破鼻子，淌出血來，要誣賴我們行凶。」

紅孩兒搥了兩拳，念個咒語，忽從嘴裡噴出火，鼻孔嘴巴一時濃煙四迸，那五輛車子也跟著噴出火燄，夾著呼嘯聲，噴向行者和八戒。獃子慌了：「哥呵，那廝想把老豬烤熟，塗上香料，供他享用！快溜呀！」說聲溜，早跳過澗水去了。

孫悟空當然不怕，念著避火訣，撞入火中。紅孩兒見他逼過來，更噴出幾口濃烈的煙。直把悟空嗆得眼睜不開，抽身跳開火圈，退回去找八戒、沙僧商量對策。

沙僧說：「那廝既然放火，想水能剋火，我們弄些水來不就得了？」「對呀！」行者大喜，一個觔斗、立刻去請四海龍王。四海龍王見大聖親自來借雨降妖，急忙率領水族，一齊來到火雲洞上空。

那紅孩兒見行者又來索戰，連忙點兵妖兵，推出五輛車子，依舊捏緊拳頭，往自家的鼻子搥了兩下，噴出一片火海出來。

逗留在半空中的龍王及水族，見妖魔放出了火，立刻降下一場傾盆大雨。誰知那龍王的雨勢，只撲滅得了凡火，沾在那妖精的三昧真火上，反而像火上澆油，越澆越燒得厲害。

孫行者不知究竟，捻起避火訣，鑽入火中，掄起鐵棒，橫衝直撞地揮舞。紅孩兒見他逼過來，將一口濃煙，噗的噴過去。行者猛一睜眼，剛好噴個正著，熏得那對火眼金睛止不住簌簌地流淚。原來大聖不怕火，只怕煙，他看紅孩兒又噴一口濃煙過來，慌忙一個觔斗跳開火圈，帶著一身煙火，剛好瞥見附近有條澗水，便噗通一聲跳進去。他哪裡知道忽地被冷水一逼，弄得火氣攻心，可憐三魂去了二魂，七魄走了六魄，奄奄一息地浸在水裡。

眾龍王在半空中見孫大聖出了意外，立刻收住雨勢，出聲通知八戒與沙僧知道。那獃

子半信半疑地跑到澗水邊，見猴頭臉色蒼白，直挺挺著泡在水裡，連忙喚來沙和尚，七手八腳地將他從水裡撈到岸邊。沙和尚伸手一摸，嚇了一跳，渾身上下已經冰冷了，不覺滿眼垂淚：「大師兄呵，可憐你那千萬年不死之軀，如今變作個中途短命人！」

八戒笑說：「沙老弟，你哭什麼？這猴子裝死來嚇我們咧！他有七十二種變化，就有七十二條命。來，你扯住他的腳，讓我來捉弄他！」豬獃說著，盤膝坐定，把行者的頭拽直，使一個按摩禪法，喝聲「醒！」只見孫悟空悠悠地睜開眼睛，叫了聲：「師父！」獃子笑說：「師父還在洞裡呢！若不是老豬救你，你早到鬼門關報到了，還不趕快謝我？」

悟空跳起來，也不理獃子的瘋言瘋語，送走了四海龍王，就與沙僧商量搭救師父的辦法。沙僧忽然想起請觀音菩薩來一趟。悟空歎氣說：「我如今腰背酸疼，縱不起觔斗雲，怎麼去請菩薩？」

八戒聽見，自告奮勇說：「老豬去！」

悟空苦笑：「好吧，你要去就去。若是見了菩薩，記住不要仰視，只可低頭禮拜。等菩薩問起，你就將地名、姓名稟告清楚，他自會來降伏妖怪。」八戒聽畢，即刻駕起雲霧，向南去了。

卻說那紅孩兒得勝回到洞裡，心想：「孫悟空吃了暗虧逃生，即使不死，也要他半條老命；這一去，那夥人必然又會去請什麼救兵來。」想著，開了洞門，跳到半空中觀看，正好看見豬八戒騰雲往南方飛去。他驀地一想，知是要去請南海觀音菩薩。這一帶路徑，他最熟悉不過了，便駕起紅雲，抄個近路，趕到八戒之前，搖身一變，變作一個假的觀音菩薩。

八戒只顧低頭趕路，忽然抬頭望見菩薩，他哪裡識得真假？停下來便拜：「菩薩在上，弟子豬悟能叩頭。」接著將唐僧在鑽頭號山遇難、悟空保住一命的經過敘述了一遍。

假菩薩微笑說：「那火雲洞裡的紅孩兒，一向規規矩矩，從來不去傷人，一定是你們冒犯了他。既然如此，我現在帶你去見他，替你說個人情，要他送還你們的師父。」

豬八戒聽說，只是連連磕頭，哪裡敢把頭抬起來？當菩薩起駕，便追隨在一邊，逕赴火雲洞。頓刻間到了洞口，假菩薩邁大步子就進入洞裡。八戒仗著菩薩神威，也大搖大擺地踏進去。忽聽一聲吶喊，眾妖一湧而上，早把他翻倒在地，裝入一只如意皮袋裡，高吊於一根梁柱上。

那獃子不知究竟，只一個勁兒大呼：「捉錯人了，菩薩救我……。」

孫悟空和沙僧兩人，見獃子去了那麼久，還不回來，不免心生疑竇，以為不是走錯

了路頭，便是出了意外。大聖等不住，強忍住渾身的酸疼，揑著鐵棒，走到火雲洞口，高叫：「潑怪！」

妖王得到通報，知那猴頭已無多大能耐，即刻傳令小妖去替他拿來。眾妖得令，刀槍棍棒都出了籠，發聲喊，殺出洞口。行者看了心驚，不敢硬拼，轉身就走；就在洞口的拐角處，把身體一蹲，變作一個包袱。

小妖見了，連忙拿進去報告：「大王，孫行者怕了，只聽我們發一聲喊，慌得把包袱丟下逃命。」

妖王笑說：「這個包袱，也值不了幾個錢，不是和尚的破衫褲，就是些舊帽襪，倒可以拿來作抹布。」

小妖聽說，不知是孫悟空變的，隨手一丟，扔在洞裡角落。行者見瞞過了耳目，再來個身外身法，拔出一根毫毛，吹口仙氣，變作包袱一樣；他的真身，卻變作一隻蒼蠅，釘在洞壁上。忽聽八戒豬瘟般哼呀哼哎的嚷聲，從梁柱上吊著的一只皮袋裡傳出來，便知事情的大概了。

行者嚶的一翅，悄悄地飛出洞口，現出原形，找到沙僧，說明八戒原來是被紅孩兒騙去洞裡。這下子，去請觀音菩薩，就非他親自走一趟不可。幸好元氣已恢復了許多，談話間，只見他一個觔斗，不消半盞熱茶時間，已望見普陀山。到了潮音洞，見到了菩薩，便把唐僧落入魔掌，以及豬八戒被假菩薩騙去洞裡的經過，大略說了一遍。

菩薩一聽，柳眉倒豎地罵：「這妖怪，竟敢變成我的模樣！」哼的一聲，將手中的淨瓶，往海中心撲的一拽。唬得孫悟空毛骨悚然，以為菩薩發了脾氣。驚了半晌，只見海中央波翻浪滾，一隻大龜馱著那只淨瓶冒出海面。菩薩便命悟空去將淨瓶拿上來。可是哪裡想到，他費盡了吃奶力，好似蜻蜓撼石柱，竟不能搖動分毫。

菩薩微笑說：「你這猴頭，平常時只會自吹自擂神通廣大，現在怎連個瓶子也拿不動？老實告訴你，剛才是個空瓶，如今卻裝了一海的水在裡面，當然你拿不動。」

悟空聽了，吐舌咬指不已。又見菩薩伸長右手，輕輕的提起淨瓶，托在手掌上說：「我這瓶中的甘露水，不比龍王的雨水，保證滅得了妖精的三昧真火，我就與你走一趟。」說著話，又吩咐惠岸到南天門，向李天王借來三十六把天罡刀。刀子借來了，菩薩接在手中，望空中一拋，念個咒語，化作一座千葉蓮臺，縱身跳上去端坐，然後帶著悟空，逕往鑽頭號山火雲洞。

不消一刻鐘，已來到火雲洞的半空中。菩薩屈指念一聲「唵！」把淨瓶扳倒，嘩喇喇地傾出水勢來，將整座山漫蓋住，以防妖魔的三昧真火。接著在孫悟空的左手心上，用

楊柳枝蘸水，寫了一個「迷」字，交代說：「你揑著拳頭，快去和那妖魔索戰，許敗不許勝，讓他撞見迷字，引他到天空中，我自有法力收他。」

悟空得令，按落雲頭，跳到洞口，一手使拳，一手使棒，往洞門就搠了一個大窟窿。紅孩兒聽到通報，暴跳起來，挺起火尖鎗便衝出洞口，不由分說，往對方身上猛刺。悟空急側身閃過幾鎗，不敢大意，單手掄起了鐵棒迎架。鬥了四五回合，悟空出其不意，將手掌心的迷字一展。

紅孩兒果然著了迷，只顧追趕，從地面追到半空中。悟空將身一幌，躲到菩薩的祥光後。妖精見行者閃到菩薩背後，老實不客氣地喝聲：「咄！你是孫行者請來的救兵嗎？」

菩薩不作聲，只管裝聾作啞坐著。紅孩兒大怒，往菩薩的心窩猛刺一鎗。菩薩化道金光，丟下蓮臺，逕上九霄雲外。

紅孩兒見走了對手，呵呵冷笑說：「潑猴頭，錯看我了！幾次敗陣，又去請什麼膿包菩薩，才被我刺了一鎗，就逃得無影無蹤，把一座蓮臺丟下，且讓我坐上去過過癮。」他也學菩薩模樣，盤起手腳趺坐。

菩薩見紅孩兒坐定了，把楊柳枝往下一指，喝一聲「退！」哪有什麼千葉蓮臺？卻變成三十六把天罡刀，刀尖生出倒鬚鈎兒，牢牢地鈎住他的臀腿。慌得紅孩兒扳著刀尖，痛

苦地哀求說：「菩薩，恕弟子有眼無珠，沖犯了聖駕，我願意受戒！」

菩薩聽了，抿嘴一笑，從袖中取出一把金剃刀，走上前，把他剃個光頭，只頭頂上留下三撮挽毛，吩咐說：「你既然願意受戒，從今以後，替你取個法名叫善財童子。」

紅孩兒點頭應諾，只望饒命。菩薩用手一指，喝聲「退！」三十六把天罡刀應聲脫落。

不料，妖魔的野性未馴，見自身不疼不痛，頭挽了三個揪兒，綽起長鎗，望菩薩劈臉就刺。菩薩閃過身，也不生氣，從袖中摸出一個金箍兒，迎風一幌，叫聲「變！」變出五個金圈，往童子身上拋去，喊一聲「中！」一個套在脖子，兩個套在左右手，兩個套在左右腳上，再念動咒語，那箍兒見肉生根，勒得妖魔滿地打滾，哀聲求饒。

悟空見狀，拍手笑說：「我的乖乖，菩薩怕你養不大，特地拿一套頸鍊、手鐲、腳鐲，讓你戴哩。」

紅孩兒聽孫悟空取笑，又生出怒氣，舉起火尖鎗就刺。悟空急閃到菩薩背後。菩薩將楊柳枝兒蘸了一點甘露水，灑向童子，叫聲「合！」只見他丟了鎗，一雙手合掌當胸，再也放不開。到了這時候，童子才死心塌地，納頭下拜。觀音菩薩收回海水，手托著淨瓶，帶著善財童子，逕回南海普陀山去了。

孫悟空目送菩薩走了之後，按落雲頭，會合了沙僧，各執兵器，打入火雲洞裡，將一夥小妖趕盡殺絕，救出八戒和唐僧。那獃子掙出了皮袋，舉起釘鈀亂嚷：「哥哥，那妖精在哪裡？等老豬築他幾鈀出出氣！」

悟空說：「獃子，你要親自送他一隻烤豬不成？」

八戒聽了，心知妖精的三昧真火的確厲害，便收起釘鈀，眏眏（ㄐㄧㄚˊ jiá）眼睛地傻笑。

十六、路過車遲國與虎仙鹿仙羊仙鬥法

過了鑽頭號山，一路往西迤邐前進，披星戴月，迎風冒雪，又逢一年的春天。師徒四人，邊走邊瀏覽沿途的景色，忽然聽見隱隱間有一陣陣苦力的吆喝聲。孫悟空睜開火眼金睛，望見遠處有一座城池，城門外有一群衣衫襤褸的和尚，正在推動一輛大車上土坡，車裡裝的盡是些磚瓦、石塊一類的重東西；又有兩個拿皮鞭的道士，在現場督視吆喝著。悟空見了奇怪，一個觔斗，跳到城門口，搖身變作一個雲遊打扮的道士。探聽之下，才知這裡地名叫車遲國，在二十年前曾經遭遇過一次旱災，幸虧來了三個名叫虎力大仙、鹿力大仙、羊力大仙的老道，作法求雨成功，國王便從此信任道士，把所有寺廟裡的和尚，分派給道士們作奴隸，聽從使喚。

悟空打聽之下，禁不住惱怒起來，掣出金箍棒，將兩名道士打成肉餅，把數百個推車的和尚全部放走。放走前，又交代和尚們，等招僧榜掛出來再露面。唐僧師徒四人則在十來個未散和尚的簇擁下，投宿在荒廢已久的智淵寺裡過夜。

到了二更時分，孫悟空睜著眼睛，偏睡不著覺，忽聽一陣搖鈴敲鐘的聲音，忍不住好奇，悄悄爬起來，跳到空中觀看。只見城的正南方有座三清觀，殿上立著三個老道士，披著法衣，口裡還念念有詞；底下排列著七八百個小道童，正在作禳祓（ㄖㄤˊ ㄈㄨˊ ráng fú）災星的法事。大聖心想去捉弄捉弄他們，奈何孤掌難鳴，便又按落雲頭，將沙僧、八戒暗中拉醒。那獃子嘴裡直嚷：「三更半夜，口乾眼澀的，有什麼事要幹？」

大聖扯了扯獃子的耳朵說：「快，快，饅頭有米斗般大，飯團五六十斤一個，又有新鮮好吃的水果一大籮筐，等你去收拾哩。」

八戒在睡夢中聽見有好吃的東西，一骨碌就爬起來喊：「在哪兒？在哪兒？」

「噓，獃子！大呼小叫的作什麼？不要驚醒師父，跟我走。」大聖帶路、沙僧、八戒跟在後面，三人踏上雲頭，來到三清觀上空。八戒看見供桌上有豐富的祭品，伸手就要撈來吃。卻被大聖一把扯住：「等我弄個法，趕他們散了，方可動手！」

大聖念個咒語，平地颳起一陣狂風，吹得那些花瓶燭台東倒西歪，燈火全滅。唬得眾

道士個個膽戰心驚。其中一個老道說：「徒弟們，現在大家先解散回去，等明天多念幾卷經文來補數好了。」眾小道聽了，各自默默退下。

這時候，殿上空無半個人，八戒等不及，跳落雲頭，搶起一個饅頭，張口就要咬。卻被悟空一棒阻住，笑說：「獃子，你急什麼急？還沒有敘禮，坐定就吃！瞧台上坐的是什麼菩薩？」

八戒縮回手，嘟著嘴嚷：「哥啊，你連三清都不認識？中間坐的是元始天尊，左邊是靈寶道君，右邊是太上老君。」

悟空笑說：「獃子，要偷吃也要吃得安穩，必須你我都變成三清的模樣，才不怕被人撞見呀。」

八戒一嗅到香噴噴的供物，哪裡等得及，爬上殿上的高台，把太上老君的塑像一嘴拱下去，笑說：「老官兒，你也坐累了，讓我老豬坐一會兒。」獃子搖身一變，變作太上老君；悟空變作元始天尊，沙僧變作靈寶道君。坐定之後，八戒伸手就要搶一顆大饅頭。又被悟空按住手說：「獃子呀，吃東西事小，洩漏風聲事大！地下那三尊塑像，倘被早起的道童絆了個跟斗，豈不走漏了消息？你的力氣大，右手邊有個小門，大概是個五穀輪迴之所，你就把這三尊傢伙揹去丟掉，然後才回來安心享用。」

八戒聽了，努著嘴，跳下高台，把三尊塑像一齊扛到肩上，用腳踢開右邊小門，定睛看時，卻是個大糞坑，忍不住哈哈大笑說：「這個弼馬溫，真會油嘴弄舌！把個毛廁坑，也起了個叫什麼『五穀輪迴之所』的道號。」一笑罷，望裡面一扔，濺起了幾滴臭水。然後奔回高台，伸出兩手就搶，什麼饅頭、飯團、酥餅、蒸餃、燒賣、桃子、李子、橘子、柿子、龍眼、荔枝，如風捲殘雲，頃刻間一掃而光。

說也湊巧，東廊下有一個道童，才睡下不久，猛然記起手鈴兒遺忘在殿上，連忙爬起來，摸到正殿，摸來摸去，摸著了鈴兒，正要回頭，忽聽一陣呼吸聲，心裡一慌，急拽步往外走；不知怎的，腳下卻踩著了一個荔枝核，撲的滑了一跤，把鈴子跌得粉碎。豬八戒一看，忍不住呵呵地笑出聲來，把個小道童唬得牙關直打哆嗦，一步一跌，爬到方丈室門口，敲著門喊：「師公，不好了！」

那三個老道還未睡著，連忙叫人掌燈，一齊到正殿查看究竟。悟空見走了風聲，忙把八戒、沙僧揑了一把，三人即刻正襟危坐，不言不語。任憑燭火前後左右照過來、照過去，三人就如泥塑的一般，一動也不動。

三個老道議論紛紛說：「沒有半個人，怎麼把供物都吃光了？」「定是人吃的，有皮的都剝了皮，有核的都吐了核，卻不見人影？」「師兄勿疑，想是我們虔心供奉，晝夜誦

經，驚動了三清爺爺降臨，順便吃了一頓飽。我們何不趁他們離開不遠，誦念經卷，懇求賜些金丹聖水？」

其中一老道果然念動經語，朝上啟奏說：「三清爺爺請慢走一步，弟子虎力大仙，及鹿力大仙、羊力大仙叩拜，請賜些金丹聖水。……」

八戒一聽，心中忐忑，坐也坐不安穩，這叫作賊心虛。悟空忙又捏了他一把腿肉，忽然出聲說：「晚輩小仙，既有誠心，就賜些聖水給你們，快去拿裝水的器皿來，再把殿前大門掩上，不可偷看，洩了天機。」那三個老道，不敢怠慢，分別拿來一口水缸、一個砂盆及一只花瓶，恭敬地放在供桌上，然後退出去把大門掩住。

孫悟空跳起來，掀開虎皮裙，撒了一花瓶的猴尿。八戒見了歡喜：「哥呵，我和你做了這幾年兄弟，只這件事沒幹過，實在新鮮咧。」說著，揭開褲襠，忽喇喇的就像洩洪一般，撒了滿滿的一個水缸。沙和尚也撒了半砂盆。撒畢，三人依舊整衣端坐。悟空高聲叫：「小仙們，來領聖水。」

三個老道聽到聲音，連忙開門進來磕頭謝恩。又等不及送走三清，叫道童拿來小茶杯，各舀出一杯，淺咂（ㄗㄚ zā）細嘗一番。只聽鹿力大仙說：「師兄，好吃嗎？」虎力大仙搖搖頭說：「有些兒怪味。」羊力大仙又嘗了一口，皺著眉頭說：「有些豬尿的臊氣

味道。」

悟空坐在上面，再也忍不住了，大喝一聲：「你們別作夢了！哪個三清肯下凡？我們乃是大唐奉旨往西天取經的和尚，路過此地，開個玩笑，你們喝的都是我們的尿哩。」

老道一聽，羞忿交加，一聲喊打，攔住悟空三人的去路，一頓棍棒、掃帚，朝高台上沒頭沒臉地亂打。孫悟空眼明手快，左手挾了沙僧，右手挾了八戒，呼嘯一聲，衝出門口，縱起雲光，逕回智淵寺。三人依舊悄悄睡下，不一會兒，已是五鼓三點。

聽到鐘鼓聲，正是早朝的時刻。唐僧一覺醒來，忙把袈裟穿戴整齊，帶著三名徒弟，趕到金鑾殿，呈遞通關文牒，低頭觀覽時，忽報三位國師求見。原來這三位國師，即是虎力大仙、鹿力大仙及羊力大仙三個老道。這些老道，聽說有大唐來的四個和尚到殿上謁見，急忙趕來制止說：「陛下有所不知，這批和尚昨天在東城外行凶，打死了我兩個徒弟，放走了數百個做工的囚僧，夜間又闖入三清觀，搗毀聖像，偷吃御賜的供品，又把尿假冒成聖水，哄騙我們各喝了一口。如今冤家路窄，在這裡撞見，絕不能饒他！」

國王一聽大怒，就要下令把四個和尚推出去斬首。悟空急忙閃出來分辯說：「請陛下息怒，死罪要有人證物證！他說我們打死了他的兩名道士，有誰作證？凶器又在哪兒？放了囚僧，大鬧三清觀，哄他們喝尿，又有誰在場看到？天底下假名託姓的多哩，怎麼就一

口咬定是我們幹的？希望陛下明察。」

那國王本來昏庸，被悟空這麼一說，倒猶豫不決起來。正疑惑間，又有人通報：「萬歲，今年早春無雨，恐怕乾旱來臨，外頭現有一群農夫，請國師替他們祈一場雨。」

國王便轉向唐僧師徒說：「你們遠來，冒犯了國師，本該問斬；除非與國師比賽求雨勝了，才放你們過關。」說著，吩咐手下準備來一座法壇。

首先由虎力大仙登壇祈雨。只見他跳上去，把一支七星劍，刺穿了一張黃符，念動咒語，放在燭火上燒化，再乓的一聲令牌響，半空中忽有悠悠的風片飄來。八戒見了嚷說：「不好了！不好了！這道士果然有本事，令牌一響就颳風。」

悟空見情況不妙，忙拔下一根毫毛，變作一個假悟空，立在唐僧身邊。真身卻一縱，跳到半空中，厲聲高叫：「那擅自放風的是誰？」慌得風婆上前施禮。悟空罵說：「我與那妖道比賽祈雨，妳怎麼不助老孫，反助那妖道？快把風收了！若有一絲兒風，吹得那妖道的鬍子動，就打二十下鐵棒！」

嚇得風婆慌忙止住了風勢，留在天空待命。虎仙又砰的拍下第二道令牌響，空中逐漸起了雲霧。大聖又當頭吼叫：「那布雲撒霧的是誰？」慌得雲神霧君連忙收回雲霧，伺候在一旁聽令。

虎仙心中不免焦躁，又猛地拍下第三道令牌，可是雷也不鳴，電也不閃；又火急拍下第四道令牌，依舊沒有半點雨滴。原來天空中的那批風婆、雲神、霧君、雷公、電母、四海龍王，都一一排隊，等候大聖使喚。

大聖掣出金箍棒，虛幌一下說：「你們聽著！注意看我的棍子指示：往上一指，就要颳風；第二指，就要布雲撒霧；第三指，就要雷鳴電閃；第四指，就要下雨；到了第五指，就要頃刻天晴！誰若是不聽令，當心挨老孫的鐵棒！」

吩咐完畢，大聖按下雲頭，把毫毛抖回身上，仍舊侍立在唐僧旁邊，高聲對壇上的虎仙喊：「老頭，請下臺了吧！四聲令牌都已響過了，更沒有半絲風雲雷雨，該輪到我們了。」見老道垂頭喪氣地跳下來，悟空忙把唐僧推上法壇，笑說：「師父，您不會祈雨儘管放心，只要上去念念經，其他事包在老孫身上。」

悟空聽師父念完一段〈心經〉，才從耳內取出鐵棒，迎風幌了一幌，就有丈二長短，碗口般粗細，將棍望空一指。風婆在天空上看見了，急忙颳起一陣呼呼響的狂風。就在狂風大作的當兒，悟空的棍子又望空第二指，頃刻間雲霧瀰漫，天昏地暗。棍子又第三指，雷霆閃電，乒乒乓乓亂響。再一指，四海龍王哪敢怠慢，嘩啦啦就落了一場豪雨。

這場大雨，從上午落到中午，把一座車遲國城池的裡裡外外，下得幾乎氾濫成災。慌

得國王急忙傳旨：「雨夠了！雨夠了！再下就要鬧水災了。」

悟空又將棍子往上一指，剎那間雨散雲收，大地一片陽光普照。國王見唐僧贏了，便要交換文牒，打發他們過去。正要使用御印時，卻被三個國師齊聲阻止：「陛下，這場祈雨湊巧被他贏了，難道就抹煞我們保國安民二十年來的功績？我們無論如何也不服氣，希望陛下留他一留，讓我們再和他一賭坐禪的本領。」

國王聽說有理，忙叫人準備來一百張桌子，五十張疊作一座禪台，要雙方一賭「雲梯坐禪」的功夫，看誰坐得持久，就算誰贏。比賽開始，虎力大仙駕起雲朵，登上西邊的高台坐下。悟空知坐禪是唐僧的老本行，便拔下一根毫毛，變作假悟空，陪著八戒、沙僧；他卻搖身變作一朵五色祥雲，把唐僧送到東邊臺上坐下。

坐了一些時候，鹿力大仙見仍分不出勝負，決定助他師兄一功，從自己腦後拔下一根短髮，撚成一團，彈到唐僧頭上，變作隻大跳蚤，一口咬住。三藏起先覺得頭癢，再來就疼得發慌，又不許動手抓搔，一時疼痛難禁，不得不縮著頭皮，就著衣領摩擦。八戒看了，嚷說：「不好了，師父的羊癲瘋發作了！」

悟空知道事有蹊蹺，出個元神，縱跳到高台上，發現唐僧的光頭上，正叮著一隻豆粒般大小的跳蚤。他慌忙用手將牠撚下來，又替師父摸摸搔搔，直到不疼不癢，端坐在上

面。悟空驀地暗想：「和尚的頭光溜溜的，哪來的跳蚤？想必是那些老道做的手腳！等老孫也開他一個玩笑。」想定之後，一個觔斗跳到對方高臺上，搖身變作一條七寸長的蜈蚣，爬上道士的衣襟，往他的鼻凹裡叮了一下。虎力大仙坐不穩，一個倒栽葱，跌落地面，幾乎摔死；幸虧眾人救起，才保住一命。

國王看唐僧贏了，就要下令放行，鹿力大仙閃身出來啟奏：「陛下，我師兄原染風寒，因在高處吹了冷風，以致舊疾復發，才被和尚勝了，現在由我與他賭『隔板猜物』。」

國王聽了覺得有趣，便命人抬來一個紅漆的櫃子，預先叫皇后放了件繡金線的錦衣，讓雙方猜。悟空早暗中變作一隻蟭蟟蟲兒，鑽入櫃腳下的一條板縫裡，見是一件錦衣，連忙拿起來抖亂，咬破舌尖，噴了一口，叫聲「變！」變作一件破爛的斗篷，臨走前又撒上一泡臊尿，最後飛出來，悄悄附在唐僧耳邊說：「師父，您只管猜是一件發臭的破爛斗篷。」

鹿力大仙先出聲：「我猜是一件繡金線的錦衣。」

唐僧接口說：「不是，不是，是件發臭的破爛斗篷。」

國王暗想：「這和尚無禮，敢笑我國中無寶，猜什麼發臭的破爛斗篷！」便命人打開櫃子，讓大家看時，果然是件帶有臊臭的破爛斗篷。登時大怒，將皇后痛罵一頓；罵完

畢，又命人去御花園摘來一顆桃子，由他親手藏入櫃裡，再讓雙方猜。

悟空又嚶的一聲，鑽入板縫裡，見是一顆桃子，正合他的胃口，現出原身，坐在櫃裡，幾口下來，將桃子的肉啃個精光，連核上的凹溝都啃乾淨了。然後將桃核放著，仍舊變隻蟭蟟蟲飛出去，附在唐僧耳朵上說：「師父，您就猜是粒桃核子。」

羊力大仙出聲：「貧道猜是一粒仙桃。」

三藏接口說：「不是仙桃，是粒沒有肉的桃核子。」

那國王喝聲：「哈哈！是我親手放的仙桃，怎麼是桃核子?!這回國師猜贏了。」

三藏合掌說：「陛下，請打開來看個究竟。」

當櫃子打開，果然是一粒桃核子，皮肉全無。國王見了大驚失色：「罷了，罷了，快放和尚過關。」

那虎力大仙馬上附在國王耳朵旁，低聲說：「陛下，這些和尚只會搬物的法術，卻無換人的本領，不如將一個道童藏入裡面，讓他換不了，自然猜不中。」

國王點了頭之後，虎力便將一個小道童暗中藏在櫃子裡面，叫人抬到階下，讓唐僧他們猜。悟空又嚶的一聲，鑽入櫃子裡面，見是小道童，立刻搖身變為一個老道的模樣，哄他說：「那批和尚已窺見你進入櫃子，他們若猜是個道童，我們不就輸了？所以特地來剃

你的頭，我們就猜小和尚。」悟空說著，將金箍棒變作一把剃頭刀，三兩下就把小道童的頭剃個光溜溜；又叫他把道袍脫下，吹一口仙氣，變作一件土黃色的袈裟，讓他穿上；再拔下兩根毫毛，變出一個木魚和一支小槌，遞給童兒說：「徒弟，記住，若叫道童，千萬不要出來；若叫小和尚，你就頂開櫃蓋，敲響木魚，念一卷佛經鑽出來，我們便贏了。」

童兒說：「師父，可是我只會念〈北斗經〉、〈南斗經〉，不會念什麼佛經。」

悟空想了一下說：「那麼你口裡只管念阿彌陀佛就對了。」吩咐妥當，依然變隻蟭蟟蟲兒，鑽出來，附在唐僧耳邊說：「師父，您只要猜是個小和尚。」

這時，虎力大仙已經踏出來，大聲喊：「我猜是道童。」櫃子裡的童兒聽到，哪裡肯出來。

三藏合掌說：「是個小和尚。」八戒模仿著高聲呼叫：「櫃裡是個小和尚！」童兒一聽叫喚，忽的頂開櫃蓋，敲著木魚，念著佛號，一本正經地鑽出來。唬得那三個老道啞口無言。慌得國王心驚膽跳：「這和尚大有來歷！怎麼道童入櫃，卻變作小和尚出來，想必有鬼神輔佐。國師呵，算了吧！就放他們過去。」

虎力大仙又拱手啟奏：「陛下，要比賽索性比賽個徹底！貧道們小時候曾經學過砍頭、剖腹、滾油鍋的本領，斷然要與這批和尚比出個高下。」

悟空在一旁聽到，笑說：「陛下，我小時候也學過這些玩意兒，從來就沒有試過，我想趁這個機會試試看哩。」

國王聽說，唬得眼睛大大的，不相信天底下竟有人爭著要比賽砍頭、剖腹、滾油鍋。既然雙方提出要求，便叫劊子手來，先將孫悟空綁赴刑場。只聽颼的一刀，將腦袋砍下來，又一腳，踢到三四十步遠之外。悟空便從肚裡叫一聲：「頭來！」慌得鹿力大仙即刻念動咒語，將猴頭生根似地定住。悟空見頭喚不回來，焦躁起來，喝聲「長！」又從脖子裡颼的長出一顆頭來。唬得觀看的人，個個吐長舌頭。八戒直笑：「他們哪裡知道猴頭有七十二般變化，就有七十二顆腦袋咧。」

接下去輪到虎仙表演，也一樣被劊子手把人頭砍下，一腳踢得遠遠的。虎仙叫一聲：「頭來！」這當兒，悟空急忙拔下一根毫毛，吹口仙氣，變成一隻黃狗，跑入刑場，把他的頭一口銜去，跑到御水河邊丟棄。虎仙一連叫了三聲，人頭不到，可憐紅光迸出，一命嗚呼，竟是一隻無頭的黃毛虎。

鹿力大仙立刻跳起身啟奏：「陛下，這是那和尚故意耍的障眼法，念咒把我師兄變成畜類。我如今斷不饒他，定要與他比賽剖腹！」

悟空一聽，笑說：「好主意哩！小的久不食人間煙火，昨夜倒吃了一頓飽，害我今早

腹中作痛，何不趁此機會拿出胃腸洗一洗？」說著，搖搖擺擺走到刑場，扯開肚子，讓劊子手割破肚皮，自個兒把腸胃掏出來玩弄半天，再放回肚皮裡，喊聲「合！」果然完好如初。

接下去換鹿力大仙剖開肚子。悟空暗中拔了一根毫毛，吹口仙氣，變作一隻餓老鷹，展開雙翅，咻的一聲，抓走鹿力大仙的內臟，飛得不知去向，鹿仙登時氣絕，原來是一隻白毛鹿。

羊力大仙見國王轉眼懷疑他，只好硬起頭皮，拉孫悟空比賽滾油鍋。悟空卻笑說：「小的一向不曾洗澡，皮膚又燥又癢，難得有這次好機會，快快準備油鍋來。」

國王果然傳令，叫人抬來一口油鍋，底下架起乾柴，將油燒得滾燙，叫和尚先下去。悟空脫了虎皮裙，跳入油鍋，就像戲水玩耍一般。看得八戒吃驚地對沙僧說：「我們也錯看了這猴子，想不到他竟有這種本領！」

悟空瞥見八戒嘴裡咕咕噥噥，以為那獃子在笑他，心想：「老孫這般辛苦鬥法，他倒自在，等我嚇他一嚇！」正洗澡，忽打個水花，鑽入油鍋底，變作一粒棗核，再也浮不起來。

國王見烹死了一個和尚，連骨骸都化了，又叫人拿三個和尚下去。兩邊侍衛的，見八戒的臉長得特別凶惡，把他先揪翻綑住，拉到油鍋前面。那獃子一急，氣呼呼地亂罵：「你這個闖禍的潑猢猻！該死的弼馬溫！油烹的酥猴子！害我們也一起受苦！」

孫悟空在鍋底下聽見豬八戒亂罵，忍不住現出原形，赤淋淋地站起來罵：「吃糠的獃貨！你罵哪個哩！」

國王見了，嚇得跌下龍座，爬起來，轉身就要走。卻被悟空一把扯住，笑說：「陛下等一會再走，也叫你的三國師下油鍋試試看。」國王掙扎不脫，只好戰戰兢兢地說：「三國師，你快救朕之命，下鍋一趟！這個毛臉和尚在揪我呀！」

羊力大仙把鼻孔冷哼一聲，縱身跳入油鍋，也洗起澡來。悟空放了國王，叫人添柴搧火，無意中伸手探了一下油——怪哩，那滾油卻是冰冷的，暗想：「我洗時滾燙，他洗卻冰冷，蹊蹺！蹊蹺！定是有條冷龍罩在鍋底下護持他！」急縱身，跳到半空中，念了聲「唵！」把北海龍王喚來訓了一頓：「你這隻帶角的蚯蚓，有鱗的潑泥鰍！誰叫你助那妖道一條冷龍，叫他贏了老孫？」

龍王聽了，知是大聖，嚇得化一陣狂風，把冷龍捉下海去。就在這當兒，只聽羊仙慘叫一聲，在油鍋裡打掙，爬不出來，滑了一跤，剎那間皮焦肉爛，也一命嗚呼。等左右撈出屍首一看，竟是一具羊骨頭。

這時，國王眼見三位國師一連慘死，忍不住號啕大哭。卻被孫悟空喝了一聲：「再哭！再哭！你這昏君！快貼出招僧榜以及送我們過關！」

國王被這雷吼般的一喝，方才完全醒悟過來，慌忙命令手下，抬出他的鑾駕，親自替這些和尚送行；另一方面，派人火速到東西南北各個城門，掛出招僧榜，恢復各寺廟的活動，再也不敢迫害了。

十七、金兜洞獨角兕大王威風八面

過了車遲國，師徒四人繼續向西前進，頂著寒風霜雪，走得又飢又渴。唐僧早已支持不住了，遠遠望見山坳裡有樓閣房舍，連忙叫悟空去化些齋飯回來充飢。

悟空看那樓閣，似乎隱隱透著一股邪氣，心裡想：「我若是去別處化齋，師父在這兒恐怕會有危險；若不去化齋，師父卻又飢餓難耐！」想了一想，吩咐八戒和沙僧分別立在唐僧的左右邊保護，自己則拿起金箍棒在地下畫了一個圓圈，要他們站在圈子裡面：「老孫畫的這圈子，就像銅牆鐵壁一般，任憑什麼妖魔鬼怪或豺狼虎豹，都不敢逼近半步。你們千萬不要走出圈外，只管在圈子中間穩坐，可以保一千個一萬個險，否則恐怕就會遭了毒手，我現在化緣去，馬上就回來。」

孫悟空一個觔斗，消失得無影無蹤。唐僧依言叫八戒和沙僧一塊兒坐在圈子中，等候悟空的消息。坐了約莫一個時辰，三藏忍不住出聲：「這猴子怎還不回來？餓死我了！」八戒在一旁笑說：「那猴頭最愛玩耍了，若路上遇到桃子林，自己先吃一頓飽再說，還化什麼齋飯！只是我們倒楣無緣無故在這裡坐牢！」

三藏問說：「怎麼說是坐牢？」八戒努努嘴說：「師父，您忘了古人有所謂『畫地為牢』？師兄將棍子畫個圈兒，以為就像銅牆鐵壁一般！萬一真有什麼虎狼妖魔出現，如何擋得住？只不過白白送他們吃罷了！」三藏害怕說：「悟能，那可怎麼辦呢？」八戒嚷說：「這裡既不避風，又不避冷。依老豬的意見，我們儘管順著西方的大路走去。如果師兄化到齋，駕了雲朵，必能趕上我們；若化不到齋，我們還待在這兒等什麼？不是嗎？從剛才坐到現在，腳冷得很哩！」

三藏聽說有理，便一齊走出圈外，八戒牽著馬，沙僧挑著擔，順路前進，不一時，來到那處樓閣房舍。三人站在屋簷下，果然可以避得一些風寒。八戒下意識地東張西望，見四下裡寂靜，瞧那大門半開半掩，往裡面探頭看了一下，歪著頭想著，出聲說：「師父，這家像是公侯的宅第，可能人都躲到裡面烘火取暖了。你們且在這兒等一下，讓我進去看看，看能不能討些齋飯充飢。」三藏交代說：「仔細點，不要沖撞了人家。」

八戒說聲「是」，把釘鈀斜插在腰後，整一整衣服，斯斯文文地踏入門裡。通過了三間大廳，靜悄悄的沒半個人影，也無桌椅櫥櫃一類的擺設，到處空蕩蕩的。轉入屏風，往裡又走，過了穿堂。堂後有一座閣樓，順著樓梯走上去，窺見了一頂黃綾紗帳。獃子暗想：「想是有人怕冷，還在睡懶覺呢！」他也不分內外，冒冒失失地掀開一看，登時倒抽一口冷氣，原來床上赫然堆著一堆白森森的骷髏。

八戒一慌，就要往外走，忽瞥見紗帳後火光一晃，心想：「大概是侍奉香火的人在後面！既然來到了這裡，索性再走進去一看究竟。」繞過紗帳，哪有什麼人？卻見一張彩桌上擱著三件繡金線的納錦背心。他也不管東西是誰的，拿了就奔下樓梯，一直奔出屋外，遞給唐僧說：「師父，這是一所喪宅，半點人跡也沒有。老豬的運氣好，撿到三件背心。趁現在天寒地凍，一個人一件，穿在身上取個暖和。」

三藏搖頭搖手說：「不行！不行！物各有主人，不對主人說一聲，就擅自拿來穿用，免不了犯了竊盜之罪，快拿去歸還原處。」八戒哪裡肯聽？笑著嘴兒說：「師父呵，我這輩子也穿過幾件背心，就是沒穿過這種繡金線的納錦背心，您不穿，且讓老豬試穿看看，過一過癮！等師兄來了，再脫下還他們吧！」沙僧不覺也動了心：「既然如此說，我也穿一件試試看暖和不暖和。」兩個一齊脫了上衣，各自穿了一件，抖開來套入脖子裡，才要

扣上鈕子，忽哇的一疼，立腳不穩，撲的一跌——霎時間，把兩個背剪著手，綑得緊緊的。慌得三藏氣急敗壞，顫著手來解，可是哪裡解得開呢？

就在三個人掙扎喧嚷的當兒，早驚動了一個魔頭。原來這座樓閣房舍是妖精所幻化出來的，專門用來在此捉拿貪心的人。他在洞裡，忽聽洞外傳來一陣嘈雜的人聲，知道得手了，忙趕出洞口，果然見綑住幾個人。他忍不住呵呵大笑，收回幻影，叫眾小妖拿來繩子，將三人綁了，押入洞裡去。

那齊天大聖孫悟空駕起雲頭，一個觔斗翻到幾千里外的村莊上去化緣。可是等他興沖沖地趕回來時，地上只留下那個空晃晃的圓圈，唐僧等人卻早已不見了。「怎麼會呢？」悟空急得搔頭跳腳：「難道是先走了嗎？」正準備趕上前去找一找，忽聽空中有人喊：「大聖！大聖！」

悟空抬頭一看，原來是山神和土地公。二人跳下雲朵，向悟空鞠躬說：「大聖不必去找了，這座山叫做金兜山，山中有個金兜洞和獨角兕（ㄙˋ sì）大王。他的神通廣大，武藝極為高強。你去化緣以後，八戒慫恿三藏走出金剛圈，所以現在全部被獨角兕大王抓去了，要烹來吃呢！」悟空一聽大怒，叫山神和土地把自己化來的齋飯收好，提起金箍棒趕到金兜洞，一棒把洞門打得稀爛，高聲喝說：「潑怪！快還我師父來！」

話還沒說完，裡面已經衝出一位惡狠狠的魔王，青面獨角，拿著一根丈二長的點鋼鎗，朝悟空刺來。悟空看他來得凶猛，也抖擻起精神，鎗來棍往，打得那魔王兩臂酸麻，慌忙叫眾小妖把悟空團團圍住，幫忙廝殺。悟空哪裡怕他？叫聲：「來得好！」把金箍棒丟起來，剎那間變成了千百條鐵棒子，雨點似的朝眾妖的腦袋上敲了下去，只打得個個頭破血流，抱頭鼠竄地逃。悟空哈哈大笑說：「你孫外公來了，還不趕快把我師父交出來嗎？」

「哼哼！潑猴！不要得意，讓你見識我的厲害！」魔王一邊冷笑，一邊從袖裡掏出一個亮灼灼白森森的小圈子來，往空中一拋，叫聲「著！」好厲害的圈子，嘩啦一聲，竟把金箍棒套走了。幸虧孫悟空眼快，一個觔斗跳走，否則連他的性命也保不住哩！

悟空空手跳到南天門上，垂頭喪氣，心想：「那妖怪的圈子好厲害，我現在又丟了棒子，看來只好向玉帝借兵，才能救回師父了！」主意打定，便直奔靈霄寶殿。玉帝一聽，居然有這樣凶惡的妖魔，大為震怒，立刻命托塔李天王和哪吒太子率領眾部天兵，隨悟空一起去擒妖。

大隊人馬來到金兜洞口，哪吒性急，跳到洞外就與魔王大戰起來，把身子一幌，變成三頭六臂，拿著砍妖劍、斬妖刀、縛妖索、降魔杵、繡球兒和火輪子，迎風一擺，一變十、十變百、百變千、千變萬，如狂風驟雨一般，向魔王打去。那魔王一點也不怕，呵呵

一笑，又丟出金圈，嘩啦一聲亂響，把滿天的寶貝都套去了。嚇得哪吒太子赤手逃走，來和大聖商量說：「這妖怪本領倒也平常，就是那圈子厲害，既然寶貝兵器都會被他套走，恐怕只有用水攻或火攻了。」悟空一想很有道理，連忙趕到天庭，請來火德星君，大家一同出陣，先由托塔天王去挑戰。

魔王見了李天王毫不畏懼，提起長鎗就刺。打了一會兒，李天王看他又要拿出金圈子，急忙大喊一聲，掉頭就走。火德星君聽到李天王喊聲，立刻下令眾部火神一齊放火。一霎時只見火龍、火馬、火鴉、火刀、火弓、火箭、火鼠、火車兒漫山燒來，烈焰騰空，好不嚇人。魔王哈哈一笑，丟出圈子，又把它們全套回去了。

火德星君大吃一驚，對悟空說：「大聖啊！這個凶魔真是罕見，我現在連火具都丟了，怎麼辦呢？」

悟空苦笑說：「不要埋怨，我想凡是不怕火的，一定怕水；我再去找水德星君來，灌水淹死這一洞妖怪算了！」

托塔天王說：「這雖然是個好辦法，但恐怕會連你師父也淹死哩！」悟空說：「不要緊，師父淹死了，我自然能使他活過來！」哪吒一聽大喜，說：「那麼，你就快去吧！」

好一個齊天大聖，駕起觔斗雲，直到北天門外，水德星君急忙出來迎接。悟空說明來意，星君不敢怠慢，從衣袖裡拿出一個白玉杯子，盛了一杯水，就要和悟空同去捉妖，悟空說：「你這個小杯子能裝多少水？妖怪怎麼淹得死呢？」

星君微微一笑說：「大聖不要小看這一杯水，這是黃河水，半杯就是半河，一杯就是一河！」悟空大喜說：「半杯就夠了！」兩人裝了水，來到洞口，大叫：「妖怪開門！」

魔王一聽悟空又來了，怒氣上衝，帶了寶貝，提著鎗竄了出來，正要叫罵。水神把半杯黃河水往下一潑，一時濁浪滔天，滾滾地向魔王頭上蓋去。魔王嚇了一跳，急忙拋出圈子。只見黃河水不進反退，骨碌碌地向洞外淹了過來。悟空說：「不好呀，洪水氾濫了，淹壞了老百姓的農田，卻淹不到他洞裡，怎麼辦？」水神也慌了，眼睜睜地看到洪水逐漸退去。這時，魔王和一些小妖，便在洞口耀武揚威，拍手叫跳。悟空不覺火冒三丈，一下竄到魔王面前，掄起拳頭就打。

魔王怒喝一聲：「你這潑猴，怎麼又來送命？」

悟空呵呵冷笑：「還說哩！不知道是我送命，還是你送命，過來吃你孫外公一拳！」

「哈哈！」魔王獰笑一聲：「你那拳頭，不過核桃一樣大，也能打嗎？讓我陪你玩玩吧？」舉起鐵鉢似的拳頭，就和悟空打在一塊。但這魔王雖厲害，怎比得上悟空的神通？三五回合之後，就逐漸支持不住了，眾小妖一聲吶喊，都趕來相助。悟空一看，拔下一撮毫毛，叫聲「變！」就變做三五十個小猴，一擁上前，把眾小妖纏住。魔王慌了，急忙拿出圈子，嘩喇一聲，把那三五十個毫毛變的小猴，全套回洞裡去了。

悟空無奈，搖身一變，變成一隻麻蒼蠅，跟著眾小妖，從洞門裡鑽了進去。正準備趁機下手，打死魔王救出師父；忽然看到後廳上吊著火龍火馬，金箍棒靠在牆邊，他高興得拿起鐵棒就一路打了出來。眾小妖措手不及，被打得哀哀大叫。魔王剛得勝回來，正準備休息，卻不明不白挨了一頓亂打，立刻怒沖沖地追趕了出來，大叫：「賊猴頭！今日誓不與你干休！」悟空提起鐵棒，劈頭打去，罵說：「潑魔，吃你孫老爺一棍！」——這悟空的定海神珍鐵何等厲害，魔王擋了幾招，自料不是對手，只好虛幌一鎗，逃回洞去。眾天神看了紛紛拍手叫好。

悟空笑說：「各位不必稱讚，我想那妖魔被我殺了這一場，一定疲倦不堪；我現在再摸進洞去，偷他的圈子，並找回各位的兵器！」說著，搖身變成一隻蟋蟀，從門縫裡鑽了進去，靜靜地停在洞壁上，冷眼看他們收拾好床鋪，各個就寢，方才跳上魔王的床去，準備偷他那只圈子。

只見魔王脫了衣服，左臂上緊緊地套著那只圈子，連睡覺也不拿下來。悟空又變成一隻跳蚤，爬在他左臂上狠狠咬了一口。魔王翻身罵了一會，又再睡下，總是不肯把圈子脫

下來。悟空沒辦法，只得走到後廳上，念動咒語，把門鎖打開了，見裡面堆滿了各種火器和哪吒太子的寶貝，自己的一把毫毛也放在石桌上。悟空滿心歡喜，拿起毫毛，呵了兩口熱氣，立刻變成幾十隻小猴，抬著所有被套去的兵器，跨上火龍火馬，一齊運送出來。一路火光衝天，嗶嗶剝剝亂響。那些大小妖精還在睡夢之中，忽然遭到這一陣大火，燒得哭的哭、喊的喊，一個個來不及逃竄。

眾天神見悟空回來，都喜孜孜地擁上來拿回兵器，悟空也把毫毛收回身上。魔王遠遠看見，氣得幾乎把鋼牙咬碎，大罵：「潑猴，快來受死！」

悟空冷笑：「妖孽又來了！」眾天神一聲吶喊，拿起刀棒，朝魔王劈頭劈臉砍去。忽然白光一閃，一陣嘩喇亂響，眾人眼睛一花，兵器又都被圈子撈去了。大家只好空手逃走，唉聲歎氣不已。悟空十分懊惱，心想：「這妖怪和圈子不知道是何來歷？好厲害！天兵天將都抓不住他，我不如直上西天，問問如來佛祖，想個辦法。」主意打定，縱起觔斗雲，來到靈山雷音寺外。

如來佛坐在寺裡，早已知道他的來意，叫比丘尼尊者去請悟空進來，說：「那妖怪的來歷我雖知道，現在卻還不能告訴你。我先派十八羅漢帶著金丹砂幫你去捉他。你且把妖怪引出洞口，再叫羅漢放砂，把他的兩腳陷住在砂裡不得動身，你就可以救出你師父了。」悟空大喜說：「妙！妙！妙！那麼就快點動身吧！」

羅漢不敢拖延，立刻取了金砂，隨悟空一同出門。在臨走前，如來佛又在降龍、伏虎兩位羅漢的耳邊吩咐了幾句。一行十九人威風凜凜的來到金兜洞口，和眾天神會合。悟空再跳到洞口去罵戰，罵得魔王火冒三丈，衝出洞來，喝叫：「不知死的猴頭！」迎面就是一鎗向悟空刺來。悟空也不和他糾纏，反身一跳，空中十八羅漢的金砂已經一齊拋下了。

那金砂本是如來佛的降魔至寶，漫天撒下來，魔王眼睛都看花了，還弄不清是怎麼回事，腳下已經陷住了三尺多深。嚇得他急忙往上一跳，尚未站穩，又有一尺多深的砂。魔王急了，拔出腳來，取出圈子，往上一拋，叫聲：「著！」嘩喇一聲，十八粒金丹砂又都被他套去了。

悟空在旁看得目瞪口呆。降龍、伏虎二個羅漢反而笑了，對悟空說：「我們臨出門時，佛祖告訴我們，如果金丹砂還困不住他，就叫你趕快去兜率天宮找太上老君，一定可以捉住這個妖怪！」

悟空一聽，拍著手說：「可恨！可恨！如來佛直接跟我說，不就好了？何必再兜這麼一個圈子？既然如此，我去去就來。」

於是縱起觔斗雲，直上南天門三十三離恨天的兜率宮，正好和太上老君撞個滿懷。老

君摔倒在地上笑著說：「你這猴兒不去取經，跑來我這兒幹什麼？」悟空說：「取經路上有些阻礙，所以來你這兒看看……哎呀！老官兒，你的牛呢？」

老君回頭一看，大吃一驚，原來牛欄邊一個仙童正在打瞌睡，青牛卻已不見了。老君咄的一聲，叫醒童子問：「你為什麼在這裡睡覺？」童子嚇得跪下來磕頭說：「我也不知道，我在丹房裡撿到一粒金丹，吃了就在這裡睡著了！」老君一想，原來是前幾天剛煉成的「七返火丹」，掉了一粒，被他吃了，所以睡了七日；青牛因無人看管，趁機走下天界，共有七天了。忙問悟空那魔王的情形。悟空說：「也沒什麼，只是有個圈子，非常厲害！」

老君說：「那就對了！那『金剛琢』是我的獨門法寶，難怪你們打不過他！」悟空說：「啊！原來是這件寶貝！當年老孫大鬧天宮，它還敲了我一下腦袋哩！」

老君笑笑說：「不錯！不過幸好牠只偷了『金剛琢』，如果把『芭蕉扇』也偷走了，恐怕連我也制服不了牠哩！」

悟空這才歡天喜地隨著老君帶了芭蕉扇趕到金兜山來，跳到洞口大罵：「孽畜，趁早出來送死！」魔王衝出來，悟空又罵：「潑魔，不要走，吃我一掌！」急跳上去，劈面打了魔王一個耳光，回頭就跑。魔王大怒，提鎗追趕，忽聽到山上有人大叫：「牛兒還不回

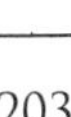

家嗎？」

魔王駭了一跳，抬頭一看是太上老君，嚇得心膽俱裂，急忙把圈子往上一丟。老君念動咒語，一把接住圈子；再拿扇子一搧，魔王登時骨軟筋麻，趴在地上，不覺現出本來面目，原來是條大青牛。老君拿著金剛琢，吹一口仙氣，栓在牛鼻子上，跨上牛背，趕回兜率宮去了。

送走老君以後，悟空才和眾天兵天將打入洞裡，各自取回兵器，救下唐僧和八戒沙僧，收拾馬匹行李，準備繼續西天取經。眾天神則返回天庭去了。唐僧接過山神和土地手上那一碗悟空化來的齋飯，滿面羞慚地向悟空說：「徒弟呵！多虧了你！如果我不走出你在地下畫的圈子，又怎麼會落入這青牛的圈子裡呢？」悟空回頭斜眼看看八戒笑笑說：「過去的事，不用再提了。以後您記得我的話，不會吃虧的！大家再趕路吧！」

行行走走，又到了初春花開的時候，柳芽新發，紫燕呢喃，四人邊走邊看風景，談談笑笑倒也不甚寂寞。

十八、誤喝子母河水與如意真仙大打出手

這一天，忽然走到一條小河邊，寒波湛湛（ㄓㄢˋ zhàn），柳堤蔭下只有一艘擺渡船，八戒高聲叫他過來擺渡。等船慢慢靠岸，大家才看清楚船夫原來是個婦人。三人把唐僧和馬牽上船去，悟空隨口問問：「為什麼妳來撐船呢？妳的丈夫不在家嗎？」婦人也不答話，只是微微一笑，就開始划船。

一會兒船到了對岸，唐僧要沙僧拿渡船錢給她，她笑嘻嘻地收了錢就走了。唐僧看那河水清澈可愛，一時口渴，叫八戒去舀了一碗水來喝。那獃子說：「我剛好也要喝呢！」跑到河邊舀了一大碗，唐僧喝了一點，還剩下一大半，八戒一口氣喝乾了，擦擦嘴說：「啊！好喝！好喝！」四人繼續趕路。

走不了多久，唐僧在馬上呻吟說肚子痛，八戒也痛起來，沙僧說：「可能是吃了冷水了。」兩人愈痛愈厲害，肚子也漸漸大起來，用手摸摸，似乎有塊肉團在裡面不停地滾動，痛得兩人冷汗直流。悟空也不知如何是好，忽然看見路邊有個村莊，忙說：「師父，好了，那裡有些人家，我們先去要些熱湯來暖暖肚子，再問問看有沒有藥鋪，買些藥來治腹痛。」

唐僧也很高興，連忙下馬。悟空跑過去對一個正在門口晒穀子的老太婆說：「婆婆，我們是從大唐來的和尚，因為過河時喝了河水，現在肚子很痛，能給我們一些熱茶喝嗎？我們一定謝謝妳！」

那婆笑哈哈的說：「你們喝了那河水？哈哈，好玩好玩！」一面拍著手，一面笑嘻嘻的走到屋子後面叫：「妳們來看！妳們來看！」

裡面又走出幾個半老不老的婦人，都來圍著唐僧傻笑。悟空大怒，吼了一聲，把嘴咧開，嚇得她們跌跌撞撞，拔腿就走。悟空趕上去一把扯住那老太婆說：「快燒熱湯，我才饒了妳！」

老太婆戰戰兢兢地說：「爺爺呀！燒熱湯也沒有用呀！我告訴你，我們這裡叫西梁女國，全國都是女人，所以剛才看到你們都覺得很稀奇。你們喝水的那條河叫做『子母

河』，我們這裡的人，二十歲以上才敢去喝。喝了水以後，就開始肚痛，是有孕了；過幾天就會生孩子。你師父是有了胎，喝熱湯有什麼用？」

唐僧一聽，大驚失色，扯住悟空說：「徒弟啊！這可怎麼辦？」八戒也一手扶著腰，哼著說：「爹呀！要生孩子！我們是男人，孩子怎麼生得下來呀！」

悟空笑說：「古人說『瓜熟蒂落』，要生了，自然會從脅下裂個窟窿鑽出來！」

八戒聽了更是驚慌，肚裡又是一陣陣疼痛，叫說：「哎呀！死了！死了！難道這裡連墮胎藥也沒有嗎？」

老太婆說：「墮胎藥也沒有用！喝了河水的人，只有去喝解陽山破兒洞『落胎泉』的泉水才能消胎。可是現在山上來了一位如意真仙，霸占了泉水，如果要水，一定得送些豬羊禮物。你們這些窮和尚，哪有錢買禮物？還是乖乖等著生孩子吧！」

悟空一聽，滿心歡喜說：「好了！好了！師父放心，待老孫去取些泉水來給你喝！」一面吩咐沙僧好好照顧三藏，一面向老太婆問清楚了去解陽山的路徑，走出茅舍，縱雲飛去。老太婆目瞪口呆地看他去了，才拼命磕頭說：「天哪！這和尚會駕雲！」對唐僧也殷勤起來了，絲毫不敢怠慢。

悟空駕著雲朵，一眨眼已來到解陽山，山邊有一座大莊院，上面寫著「聚仙庵」三個大字，一個黑袍老道坐在門前納涼。悟空走過去作了個揖說：「我是大唐來的和尚，我師父誤喝了子母河水，想來向如意真仙求一點泉水醫治。這位道長，麻煩你進去通報一聲好嗎？」

那道人抬頭看看悟空說：「你的禮物呢？」

悟空笑笑說：「我是個過路的，哪有錢採辦禮物？您做個人情，送一碗水給我們吧！」

老道一聽「孫悟空」三字，立刻跳了起來，大叫：「好哇！你不說名字還好，我正要去找你呢！我問你，你來時在路上有沒有遇到一位聖嬰大王？」

我孫悟空一定記得你的恩情！」

悟空點點頭說：「有呀！就是火雲洞的紅孩兒，現在已經拜在觀音菩薩面前，做了善財童子，好福氣哩！」

「好福氣？」道人恨得咬牙切齒：「你害了他，居然還想來討水？告訴你，我是牛魔王的兄弟，紅孩兒就是我的侄兒，你讓他不能在山為王，反而去做人的奴才，今天不要走，吃我一鈎！」回手拿了一柄如意金鈎向悟空砍來，悟空低頭躲過，大罵：「你這不識相的孽障，難道我還怕你不成？」掄起棒子，乒乒乓乓一陣亂敲，打得如意真君筋骨酥麻，拖著鈎子，往山上就跑。

悟空也不去追他，拿著瓦盆走到門口，一腳把庵門踢破，找來一個吊桶，靠在井邊，正準備打水，誰知道如意真仙又偷偷溜了回來，在背後用如意鈎把悟空鈎了一下。悟空摔了一跤，啪嗒一聲，吊桶連繩子一起掉下井去。悟空大怒，爬起來提棍就打。真仙卻又溜到一邊，冷笑著說：「看你提得走我的水嗎？」

悟空心想吊桶丟了，要去弄水又怕真仙暗地糾纏，不如回去找個幫手來。只好撥轉雲頭，回到村舍，叫聲：「沙和尚！」

屋裡唐僧和八戒正在哼聲呻吟，猛聽得悟空叫喚，大喜說：「水來了！水來了！」悟空早已跨進門裡，笑說：「不忙不忙！水馬上就來，勞煩沙僧跟我一道去取！」回頭向老太婆借了一個吊桶，把聚仙庵的事大致講了一遍。沙僧說：「既然如此，我們兩個人同去，你找他廝殺，我就溜到庵裡奪水！」

悟空大喜，兩人來到庵前，悟空高叫：「狗道士，快拿水來！」

真仙提著如意鈎走出來大罵：「潑猢猻，你又來幹什麼？我家的井水，就是皇帝老子也得拿三分禮來換；何況你還是我的仇人，要我送你井水，休想！」

悟空說：「真的不給？」真仙說：「不給！不給！」

悟空大怒：「好孽障，既不給，看棍！」真仙急忙拿鈎來招架，兩人翻翻滾滾打成一團。沙僧趁機閃進庵去，滿滿地打了一整桶水，駕起雲霧，向悟空喊道：「大哥，我已經拿到水了，饒了他吧！」

悟空聽到喊聲，用棒子架住金鈎說：「我本來想殺了你，但一來你只是霸占了泉水，未曾傷害人命；二來你又是牛魔王的親戚，所以今天暫且饒了你，否則什麼如意真仙，就是再有十個，也被我打扁了！」那妖仙不知好歹，看見水已被奪去，哪裡忍得下這口氣，一鈎又來鈎悟空的腳。

悟空閃過鈎子，順手一把扯住，「咔嚓」一聲折成兩段，再一捏，又斷成四截，丟在地上說：「哼！潑畜，敢再無禮嗎？這泉水原本不是你私人的財產，以後再有人來取水，看你還敢攔阻，我就剝了你這一身皮！」

呵呵大笑，駕雲回到莊上，八戒挺著肚子靠在門邊，看見悟空回來慌忙問：「水來了沒有！」悟空還想跟他開開玩笑，後面沙僧已經笑著說：「來了來了！」八戒一下子高興就要趴到桶邊去灌水，老太婆站在一邊說：「唉呀！你這樣喝，恐怕連腸子都要一起融化掉哩！」

八戒嚇得跳起來說：「什麼？」老太婆說：「這水喝一口就可以化胎啦！」用小杯子舀了一杯給唐僧喝，八戒無可奈何也只喝了半杯。

過不了多久，他們兩人肚裡絞痛，腸子嗚嗚亂叫，八戒先忍不住了，大小便齊流，唐僧也要上廁所，大拉大瀉了一陣，肚子才消。悟空又向老太婆要了些熱湯給他們喝下。老太婆說：「各位菩薩，這水送給我吧！」

唐僧點點頭，老太婆歡喜得什麼似的，把水用瓦罐裝好，埋在後院子裡，準備以後有人需要時可以拿出來賣。悟空等人也謝謝她的招待，休息了一夜，第二天早上一早就出門，朝西梁女兒國的王城出發。

十九、擺脫女兒國不巧又陷琵琶洞

過了村子，走不到三四十里就到了城邊，一路上繁花似錦、綠草如茵，唐僧聽說女兒國沒有男人，心中暗暗恐慌，告誡三個徒弟說：「等下到了城裡，你們一定要謹慎，不能敗壞出家人的名聲。」話還沒說完，已經來到東門街口上了。那些長裙短襖、搽粉敷面的婦女，一看居然來了這樣四個男人，都一齊歡呼鼓掌，呼喊著圍攏過來，指指點點，頃刻間，堵得水洩不通。八戒嚇得亂嚷：「別來別來！我是個臊豬啊！」悟空笑著說：「獃子，何不拿出你從前的嘴臉來？」

八戒真的把頭搖了兩搖，豎起一雙大耳朵，扭動長嘴，大喊一聲，把那些婦女駭得跌跌爬爬，戰戰兢兢逃到屋簷底下遠遠地觀賞，再也不敢圍過去看。八戒正在得意，忽然出來一個女官，高聲說：「遠來的客人，請報明身分！」

悟空說：「我們四人是大唐皇帝派到西天拜佛取經的使者，路過貴國，並無惡意，拜託妳們放我們通行。」

那女官低頭想了一下說：「客人既是大唐的使者，我們不敢為難。只是我們國裡從來沒有男人，我必須稟報國王一聲才好。請你們先到我們的招待所裡去休息一下好嗎？」

唐僧想想也好，隨那女官到招待館裡。女官則到皇宮稟報國王：「啟奏大王，有大唐國王派往西天取經的使者和他三名徒弟，來到我國，現在住在招待會館裡，特來稟報，是否放行？」

女王一聽大喜，對滿朝文武官員說：「這真是個喜事！朕昨天夢到男子來到我國，今天果然來了！我國自天地開闢到現在，不曾有過一個男子。現在這個大唐使者想必是天賜來給我們的。我想把他留下來，讓他做王，我來做后，生子生孫，也好使我們國家從此不再只有女人，你們認為怎樣？」

滿朝大臣轟然叫好，歡天喜地，有人說：「好是好，只是不曉得那大使長得如何？」女官回答：「那使者長得十分英俊，相貌堂堂，風采翩翩；可是他那三個徒弟卻生得實在猙獰醜怪。」

女王說：「既然如此，那就只留下使者，其餘三人讓他們去西天取經去吧！」派宰相隨女官同去會館傳達旨意，準備等唐僧答應了再御駕親自出宮迎接。滿朝大臣都興奮不已，城裡有些居民知道了這個消息，也燃燈結綵，奔相走告，全國洋溢在一片歡樂中。

唐僧師徒四人坐在會館裡只聽見一片鬧哄哄的，不知道究竟發生了什麼事，忽然聽到宰相來了，唐僧說：「宰相來不曉得要幹什麼？」悟空笑說：「不是請你去皇宮裡玩，就是說親來了。」三藏大驚，抓住悟空的手說：「悟空，如果她不放我們走，強迫我成親，那……我……」，悟空笑笑說：「師父不必驚慌，你只管答應她，老孫自有辦法。」

正說著，宰相和女官已經走到廳上，朝唐僧拜了拜，唐僧慌忙答禮。宰相一看三藏相貌俊雅，心中也暗自歡喜，把女王的意思說了一遍。唐僧嚇得說不出話來，八戒在旁邊伸長鼻子說：「哈哈！好緣分、好緣分！可是師父，你是有道德的和尚，結不得婚的；不如讓我留在這裡招贅，你們去取經，如何？」宰相一見他那顆豬頭，真是倒盡胃口，楞住了不知如何回答。

唐僧罵說：「八戒，不許胡說。」回頭問悟空：「悟空，你看怎麼辦？」悟空說：「依我的看法，您留在這裡也好，所謂『千里姻緣一線牽』，取經的事，我們替你去走一趟好了！」不等唐僧回答，轉過頭向宰相說：「勞煩你們去通報一聲，就說我師父答應

了；快點準備些酒菜來，讓我們三個吃完了好送我們過去！」宰相一聽，樂得什麼似的，飛快趕回去稟報。

只把唐僧氣得手足發冷，扯住悟空大罵：「你這猴頭！怎麼說出這種話來？我是寧願死，也不能招親的！」

悟空說：「師父放心，這是將計就計。您想，如果不先答應她，她不放我們過境，您又能怎樣？她國裡都是女人，難道我們還能一路打打殺殺衝出去嗎？現在暫且先敷衍她，等女王擺好宴席，我們吃完了，您就和女王出城來替我們送行。到時候沙僧服侍您上馬，八戒馱起行李，我再用個定身法，讓她們都不能動，這樣我們不就可以安安穩穩地去取經了？」

唐僧聽了，一顆七上八下的心才安定下來，連說悟空聰明；八戒與沙僧則在談這次奇怪的女兒國見聞。不一會兒，忽然有人來報：「國王駕到！」唐僧連忙出廳迎駕。看那女王臉如桃花、肌膚似雪，嬝（ㄋㄧㄠˇ niǎo）娜款擺地走下轎子，輕聲問說：「哪一位是大唐御使？」唐僧生平不近女色，這時早已羞得面紅耳赤，不敢抬頭。旁邊的八戒卻看得口水直流、骨軟筋麻，身子幾乎化了。悟空在後面看了好笑，急忙推著唐僧走上去。

那女王看唐僧丰儀俊美，不禁眉開眼笑，拉著唐僧的手，一同坐到鑾轎上去；唐僧如痴如醉，昏昏沉沉，跟她回到皇宮。八戒在後面挑著行李大叫：「嘿！不行啊！喝了喜酒才能完婚啊！」

一句話驚醒三藏，連忙向女王說：「我那三個徒弟胃腸寬大，先讓他們吃飽了打發他們走，我們才好完婚！」女王不知是計，喜孜孜地吩咐擺開宴席，滿朝文武都來喝喜酒，八戒更是放開肚皮，盡情吃喝，吃得左右女侍目瞪口呆。吃完，抹抹嘴站起來說：「國王呵！我們出家人，不敢打擾，現在就讓我們出城取經去吧！」

國王巴不得他們快走，連忙說好。唐僧說：「我與他們師徒一場，現在忽然分手，不免有些依依不捨，讓我送他們一程吧！」女王歡喜，與唐僧一道出城去。沿途人山人海都來爭看這一對新人。

到了城外，悟空等人站好向女王說：「陛下不必遠送，我們取經去了！」八戒一把扯過唐僧，沙僧扶他上馬，就準備上路。女王大驚，正要質問，路旁突然竄出一個女人，高聲說：「唐僧休走，和我去做夫妻吧！」弄起一陣旋風，飛沙走石，嗚的一聲，三藏和那女人都不見了。

悟空著急，踏上雲裡一看，只見一陣灰塵滾滾向西北方吹去。忙回頭大叫：「兄弟們，快駕雲跟我一道去找師父回來！」八戒和沙僧聽了，喊一聲，都跳到雲上。嚇得那西

梁女國君臣老少，都跪在地上膜拜，說原來是羅漢下凡，不斷磕頭。

那一陣旋風一直吹到一座高山才停，悟空等人趕過來一看，只見青石壁上有兩扇石門，上面寫著「毒敵山琵琶洞」六個大字。悟空說：「想必是在這裡頭了，你們先在門外等著，老孫進去打聽打聽。」念個咒，變成一隻小蜜蜂，從門縫裡溜了進去。

原來這洞裡中央有個花亭，中間坐著一個女怪，唐僧呆呆站在旁邊，兩個丫頭端出兩盤包子來，女怪拉住唐僧說：「你不要煩惱，我這裡雖然比不上皇宮富貴豪華，倒也清靜自在，我們做個伴兒，豈不勝過你去西天取經？來來來！先吃兩個包子壓壓驚吧！」

唐僧說：「我出家人，不敢吃葷。」女怪格格笑說：「別怕，這盤人肉包子我吃了，你吃那一盤豆沙包好了！」悟空在一旁看得忍不住了，現出本相，大罵：「孽畜不得無禮！」

女怪一看，急忙口噴一道青煙，把亭子罩住，叫丫頭們把唐僧藏好，自己提了一柄三股鋼叉，跳出亭子大吼：「臭猴子，竟然跑進來偷看老娘，吃老娘一叉！」

兩人打出洞外，八戒看了趕來幫忙，那女怪呼地一聲鼻中噴火，口裡吐煙，把身體一抖，彷彿多出了好幾十隻手來，邊打邊罵：「悟空！你這不識相的瘟猴！我認得你，你卻不認得我。如來佛還怕我幾分，你們倒來惹我！」

悟空不理她，舉棍一陣狠打，那女怪往上一跳，也不知怎麼，把悟空頭上刺了一下，悟空大叫：「哎呀！」負傷逃走。八戒也拖著釘鈀退走，追上悟空說：「怎麼啦？」

悟空抱著頭連聲叫疼，說：「不曉得是什麼東西刺我一下，疼得厲害。」八戒笑說：「你不是常誇口說你的頭是修煉過的嗎？」悟空說：「是啊！我這頭當年大鬧天宮時，玉帝派大力鬼王刀劈斧砍，雷打火燒，都不曾損傷；這妖婦卻不知道用什麼兵器把我刺傷，奇怪奇怪！」

八戒存心賣弄，說：「我看那妖怪本領倒也平常，你既然頭疼，我和沙僧再去鬥他一陣，救回師父！」正說著，那女妖已經追到，舞起鋼叉就刺，八戒躲過，一鈀打去，沙僧在旁也揮動寶杖步步進逼。那妖怪看看抵擋不住，回身就跑，八戒趕上去，那妖怪忽然一跳，不知什麼東西又在八戒長嘴上刺了一下。八戒痛得眼淚直流，用手按著嘴，拼命逃走。女怪也不追趕，轉回洞裡去了。

沙僧保護悟空和八戒遠遠離開洞口，兩人大叫：「厲害！厲害！什麼兵器，這麼凶惡？」

正在談論，山路邊來了一個挑菜的老太婆，悟空睜開火眼金睛，認得是觀世音菩薩，忙叫八戒、沙僧二人一同下拜。菩薩看看他們，笑笑說：「又吃虧了？這妖精非常厲害，

是個千年蠍子精。那柄鋼叉就是她的鉗腳；刺人會痛的，是她尾巴上的鈎子，叫做『倒馬毒』。從前在雷音寺聽如來說法時，如來不小心用手碰到她，她就用鈎子在如來左手姆指刺了一下，如來也痛得受不了，要命羅漢捉住她；所以她就跑到這裡來了。你們若要救唐僧，除非去東天門找昴（ㄇㄠˇ mǎo）日星官，我也沒辦法。」說完，化作一道金光，直返南海。

悟空一聽師父有救，精神也來了，要八戒、沙僧看住洞口，不讓妖怪溜掉，自己一個觔斗翻上東天門，遇到昴日星官，把菩薩的話說了一遍。星官點點頭說：「既然如此，我們立刻就去！」伸手在悟空頭上一拍，吹了一口氣，悟空頭就不疼了。悟空歡喜，兩人一同駕雲來到琵琶洞外。

星官先替八戒治了嘴傷，再叫悟空八戒去引那女妖出來。八戒口裡亂罵，三鈀兩鈀把洞門打得粉碎。女妖一聽悟空八戒又來糾纏，拿起鋼叉便刺。兩人邊打邊退，女妖追出洞外，忽聽一聲怪叫，山坡上昴日星官現出本來面目，原來是隻雙冠大公雞，昂起頭來有六七尺高，對著妖怪叫了一聲，那妖怪就露出原形，是隻琵琶般大的蠍子精；星官再叫一聲，那蠍精就渾身酥軟，死在洞前。八戒走上去，一陣釘鈀把她打得稀爛，回身謝了星官，星官駕雲而去，八戒才同悟空沙僧趕到洞裡，救下唐僧。

唐僧這一夜之間恍恍惚惚，忽在皇宮內殿，忽在深山洞穴，就像做夢一般。八戒搶著告訴他如何被妖怪弄到洞裡來，自己又如何拼命搶救的經過。三藏聽了也不禁感慨萬千，心想：「女人本來是人見人愛的，可是誰又知道在這女兒國中，自己竟然經歷了一場『生』與『死』的鍛鍊呢？」

悟空見唐僧靜思，也不去打擾他，燒了些水，煮了些素麵，讓大家吃了，再繼續上路。

二十、真假猴王大鬧乾坤

這一路雖不再是春和景明、繁花錦簇的世界，卻也是端陽美節，在濃蔭翠樹之間，談談笑笑，頗不寂寞。八戒好玩，舉起釘鈀就去嚇馬。那馬乃是龍王三太子化身，哪會怕他？悟空笑笑說：「兄弟，你趕牠幹什麼？讓牠慢慢走吧！」

八戒說：「天快暗了，走快點，我們好找個地方歇腳。」悟空搖搖頭說：「牠不怕你的，讓我來叫牠走快些！」把金箍棒幌了一下，大喝一聲，白馬就像箭一樣地向前射了出去。原來五百年前悟空大鬧天宮，玉帝曾封他做弼馬溫，專門管馬，所以天下的馬都怕他。八戒等人看白馬一溜煙地往前跑，馬上的唐僧嚇得緊緊抱住馬鞍，都覺得好笑，慢慢趕了過去。

轉過一個山頭，三藏忽然不見了，悟空心裡著慌，叫聲：「糟了！」，跳起來在半空中用火眼金睛一看，原來有一夥強盜把三藏和白馬搶進山洞去了。悟空大怒，回頭叫八戒和沙僧看好行李，搖身變成一個白胖小沙彌，走進洞裡，敲著木魚口中高喊：「師父！」洞裡三十多個盜匪，正逮住唐僧要剝他的衣裳，忽聽到有人喊師父，都一齊圍了過來。悟空說：「噯，大王！我師父是個窮鬼，哪有銀子給你們？我小和尚這裡還有些碎銀子，都送你們好了，切莫嚇壞了我師父他老人家！」那強盜哈哈大笑，為首一人猙獰地說：「嘿嘿！你這和尚倒不知死活，告訴你，你的錢大爺們要定了，你師父的袈裟也是好料子，可以賣不少錢。嘿嘿，銀子快拿出來！」說著並舉起手上的刀幌了一幌。

三藏害怕，說：「悟空啊，有多少錢，我們都送他吧！」悟空笑笑說：「別忙！各位！我們是出家人，沒什麼值錢的東西，我這根針送你們吧！」從耳朵裡拔起一根繡花針來。強盜頭一看大罵：「小混蛋，你想尋你老子的開心嗎？」提起刀來就砍。

悟空閃過，說：「這針你不要嗎？吶！送你吧！」把針往他頭上一拋，迎風一幌，變成一根鐵棒，掉下來打得他腦漿迸裂，一命嗚呼！眾盜一看大王死了，都吶喊起來，把悟空團團圍住，刀劈棍打。悟空渾不在意，哈哈一笑，舉起鐵棍，輕輕擺了一下，又打死了三個，其他二十幾個見狀，唬得一齊跪下叩頭：「大王饒命啊！小的們有眼無珠，真該

死！真該死！」

悟空得意地收起鐵棒，轉身攙著唐僧就要踏出洞口。不想那群強盜卻心有不甘，見悟空及唐僧背著他們，便相互遞個眼色，發喊起來，望兩人身上刀棍齊下。唐僧的腦袋挨了一棍，悶的一響竟昏倒地下。悟空一怔，不覺火冒三丈，掏出金箍棒，一個箭步衝入洞裡，發起狠來，將所有強盜都打成了肉餅；然後連忙將師父揹到一塊樹蔭底下，用雙手舀來一些泉水，灌入他咽喉，又喊了兩三聲：「師父！」唐僧方才悠悠然醒來，見眼前是悟空，又眨眨眼，忽然像想起什麼事似的：「咦，那一群強盜呢？」悟空笑說：「老孫全送他們到鬼門關報到了！」

「什麼？全部打死了！」唐僧大驚：「善哉！善哉！你這猴頭，三番兩次告訴你，上天有好生之德，出家人尤以戒殺為本，吃菜尚且不敢吃葷，怎能隨便殺人？天道循環，殺人者人恆殺之，你總是不聽我勸，凶性不改，哪裡是出家人的本分？我佛慈悲為懷，命我遠來西天取經，你卻無緣無故害人性命，豈不增加我的罪孽嗎？……」

悟空耐著性子聽他嘮叨了半晌，才冷笑說：「師父！為了您去取經，這一路上我費了多少力氣？現在打死了這些毛賊，您就來怪我，您不想想，我打死他們為的是什麼？我佛如來也有降魔伏虎的手段，何況我不殺他，他卻先殺我哩！」

唐僧喝說：「好個利嘴的猢猻，殺了人還是好事嗎？你忘了當年觀音菩薩送你一頂箍兒？」坐在地上念起緊箍咒來，把悟空痛得在地上打滾，耳紅面赤、眼脹頭昏，大叫：「師父饒了我吧！有話好說，莫念！莫念！」

三藏抬起頭來說：「沒什麼好說的，我不要你跟了，回去吧！」悟空忍痛磕頭說：「呀！師父怎麼又要趕我回去了？」唐僧說：「你這潑猴凶性太深，傷了天地和氣，我屢次勸你，總是不改。我這次再也不要你跟了，快走！免得我又念咒兒！」悟空害怕，叫說：「莫念！莫念！我去了！」縱起觔斗雲，走得無影無蹤。

原來悟空跳在雲上，氣惱憂煩，慌忙間竟和值日天神撞在一塊（注：天上每天都有一位值日功曹負責巡邏）。值日功曹摸摸額頭說：「啊！大聖急急忙忙地幹什麼呀？」「哎——！」悟空歎了一口氣，把經過的情形大略說了一遍。

「哦！那你何不去找觀音菩薩？也許她可以為你想個辦法，至少頭上這個箍兒也可以拿下來呀！」

「對！對！這和尚辜負了我，我到普陀岩告訴觀音菩薩去！」好大聖，一路觔斗雲，直到南海落伽山上，走入紫竹林中；木叉行者和善財童子都走出來迎接悟空，一同到菩薩的蓮臺下。

悟空看見菩薩，倒身下拜，一霎時新愁舊事，兜上心頭，忍不住放聲大哭，淚如雨下。菩薩要木叉和善財將他扶起，說：「悟空，你不必感傷，一切經過我都知道了，緊箍兒套上了也拿不下來。你不如先住在我這兒，你師父這幾天就會有難，還需要你去搭救哩！」菩薩既然這樣說，悟空也不敢再說什麼，只好安心在紫竹林裡住著。

另一邊，唐僧等三人繼續趕路，走了四五十里，三藏又渴又餓，八戒自告奮勇拿了個鉢子就去化緣。唐僧和沙僧在路邊等了半天，他還沒回來。唐僧口乾舌焦、飢餓難熬，沙僧看了不忍，只好拴好白馬，說：「師父，您坐著等一會兒，我去找他快點回來！」三藏點點頭，沙僧即駕起一道祥光去尋八戒。繞過山崖，才看到八戒端了一鉢熱飯回來；沙僧高興，兩人再到山澗下舀了一碗溪水，興沖沖地趕回來找唐僧。

「啊呀！不好了！」兩人走回路上，只見唐僧面孔趴著地，倒在塵埃中，行李也不見了。兩人大驚，費了好大力氣才把三藏弄醒：「師父！究竟是怎麼回事？」

「唉！」三藏呻吟著喝了些水，吃了兩口飯才說：「徒弟！你們剛走，那潑猢猻又來纏我，端了一杯水來跪在路邊要我喝，我堅持不肯；那猢猻卻說沒有他我去不了西天。我說：『去得去不得，干你什麼事？你這潑猢猻儘來纏我幹什麼？』那猢猻就變了臉色，說：『你這個狠心的潑禿，竟敢藐視我！』丟了杯子，拿起鐵棒敲了我一下，我就暈在這兒。行李大概也是他拿走的。」

八戒一聽，咬牙大罵：「這潑猴子如此無禮！沙僧，你服侍師父，我到他家去討包袱去！」

三藏急忙扯住他說：「你去不得，那猢猻本來就和你不太合得來，你說話又粗魯，還是讓悟淨去吧！」八戒心裡膽怯，只好說：「是！」三藏又對沙僧說：「你到花果山水簾洞去，他如果肯給你，你就假裝謝謝拿來；如果不肯，你就到南海觀音菩薩那裡去請菩薩找他要，千萬不要跟他動手。」沙僧點點頭說：「好！」駕起雲光直飛東勝神洲。

沙僧在半空中，行經一晝夜，才到花果山。只見高峰聳峙，峭壁下有一座石臺，孫行者高坐石臺上指揮眾猴玩耍。沙僧走過去叫道：「師兄！上次實在是師父錯怪了你，把你趕走。不料你好意再來，師父又不肯收留，所以你才把師父打傷，這也是人之常情。我今天來，不敢怪你，只求你把包袱送還給我好嗎？」

「賢弟呀！」悟空呵呵冷笑：「你以為我拿了行李是要幹什麼？現在唐僧既不要我，我自己去西天不是更好？何況唐僧又不止一個，你看！」用手一指，洞裡走出一個唐三藏、一匹白馬、一個八戒挑著行李、還有一個沙僧拿著錫杖。

沙僧看了好不氣惱，說：「我老沙行不改名、坐不改姓，哪裡還會又有一個沙和尚！

不要亂來，吃我一杖！」雙手舉起降妖杖，劈頭一下，把假沙僧活活打死，原來是個猴精。悟空大怒，掄動金箍棒，率領眾猴把沙僧圍住。沙僧左衝右撞，殺開一條血路，駕起雲霧逃生，直奔南海落伽山。

木叉行者見沙僧來到，知道是來找悟空的，不敢阻攔，急忙帶他去見菩薩。沙僧來到臺前，正要下拜，抬頭一看悟空站在旁邊，忍不住滿腔怒氣，舉杖就打，口裡大罵：「打死你這十惡不赦的潑猴！你還想來騙菩薩？」悟空側身閃開，觀音也喝道：「悟淨！不要動手，有話先跟我講！」

沙僧氣咻咻地把路上情形說了一遍，觀音說：「悟淨！不是我袒護悟空，他到此已經四日，哪裡會回花果山另覓唐僧、假扮沙僧？只怕另有妖孽，假冒孫行者模樣也不一定，我讓悟空同你一道回去看看好嗎？」大聖性急，一聽菩薩這樣講，立刻與沙僧辭別菩薩，縱起兩道祥光，趕回花果山。

悟空觔斗雲快，就要先走；沙僧扯住他，怕他先回去安排布置。悟空無奈，只好兩人同行。到了花果山，果然洞外坐著一個行者，模樣與悟空一點不差，毛臉雷公嘴，腰繫虎皮裙，手拿金箍棒，正在和群猴飲酒玩樂。悟空氣得渾身毛髮豎立，大罵：「何等妖邪？居然敢冒充我老孫的相貌，欺騙我的子孫，占據我的洞口，作威作福！」那行者見了也不答話，舉棒相迎。兩人各踏雲光，跳在半空中，隔、架、遮、攔、劈、掃、撐、刺，直殺得飛沙走石，日光慘淡。沙僧在一邊看得目瞪口呆、心搖神眩，想上前助戰，又分不清誰真誰假，真是左右為難。

兩大聖邊鬥邊走，直到落伽山上，打打罵罵，喊聲不絕，早已驚動觀音，率領木叉行者、善財童子、龍女、諸天護法一同出門。兩大聖互相揪住說：「菩薩，這傢伙果然變做我的模樣，打了好久，不分勝負。菩薩慧眼，請替我們看個清楚，辨明真假！」菩薩聽了，只好端坐蓮臺，運心三界，用慧眼遙觀三千宇宙，搖搖頭，歎口氣說：「唉！你二人一模一樣，真假難分！不如再到玉皇面前，用照妖鏡照照看吧！」

兩人齊說：「有理！有理！」拉拉扯扯，又打到南天門外，慌得那天王、天將急忙攔阻。玉皇大帝聽說有兩個大聖齊來，更是嚇得心膽俱裂。等到知道他們只是來辨真假，不是再來鬧動天宮時，才定了定神，傳托塔天王拿照妖鏡來。那照妖鏡金光一閃，鏡中現出兩個孫悟空的影子，毫髮不差，真假莫辨。兩行者又揪打在一塊兒，說：「既照不出來，我們找師父去！」闖出南天門，直往三藏路口去了。弄得眾天神嘖嘖稱奇，驚疑莫定。

在三藏這邊，沙僧早已回來，把經過對三藏說了。那長老聽說有兩個悟空，大驚失色。八戒則哈哈大笑，說：「好玩！好玩！那猴頭平日慣會拔根毫毛變成個假悟空去哄人，如

今卻又有個假悟空來哄他！」

正說著，半空中吵吵嚷嚷，兩位大聖一路打來。八戒看了忍不住手癢說：「讓我去認一認！」起身跳在空中叫著：「師兄莫嚷！我老豬來了！」那兩個一齊回答：「兄弟，來打妖精！來打妖精！」獃子左看右看，看不出個所以然來，拍手呵呵大笑：「怪啊！師父快來！」

兩大聖落到唐僧面前，八戒靠到唐僧耳邊說：「師父，您念那咒兒，會疼的就是師兄。」唐僧果然念起咒，二人一齊叫痛說：「莫念！莫念！好痛！」三藏分不出真假，也不敢再念。兩人又扭打成一團，說：「師父您等著，我跟他到閻王面前去認認！」兩道雲光糾纏廝打在一塊，直飛到陰山鬼域。

這一來，嚇得滿山陰鬼戰戰兢兢、躲躲藏藏，森羅寶殿上陰風慘慘、愁霧漫漫，秦廣王、楚江王、宋帝王、六城王、閻羅王、平等王、泰山王、都市王、忤官王、轉輪王這十殿閻君一齊會集，地藏王也騎著諦聽神獸趕來。只見玄風滾滾，冥霧淒迷中現出兩位大聖，慌得大夥亂了手腳。原來當年悟空大鬧幽冥，刪改生死簿，這陰間哪裡還有他的名籍？查也無從查起。

大家正面面相覷時，地藏王菩薩忽然說：「大聖別急，我讓諦聽替你聽聽！」這諦

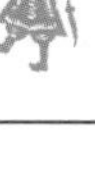

聽神獸是地藏王的坐騎，牠靜靜趴在地上，一霎時聽遍了四大部洲山川社稷中無數神人仙鬼、鱗毛羽獸的來龍去脈，抬起頭來對地藏王說：「妖怪的名字我已經知道了，但這妖怪的神通和孫大聖一模一樣，陰間捉不住他的，還是去找釋迦如來吧！」兩大聖嚷著：「對！對！我們到雷音寺去！」

縱身離了鬼界，飛雲奔霧，兩人直打上西天，搶到如來七寶蓮座之下，眾金剛菩薩抵擋不住，紛紛走避。如來早已知道其中原委，笑著說：「悟空！宇宙中有四種猴是不在人神仙鬼統轄之內的，你知道嗎？」兩悟空齊答：「不知！」如來看了看他們，才慢慢地說：「悟空是靈明石猴，另有一種赤尻（ㄎㄠ kāo）馬猴、通臂猿猴和六耳獼猴。——我看假悟空正是六耳獼猴啊！」

假悟空在如來看他時，已經心裡發毛；一聽如來居然說出他的底細，嚇得矮了半截，一縱身，跳起來就想走。「哈哈！」如來洪聲一笑，擲出個金鉢，鏘鐺一下把他裝在鉢裡；揭開來，果然是隻六耳獼猴。悟空忍不住，掣出鐵棒，噗一棒打死了。如來歎息說：「呀！悟空你不該打他，如今絕種了！」行者說：「您不該憐憫他，他打傷了我師父，搶走包袱，白晝當街搶劫，本來就是死罪哩！」

「也罷！」如來回頭叫八大金剛：「你們陪悟空回去，如唐僧不收他，就說是我的意

思！」

悟空這才告辭出來，回到路上，三藏見八大金剛來了，急忙下跪迎接。金剛把如來的話說了一遍，三藏叩頭說：「謹遵教旨！」八戒和沙僧也十分歡喜。金剛看他四人盡釋前嫌，點點頭重返靈山去了。四人繼續上路。

經過這一番折騰，四人走起來特別賣力，曉行夜宿，一路走來，不知不覺已是深秋天氣。但見霜林遠岫（ㄒㄧㄡˋ xìu）、征鴻往來，卻讓人也染上了幾分懷鄉的感傷。

二一、路阻火燄山三借芭蕉扇大戰牛魔王

正走著，漸覺熱氣蒸人，彷彿走在烤爐裡似的，三藏停馬擦汗說：「已經快冬天了，怎麼還這麼熱？」八戒說：「想必是我們走到天盡頭日落的地方了吧！」悟空笑著說：「獃子不要亂講，我到那邊去問問。」收起金箍棒，整了整衣裳，走到路邊一座莊園前，輕咳一聲，敲敲門問：「有人在嗎？」

那莊園紅牆紅瓦、紅門紅戶，過了半晌，才走出一個老者：「誰呀？」探頭出來看見悟空：「呵啊！你、你是哪裡來的怪人？到我這裡幹什麼？」

悟空鞠躬說：「老先生別怕，我不是壞人。我們是大唐派到西天去取經的和尚，來到您們這兒，只覺得天氣燠熱異常，所以特地來問問！」老頭看他有禮貌，才放心下來，點

點頭說：「啊！原來長老不曉得，這裡名叫火燄山，無春無秋，四季皆熱。——這裡還好些，再往西去六十里，有八百里火焰，四周寸草不生，就算你是銅腦袋、鐵身體，到了那兒也要化成汁哩！」行者聽了悶悶不樂，轉回來跟唐僧說了。三藏也大驚失色，說：「徒弟呵，這可怎麼好？」

八戒說：「沒法子，既過不得，咱們散伙了吧！」悟空喝道：「獃子不要亂說！我想此地既然如此炎熱，怎麼播種？五穀豈不焦死？嗯，讓我再去問問！」

又走過去向那老者拱拱手說：「老先生！此地既然如此熱燙，你們吃的糧食從哪裡來？」老人說：「我這裡的住戶，每隔十年就準備四豬四羊、美酒鮮果、雞鵝魚肉，虔誠沐浴，到西南方翠雲山芭蕉洞去拜請一位鐵扇仙子。她有柄芭蕉扇，一搧火熄、二搧生風、三搧下雨。一下雨我們就播種，及時收割，否則真是沒辦法生存。那山也怪，火停了一年又發，總是不會完全熄滅。唉！苦啊！——」

行者聽了樂得手舞足蹈，連說：「有扇子就好！有扇子就好！」急忙跑回，把經過大概講了一下，說：「那鐵扇仙子，是大力牛魔王的妻子，人稱鐵扇公主，又叫羅剎女。當年我與牛魔王結拜時也曾見過，原來住在這裡。不忙，你們先歇著一會兒，我去找她借借扇子！」

三藏說：「徒弟，快些回來！」悟空說：「知道了，我去也！」話才說完，已走得無影無蹤，直奔翠雲山芭蕉洞而來。

到了洞口，正遇到一個小妖女提籃子出來採花。悟空上前合掌說：「女童，麻煩妳去轉報公主一聲，就說東土來的孫悟空和尚，特來拜借芭蕉扇，好過火燄山！」小妖點頭回身走回洞裡，朝羅剎女跪下說：「奶奶，洞外有個孫悟空和尚要見奶奶，說是想借芭蕉扇去搧火。」羅剎女驀然聽見「孫悟空」三個字，就像吃了火炭，跳起來大罵：「這潑猴果然來了！」伸手拿了兩柄青鋒寶劍，衝出洞來，高叫：「孫悟空在哪兒？」

行者跳過來鞠躬說：「嫂嫂，老孫在此有禮了！」羅剎女呸了一聲，說：「誰是你的嫂嫂？你這潑猴，一向只知道你在花果山逍遙，卻不料也跑來西土，害了我兒子聖嬰大王，又去欺負我的兄弟如意真仙。正沒地方找你報仇，你卻送上門來！」

悟空滿臉陪笑說：「嫂嫂請息怒，令郎現在做了善財童子，好得很哩！」羅剎女怒說：「什麼好？我見都見不著了！」說著就掉下淚來。

行者不忍，說：「嫂嫂不要難過，妳借我扇一用，我就去南海觀音那裡找他常回來看妳，好嗎？」羅剎女罵著：「死猢猻！不必花言巧語。若要借扇，除非你先伸過頭來，讓我砍你幾刀！」提劍就刺。悟空閃過，笑嘻嘻地說：「嫂嫂要殺也好，只是砍過以後一定要借我扇子喲！」伸過頭去，羅剎女雙手揮劍，往他頭上乒乒乓乓一陣亂砍，悟空全不在意。羅剎女看了害怕，回身就走。行者一把扯住她說：「嫂嫂別走啊！扇子呢？」

羅剎女說：「我的寶貝不借人的！」那美猴王一聽，大怒：「既不肯借，吃我一棍！」從耳朵裡掣出金箍棒來，羅剎女也舉劍迎戰。咔嗒一聲，其中一把青鋒劍斷成兩段。羅剎女慌了，一側身讓過棒勢，取出芭蕉扇來，輕輕一搧，把行者搧得無影無蹤。

那大聖在空中飄飄蕩蕩，往左沉不能落地，往右墜也不能停止，就像旋風颳起的落葉，翻翻滾滾，弄了一夜，直到天亮，才飄到一座山上。大聖兩手緊緊抱住一塊巖石，閉起眼睛，等風颼颼吹遠了，才睜開眼來仔細打量，認得是小須彌山，長歎一聲說：「好厲害的女人！怎麼把老孫吹到這裡來？」正感歎間，聽到禪院鐘聲嘹亮，急忙走下去。門口道人認得是悟空，慌忙趕去通報，靈吉菩薩知悟空來了，快步走出來說：「恭喜！取完經了？」

悟空笑笑說：「早哩！早哩！這一路也不曉得吃了多少苦，才走到火燄山，偏偏又被羅剎女搧到這裡。」於是把借扇子的事大致講了一下。靈吉笑道：「這還是大聖厲害，若是凡人被她扇子搧一下，連屍骨都搧不見了哩。不過你也不必憂煩，當年如來送了我一粒定風丹，現在送給你好了！」悟空大喜，把定風丹含在嘴裡，謝了菩薩，一觔斗縱回翠雲

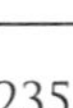

山。拿起鐵棒打著洞門大叫：「開門！開門！老孫來借扇子了！」

羅剎女在洞裡聽見，心裡害怕，暗想：「這潑猴真有本事，我的扇子乃是天地開闢時自然生長成的一個寶貝，就是神仙被搧著，也要飛去八萬四千里，他怎麼才吹去就回來了？哼！這次我連搧他七八扇，叫他找不到歸路！」單手提劍走出來大罵：「孫行者！你又找死！」

行者哈哈大笑：「老孫倒不怕死，只求妳借我扇子！」羅剎女大怒：「不借！不借！」揮起扇子連搧五六扇，悟空衣角都不動一動。羅剎慌了，拔劍來砍，悟空舉起鐵棒，兜頭一陣亂打，羅剎女被打得臂酸骨麻，招架不住，逃回洞裡，把洞門緊緊關上。

悟空看她關了門，搖身變成一隻小飛蟲，從門隙裡鑽了進去。只見羅剎女叫小妖：「渴死我了，被這潑猢猻纏了半天，快拿茶來！」小妖忙沖了一杯濃茶捧來給她，羅剎女端起來咕嚕兩口都喝光了，說：「孩子們，小心看好門戶，別讓那猴子闖進來，我要去休息一會兒。」忽聽得悟空呵呵冷笑，說：「嫂子別急，扇子還沒借我哩！」

羅剎女大驚，四面看看，哪有行者影子？悟空又叫：「我在這裡呀！」羅剎女就捧著肚子疼得殺豬也似地叫起來，跌坐在地上。原來悟空趁小妖沖茶時沉到杯底，早已隨著茶汁喝到羅剎女肚裡去了；這時他伸拳踢腿，正在她肚裡練武呢！痛得她面黃脣白，在地上

打滾，直叫：「孫叔叔饒命！孫叔叔饒命！」

悟空這才停止，說：「妳這才曉得認叔叔哩！看在牛大哥情分上，不傷妳性命，快把扇子拿來借我吧！」羅刹女說：「好！好！有扇！有扇！」拿出一柄芭蕉扇來，張開嘴，悟空跳了出來，拿起扇子說：「得罪了，請多原諒，扇子用完就還！」大步走出洞來，撥轉雲頭，回到莊外。

三藏等人見悟空回來，興高采烈地圍著他問長問短，行者把經過敘述一遍，說：「現在有了扇子，咱們走吧！」三藏大喜，四人一路西去，大約走了四十里左右，酷熱蒸人，實在走不過去了，沙僧叫著：「腳底燒得厲害！」八戒也說：「蹄爪子燙得痛！」悟空看看笑著說：「師父請先下馬，等我搧熄了火，雨下過之後，地涼了些再走。」自己一個人拿著扇子走到火邊，用力一搧，那山上火光烘烘騰起；再一搧，火焰上竄，獵獵作響好不駭人；又一搧，那火冒起千丈，「撲」地一聲直燒到行者身上來。悟空急忙跑回，屁股上兩股毫毛已經燒掉了，衝到唐僧面前說：「快跑！快跑！火來了！」

唐僧急忙翻上白馬，與八戒沙僧死命回跑，喘氣吁吁說：「悟空，怎麼回事？」行者把扇子狠狠往地上一摔說：「混蛋！什麼鬼扇子，一點用也沒有！」八戒發笑說：「你常吹牛是雷打不傷、火燒不損，今天怎麼搞的？」

悟空說：「你這獃子真不懂事！平常用心防避，當然不怕雷火，這次沒注意，只以為一搧火就熄，誰想反而燒了過來？」三藏哭喪著臉說：「啊！這可怎麼辦？」八戒說：「只揀沒火的地方走吧！」三藏說：「哪邊沒火？」八戒說：「東方、南方、北方都沒火。」沙僧說：「可是只有西方有經哩！」三藏說：「有經處有火，沒火處沒經，怎麼辦哪？」

正愁苦間，忽聽有人叫：「大聖！」四人回頭一看，只見一個老人頭戴月冠、手拿拐杖，背後帶著一個鵰嘴魚腮鬼，鬼頭上頂著一個銅盆，盆裡有些蒸餅糕糜，走過來鞠躬說：「我是這火燄山的土地神，知道大聖保護聖僧到此，特地送些齋飯來，大家充充飢再想辦法過山吧！」行者吆喝：「這山是怎麼回事？牛魔王放的火？」

土地說：「不是，不是！大聖您別怪我直說，這火是您放的！」行者發怒：「胡說，你看我像縱火的人嗎？」土地笑說：「大聖，您不知道，這裡本來沒有這座山，五百年前您大鬧天宮，被關在老君八卦爐裡，後來踢倒丹爐，闖出兜率宮時，掉了兩塊磚下來，就化成了火燄山。我本來是守丹爐的道士，因為疏忽職守，所以才被貶到這裡做土地神啊！」悟空笑笑：「照你這麼說，這火熄不了了嗎？」「不！」土地說：「羅剎女的芭蕉扇可以滅火！」

「哼！就是用了她的扇子，害我燒掉兩撮毫毛哩！」悟空拿出那把扇子，恨恨地說。

「啊！大聖！這是假的呀！」土地看了一下說：「若要借到真扇子，恐怕得去積雷山摩雲洞求大力牛魔王才行！」

「積雷山在哪兒？」

「在正南方，離這裡三千多里。」「好！」悟空說：「我這就去，你們好好保護我師父！」忽地一聲，縱上觔斗雲，已經到了積雷山。這座山和翠雲山完全不同，蒼巖峭壁，險峻極了，行者落下雲頭，正準備去找摩雲洞，忽聽見兩個小妖走來，其中一個說：「好久沒有吃肉了，大王這次派我們下山，得抓兩個人來解解饞才好。」另一個說：「是啊！想起那種滋味，我就流口水！」兩個講得正高興，猛然聽到一聲暴喝，路邊閃出一個雷公臉的怪人，噗地一棒就把早先說話的那個小妖打得稀爛，另一個嚇得尿都灑出來了，癱在地上，被悟空一手提起來問話：「說！牛魔王住在哪裡？」

「我、我、我……這這這……在那邊。」說著用手向山後指一指。悟空看了一下，隨手把他扔在地上，那小妖驚嚇過度，竟昏了過去，悟空瞧也不瞧，往山後就走。果然有座山洞，上面寫著「積雷山摩雲洞」六個大字，悟空不敢魯莽，整了整衣服，高聲說：「有人在嗎？我是來找牛魔王牛大哥的！」

等了一會兒，洞門打開，走出一個彪形大漢，頭戴銅盔、身穿金甲，威風凜凜。悟空

笑說：「大哥！久不見了，您丰采更勝五百年前結拜時哩！」

「哦？原來是你！」牛魔王好驚訝：「聽說你大鬧天宮以後，竟然保護一個唐僧，要去取經，還在枯松澗火雲洞害了我的兒子，怎麼又來找我？」

「大哥不要怪我，當時令郎先捉住我師父，要煮來吃；我不得已才請觀音菩薩來收服他。現在他成了善財童子，做了神仙，長生不老，逍遙無比，難道還不好嗎？」牛魔王聽悟空這樣講，低頭沉吟了一下說：「好吧！那這件事就算了。──你今天來還有什麼事嗎？」

「咳，是有件小事，要來請哥幫忙。」停了一下，悟空又說：「小弟西去取經，路過火燄山，想向大哥借芭蕉扇用一用，用完馬上奉還！」

「芭蕉扇！」牛魔王大怒：「哈哈！原來是為了扇子才來找我。哼！我知道了，你一定先去找過我老婆，她不肯借你，所以又來找我對不對？不借！不借！」

悟空說：「我是去找過嫂子，被她連砍了幾劍，又用扇子搧風颳我，還借了一把假扇子來。這次無論如何，請大哥務必幫忙！」

「好哇，你們果然廝殺過了！你先害了我兒子，現在又去欺負我老婆，你真是不把我放在眼裡了。借扇子？哼！贏得了我這根棍子我就借你，否則把你打死了，替我妻子雪恨！」

「大哥說要打，小弟也不怕，只求哥借我扇子！」「少囉嗦，看棍！」牛魔王不等悟空說完，掄起混鐵棍劈頭就打，悟空也舉起金箍棒隨手相迎。他二人自從五百年前結拜以後，已不曾相會，如今一見面就拚個你死我活，各駕祥雲，在半空中翻騰滾躍，棍來棒去，驚天動地。

兩人正鬥得難分難解之際，忽聽見對面山上有人高聲叫：「牛爺爺，我家大王邀宴，請您早點來！」牛魔王就用棍子架住金箍棒說：「等一等，我先去個朋友家吃酒去！」返身走回洞裡，騎著「辟水金睛獸」，半雲半霧地往西北方去了。

行者心想：「這老牛不知又認識了什麼朋友，讓我老孫也跟去瞧瞧！」將身幌一幌，化作一道清風，緊跟著牛魔王來到一座潭邊。岸上有個石碑，上面刻著「亂石山碧波潭」，牛魔王騎著金睛獸，咕嘍一聲鑽進潭裡，行者也變作一隻螃蟹，撲地跳進水去。原來潭底卻有一座牌樓，牌樓裡面則是個大殿，牛魔王和一些蛟精、龍將們正在吃酒，辟水金睛獸就拴在牌樓下。

悟空看了大喜，偷偷解開繩子，騎上辟水金睛獸，變成牛魔王的樣子，溜出潭來，縱雲直到翠雲山芭蕉洞，叫：「開門！」

洞門裡兩個女童一看是老爺回來了，急忙進去通報，把洞門打開，羅剎女也出來迎接，牽著牛魔王的手一齊走進來，一個丫鬟去泡茶，一個丫鬟搥背，另外幾個忙著準備晚餐。羅剎女嬌嗔說：「大王怎麼那麼久都不回來？」悟空心裡暗笑：「我來了你也不認得哩！」嘴裡卻假裝說：「唉！不是我不想回來，那裡朋友多、事情多，所以拖得久些，現在不是回來了嗎？」

羅剎女聽了忽然哭起來：「你要是早兩天回來就好了，這幾天來了一個猢猻——就是那個害了我們兒子的孫悟空——說是受阻火燄山，要來借扇子。我不肯，被那傢伙跳到我肚子裡，又踢又打，一條小命都差點丟了，嗚嗚嗚……」大聖假裝發怒大罵：「混蛋！別哭！別哭！那潑猴什麼時候走的？扇子被搶去沒有？」

羅剎女又笑起來說：「大王別急，今天早上那猢猻來時，我給了他一把假扇，他歡天喜地的走了。」假牛魔王說：「還好！還好！真扇子妳藏在哪裡？小心放好，不要被他偷去了！」

羅剎女笑嘻嘻地從嘴裡吐出一個杏葉兒大小的扇子說：「這不是？」大聖接來拿在手上，看看實在不信，心想：「這麼小，怎麼搧得掉火？搞不好又是假的。」羅剎女看他拿著寶貝呆呆出神，依偎到他身邊，柔聲說：「嗯！你怎麼了嗎？」大聖嚇了一跳說：

「喔，這麼小的扇子，怎麼能搧得掉八百里烈火？」羅剎女格格嬌笑說：「唉呀大王，你怎麼糊塗了呢？用左手大指捻住扇柄上第七根紅絲線，念『呬嘘呵吸嘻吹呼』，就可以變成一丈二尺長。這寶貝變化無窮，哪怕它八百里烈火！」

大聖聽了牢記在心，把扇子也噙在嘴裡，搖身一變，依然是猢猻模樣，笑著說：「羅剎女，謝了！」那女子一見是孫行者，慌得推倒桌席，摔到地上，又羞又急，氣得大叫：「氣死我了！氣死我了！」行者不管她的死活，大步跑出洞去，縱上祥雲，得意極了，連忙把扇子吐出來，用左手拇指捻住柄上第七縷紅線，念聲：『呬嘘呵吸嘻吹呼』，那扇子就變成一丈二尺長，祥光晃晃，瑞氣盈盈，和那假扇果然大不相同，行者說：「妙啊！和老孫的棒子一樣，可是只騙到一個長的法子，不曉得怎麼樣才能令它再變小？只好扛著走吧！」喜孜孜地揹著扇子駕雲回去。

卻說那牛魔王在碧波潭裡喝完了酒，出來一看，辟水金睛獸不見了，猛然醒悟說：「糟了，這一定是悟空那個潑猴騎去了，要騙我的扇子！」急忙告別老龍，分開水路，跳出潭來，駕黃雲直往芭蕉洞。剛到洞口就聽見裡頭羅剎女在搥胸頓足地大哭，推開門，辟水金睛獸果然還拴在門邊。他急忙走進去問：「夫人，孫悟空哪裡去了？」眾女童看到他回來，都一齊跪下，羅剎女扯住牛魔王，磕頭撞腦地大罵：「你這天殺的短命鬼！怎麼這

麼不小心？那猢猻偷了金睛獸，變成你的模樣，來這裡騙走了我的寶貝，氣死我了！」牛王咬牙切齒地說：「夫人不要心急，等我追上他，剝了他的皮、剉（ㄘㄨㄛˋ cuò）了他的骨、挖出他的心肝來給妳出氣！」又叫：「拿兵器來！」侍婢捧了一把青鋒寶劍來，牛王拿在手上，走出芭蕉洞，直奔火燄山。

這一路追得他心急氣喘，遠遠望見大聖肩膀上扛著那柄扇子得意洋洋，不覺大驚：「猢猻原來把使用的方法也騙來了！我若當面向他要，他一定不肯還，搞不好用扇子搧我一搧，我豈不要飄到十萬八千里外去了？」仔細一想，把身子幌兩幌，變成豬八戒的模樣，遠遠地叫：「師兄，我來了！」

俗話說：「得勝的貓兒樂似虎。」行者果然得意，竟沒看出來是個假八戒，叫說：「兄弟，你去哪？」牛魔王說：「師父看你去了很久還沒回來，不太放心，所以派我來接應你。」行者笑著說：「放心！我已經得了手！喏！你看！這不是芭蕉扇兒嗎？」假八戒拍手說：「哈！果然是把好扇，我看看！」悟空得意洋洋地把扇子遞過去說：「小心點，別弄壞了！」

牛王接過扇子，不曉得念了個什麼訣，依然縮成個杏葉般大小；把臉一抹，現出本相，破口大罵：「潑猢猻！認得我嗎？」行者一看，頓腳懊惱：「唉呀！年年打鷹，如今卻被

小鷹啄了眼睛！」取出鐵棒，大吼一聲，掄棒就打。魔王急用扇子搧他，不料搧了兩搧，悟空毫毛也沒吹動一根。牛王慌了，把寶貝丟進嘴裡，雙手取劍應戰。

兩人正鬥得難分難解之際，也就是在火燄山邊唐僧被烤得頭暈舌燥的時候。原來三藏自悟空去後，一直在路邊癡癡地等，等得實在耐不住了，只好問土地：「請問尊神，那牛魔王法力如何？悟空是個會走路的人，往常二三千里，一眨眼就到了；這次怎麼去了一整天還沒回來？」土地說：「那牛王神通不小，也有七十二種變化，恐怕大聖正和他在拚鬥，所以回來得晚些。」三藏轉頭叫：「悟能、悟淨，你們哪一個去接應你師兄去？」八戒說：「我是想去，但又不認得路！」土地說：「小神認得，我與你同去吧！」三藏大喜，說：「有勞尊神！」土地說：「沒什麼，借來扇子，長老既可過山，小神也好回天，繳回老君法旨哩！」與八戒縱起雲霧，直往東方而去。

兩人正走著，忽聽見殺聲震天、狂風滾滾，八戒按住雲頭一看，不正是行者和牛王在廝殺嗎？獃子舉起釘鈀，厲聲叫：「師兄，我來了！」行者恨恨地說：「你這獃貨，誤了我的大事！」八戒奇怪說：「怎麼啦？」行者說：「你來得遲了，這老牛變成你的樣子，攔在半路上，把我的扇子騙走了！」八戒聽了大怒，罵說：「你這隻皮癢的瘟牛！居然變成你祖宗的模樣！」沒頭沒臉地拿起釘鈀往牛王頭上亂搗一氣。那牛王與行者鬥了一天，

力倦神疲，乍見八戒釘鈀來得凶猛，急忙退走。

不料土地率領陰兵，又把牛魔王攔住說：「大力王，唐僧要上西天，你還是把扇子借出來吧！」牛王大罵：「你這混土地，那潑猴欺我老婆，害我兒子，我恨不得把他吞到肚裡，化成大便餵狗；要借寶貝，休想！」正說著，八戒悟空已隨後趕到，又把他圍在核心。這魔王本是悟空在花果山時結拜的兄弟，號稱平天大聖；後來來到翠雲山和積雷山開創基業，又在碧波潭底吃了老龍奉送的萬年寒玉靈芝草，法力大增，所以悟空一時也戰不了他。這時八戒仗著悟空的神通，只顧舉鈀亂搗，牛王遮架不住，回身就走，陰兵紛紛攔住。魔王慌了，搖身變成一隻天鵝飛走。

八戒和土地陰兵看不出變化，一個個東張西望。悟空笑說：「你們等著，老孫和他賭變化去！」收了金箍棒，搖身變成一隻丹鳳，高鳴一聲。那天鵝見到鳥王，只好刷地一翅落到山崖上，變作一隻香獐（ㄓㄤ zhāng），在崖前吃草。行者認得，也降下山來，變作一隻餓虎，撲了過去。牛魔王在地上一滾，又變作一隻金錢斑的大花豹。行者見了，迎著風，把頭一幌，就變成一隻金眼狻猊（ㄙㄨㄢ ㄋㄧˊ suān ní），聲如霹靂，鐵額銅頭，轉身要來咬大豹。牛王著急，翻身變成一隻羆（ㄆㄧˊ pí）熊，站起來捉狻猊。行者打個滾，又變作一頭毛象，鼻似長蛇，牙如竹筍，撒開鼻子就去捲羆熊。

牛王嘻嘻地笑了一笑，現出原身——一隻大白牛，頭如峻嶺、眼如閃電、兩隻角像兩座鐵塔、牙如利刃，從頭到尾，長千餘丈、高八百丈，對行者高叫：「潑猢猻，如今你又能奈我何？」行者大怒，也現了原身，抽出棒來，把腰一拱，喝聲：「長！」長得身高萬丈、頭如泰山、眼似日月、口如血池、牙像門扇，手執一條鐵棒，往牛王身上亂打。那牛王也硬著頭，用角來觸。兩人大展神通，撼山搖嶺地一場惡戰，早已嚇得天上來往諸神、六丁、六甲、十八護教伽藍都來圍觀。牛王急了，就地一滾，恢復本相，往芭蕉洞奔去。行者也收了法相，與眾神隨後追趕，把一座洞口圍得水洩不通。

牛魔王跑進洞去，喘吁吁地從嘴裡吐出扇子交給羅剎女，把剛才的事說了一遍。羅剎女滿眼垂淚說：「大王，把這扇子送給那猢猻，叫他退兵去吧！」牛王說：「夫人呵！物雖小而恨深，妳且坐著，我再去廝殺！」又提了一口寶劍衝出來，正碰到豬八戒，舉劍就砍，八戒掣鈀招架，鐺一聲，被震退了好幾步，行者再上前接戰。天兵天將也把他團團圍住，牛王駕狂風，形同拚命，四處衝殺。天兵眼看就要包圍不住了，卻有托塔天王與哪吒太子等，布下天羅地網，叫著：「牛王！牛王！你歸降了吧！」

牛王大怒，依然變成白牛，東一頭、西一頭，用金光閃閃的兩隻鐵角，往來牴觸。哪吒太子大喝一聲，變成三頭六臂，飛身跳在牛王背上，用斬妖劍往他脖子上砍，一劍就把牛頭斬下。眾天神大喜，正要喝采，忽然那脖子裡又長出一個牛頭來，口吐黑氣，眼放金光；哪吒又砍一劍，頭才落地，又鑽出一個頭來；一連砍了十幾劍，隨即長出十幾個頭，眾天神嚇得心驚肉跳。哪吒只好取出風火輪掛在牛角上，吹動三昧真火，焰焰烘烘，把老牛燒得狂呼哮吼、搖頭擺尾。想要變化脫身，又被托塔天王用照妖鏡照住本相，無法變化，只好叫著：「不要傷我性命，我願降了！」哪吒說：「既然要降，拿扇子來！」牛王只好高叫：「夫人！快拿扇子出來，救我一命！」

羅剎女聽見丈夫喊叫，連忙捧著扇子走出洞來，說：「各位菩薩，扇子在這裡，請饒了我們夫妻吧！」行者接過扇子，與眾神兵告別了，和八戒一同回去。

三藏看見兩人回來，忙問：「扇子借到了嗎？」「別急！這不是？」孫悟空把扇子拿出來幌了幌：「好難借！當年大戰金角、銀角時，老孫也曾見識過芭蕉扇兒；在金兜洞，也曾請來太上老君的芭蕉扇。可總沒有這次累人！」

八戒說：「啊，老君那扇搧了起火，這扇卻能熄火哩！」三藏說：「是啊，徒弟快去搧了，我們好過山！」「是！」悟空拿著扇子走到山邊，用力揮了一扇，八百里衝天烈焰一霎時熄了；第二扇，滿天起風，第三扇，落雨霏霏。

四人大喜，就要過山，回頭忽然看到羅剎女站在路邊說：「大聖，扇子可以還我了

吧？」八戒喝道：「潑賤人，不知輕重，饒了妳性命也就夠了，還要什麼扇子？我們拿過山去，不會賣錢買點心吃？」「獃子，少說兩句！」悟空喝住八戒，轉頭對羅剎女說：「我是要還妳，但我聽說這山火雖熄了，一年以後還會再發，要怎麼樣才能斷根呢？」羅剎女說：「只要連搧四十九扇，永遠不會再發了！」

「好！」行者拿起扇子，向著山頭用力連搧四十九扇，那山上大雨淙淙，果然奇妙，有火處下雨，無火處天晴。師徒等人在路邊坐了一夜，看看雨停了，才收拾馬匹，把扇子還給羅剎女，幾個人保護著唐僧翻過火燄山，清清涼涼，直往西去。

二二、才出盤絲洞又入黃花觀

這一路走得平平安安，師徒四人遊春賞花一般，談談笑笑，八戒開路，沙僧挑擔，越過山嶺，來到一片平原，綠疇千頃，桃李爭春，路邊一座庵林，疏雅中透著一份寧靜的美，三藏不覺心曠神怡了。回想這一路千辛萬苦，餐風飲露，真有無窮感慨。轉頭看看悟空說：「徒弟，我看這戶人家倒還乾淨，咱們去化點齋來吧！」

行者笑笑：「化齋還不容易？拿鉢來，我去！」

八戒說：「你太乾瘦，不好看，我老豬斯文些，讓我去！」

唐僧說：「不必爭！我常想：平常在山野裡，前不巴村、後不搭店，你們來來去去地化齋也很辛苦；現在就有住家在路邊，我自己去敲敲門化一頓齋，也是應該的。」

沙僧在旁笑說：「師父既然如此說，我們再反對也沒有用。不過您得快去快回啊，我們就坐在這路邊等你！」

唐僧高興，跨下馬，拿了鉢子，喜孜孜地走到莊院前。那莊院一面緊接山壁，一面古木森茂，前面有座石橋，溪水潺潺（ㄔㄢˊ chán），過了橋才有幾戶清清雅雅的茅屋。三藏走過去，見茅簷窗下坐著四個妙齡女子，正在刺繡做衣裳，一個個長得嬌美嫻靜。唐僧不敢過去化齋，只好繞過屋子，轉過一座木香亭子下。亭裡又有三個少女在踢毽子，翠袖飄搖，羅裙揚曳，嘻嘻哈哈地玩得嬌喘連連。

唐僧不敢多看，就準備回去，忽然又想：「連一頓齋也化不著，真是沒用，一定被他們笑死了。」只好硬著頭皮，整了整衣服，走過去說：「女菩薩，貧僧隨緣布施點齋吃！」那幾個女子聽了都一齊回過頭來，笑哈哈地走出來說：「長老，失迎了，請裡面坐！」

唐僧本來已經羞窘得要命，聽到她們這樣客氣，又暗自歡喜起來，心想：「善哉！善哉！西方真是佛地！女人尚且敬重齋僧，男人就更不用說了！」滿心歡喜，隨那幾個女子進屋裡去。

那女子親切地問：「長老從哪兒來呀？」唐僧說：「貧僧是東土大唐派到西天去求經

的和尚，法名三藏。路過貴寶地，特來化一餐齋飯。」眾女子說：「好！好！好！妹妹們！不可怠慢，快準備飯菜去！」

這時留下三個女子陪唐僧說話，四個到廚房去生火刷鍋弄飯。一會兒，香噴噴、熱騰騰的菜飯就端出來了，長老心中愉快，暗自讚美：「西方佛地真是不同，連素菜也香得很哩！」

那些女子說：「長老！莫嫌粗淡，隨便吃點吧！」

長老合掌再謝：「不敢！不敢！多謝女菩薩！」低頭就要去吃，呵呀！不像是素，倒有著一股腥膻味，長老心中疑惑，只好問：「這不曉得是什麼好菜？」

「也沒什麼，弄點人肉，用人油炸成的麵塊；再配點人腦煎成的豆腐片。不成敬意，隨便吃吧！」

「啊！」唐僧嚇得丟開筷子：「人肉？這，這，這……」轉身就要跑，肩頭早被她們扯住，笑著說：「別走！上門的買賣，可怪不得我們呀！」一手抓過來，往地上一丟，用繩子綁住手腳，吊在屋梁上，七人拍手大笑，鬧成一團。唐僧忍著疼，暗自懊恨，眼淚不知不覺滴了下來。

那些女子笑鬧一陣，忽然一個個開始脫衣服，把唐僧嚇得魂不附體，閉起眼睛直念阿

彌陀佛。那幾個女子脫了上衣，露出肚子，從肚臍眼上「嘶嘶」地冒出白色的繩子來，鴨蛋般粗，撒網似地一下子就把莊院整個罩住了。

八戒等人正在路邊聊天，沙僧回頭一看：「唉呀！你們看那是什麼？」悟空八戒轉過頭去，只見一片如雪如玉，銀光閃爍。八戒說：「完了！完了！師父又遇到妖精了！我們快去救他！行者說：「等等！讓老孫先去看看！」

掣出金箍棒兩三步跑到前面，原來是千百層絲繩嚴嚴密密地纏裹住了，用手按按，有點黏軟，不曉得是什麼東西，「叫土地來問問！」念了個咒語，叫聲：「疾！」把土地神嚇得慌忙趕來，戰戰兢兢跪在地上。

行者笑說：「別怕，我不打你，先起來。這是什麼地方？」土地爬起來說：「大聖剛剛越過的山是盤絲嶺，嶺下有個盤絲洞，洞裡住著七個蜘蛛精，這座莊園就是那個洞裡七個女妖的產業。」「哦！」悟空問：「那些女妖厲害嗎？」

「小神也不知道，但是我曉得那山上有一座濯垢泉，本來是七仙姑的浴池，後來卻被這七個妖精占領了，每天都去山上洗澡。既然仙女都不敢跟她們爭，想必是很厲害的！」

「哼！」悟空不服氣說：「你先回去，我自己去捉她們，看看老孫的手段！」

搖身一變，變成一隻蒼蠅，停在路邊草梢上。不一會兒，忽聽到一陣沙沙巨響，彷彿

海水退潮一般，絲繩完全散了，依然露出村莊。村門「呀」的一聲打開，裡面笑語喧嘩，走出七個女子，挨肩攜手，有說有笑地往山上走去。悟空嚶地一聲飛到其中一個的頭髮上停著，聽她們說：「姊姊，我們洗了澡，再回去蒸那胖和尚吃！」悟空聽了好不懊惱：「這怪物好狠！我師父又跟妳們有什麼怨仇，要蒸來吃？」本來想先回去救師父，這下改變了主意，靜靜地跟著走到浴池去。

這濯垢泉，又名九陽泉，是太陽的真火化成，從地下湧出，清波沸沸，如滾珠泛玉一般；池邊建了一座亭子，裡頭又搭了兩個衣架，那些妖怪把衣服往衣架上一丟，脫得精光，露出雪白的肌膚，嘻嘻哈哈地跳進池裡去玩耍。行者心想：「我現在只要把這棒子往池裡一攪，她們豈不就像滾湯潑老鼠，都得死光？可憐！可憐！若是這樣打死了她們，豈不減低了我的威名？俗話說：『好男不跟女鬥』，還是叫八戒來吧！」

捏個口訣，搖身一變，變成一隻利爪老鷹。呼地一伸翅膀，飛過去把衣架上搭著的七套衣服全部叼走了。回到路邊，現出本來面目。

那獃子看了直笑：「原來師父被幹當鋪的捉去了，師兄只把衣服贖了回來啦！」

悟空說：「獃子不要胡說，這是妖精穿的衣服！這山名叫盤絲嶺，洞裡有七個女怪，把師父抓了，就是要蒸來吃。我趕到泉邊，趁她們洗澡，把衣服偷來了。她們一時還不敢

出來，我們先進莊裡救師父吧！」

八戒笑說：「女怪漂亮嗎？」

悟空說：「漂亮啊！幹什麼？」

「嘻嘻！師兄！我說你真不會辦事，既然看見妖怪，為什麼又不打死？現在我們就是先把師父救出來了，等會她們還不是又會追上來廝殺！不如斬草除根，先去打死了妖精，再來救師父！」行者說：「要打你去，我是不打的！」

八戒抖擻精神，歡天喜地，舉起釘鈀，拽開腳步，徑直地跑到濯垢泉來。忽地推開門，只見七個女子蹲在池裡，口裡還在亂罵那隻老鷹是扁毛畜牲哩！八戒忍不住笑說：「女菩薩，在這裡洗澡啊？也帶我和尚一起洗如何？」

那群女怪驚叫起來大罵：「好個不知羞的野禿！偷看人家洗澡還不夠，還想同塘洗澡！快滾！」

八戒垂著口水說：「咳，出了一身汗，沒辦法，將就將就，一道洗了吧！」丟了釘鈀，脫了僧袍，撲地跳下水去，往那群女子中擠。嚇得個個花容失色，嬌聲喊叫，四處閃躲，水花飛濺，有幾個實在氣惱不過，就圍上來要打八戒。

八戒是天蓬元帥出身，水勢當然極熟，在水裡搖身一變，就變作一條大鯰魚，儘在女怪胸前腿上鑽來鑽去。那群女怪一看和尚不見了，只有一條鯰魚，滑溜溜地鑽來鑽去，都去抓魚。八戒就忽東忽西地亂鑽，上面盤一會兒、水底盤一會兒，盤得女怪們氣喘吁吁，精神倦怠。

那獃子快活極了，巴不得再多玩一陣；猛然想起悟空還在路邊等著，這才驚覺，跳上岸來，現出本相，穿了僧袍，執著釘鈀大喝：「妳們這群潑怪，不認得我，還當我是肥鯰魚哩！告訴妳，老爺是大唐取經唐長老的徒弟——天蓬元帥悟能八戒是也！妳們居然敢捉住我師父要蒸來吃！不要走，快伸過頭來，吃我一鈀！」

那群女怪一聽，嚇得魂飛魄散；八戒舉起釘鈀往水中就打，剛打下去，忽然想到：「這麼漂亮，打死了可惜哩！」就這麼一躭擱，那些妖怪們紛紛跳出水來，再也顧不得羞恥，一齊站在亭子邊，從肚臍眼裡骨嘟嘟地射出白絲來，把八戒罩在中間。

那獃子抬頭一看，不見天日，白花花地弄得眼花撩亂，急忙要走，卻哪裡舉得動腳？滿地都是絲繩，左邊走兩步，摔個臉磕地；右邊動動，又摔個倒栽葱。只跌得七暈八素，身麻腳軟，爬也爬不動，睡在地上呻吟。

妖怪們也不傷他，一個個跳出門來，笑嘻嘻地念動真言，把絲篷收起，再赤條條地跑回茅屋去，找了幾件舊衣服穿好，每人手中拿著一柄雪光晃晃的刀子，衝到莊外。

悟空和沙僧正在等八戒回來，猛然看見妖怪，叫聲：「呵呀！」舉起鐵棒寶杖就打。八戒跌得頭暈眼花，看到絲篷散了，才爬起來一步一步忍著疼找原路回去；遠遠看見妖怪正纏住悟空沙僧廝殺，不覺火冒三丈，發起狠來，大罵：「潑魔，害你祖宗跌得好哩！」舉起釘鈀三搗兩搗，往妖怪背後殺來。

這群女怪哪裡是悟空沙僧的對手？倉皇間又見八戒來得凶猛，一聲喊，四散逃命去了。八戒追上去，被行者一把拉住，說：「莫追！先救師父要緊！」

三人急忙闖過石橋，到屋後放下唐僧。唐僧問：「妖怪呢？」「都逃了！」沙僧說：「師父，以後您還要自己來化齋嗎？」「唉！以後就是餓死，我也不敢了！」

八戒恨恨地說：「你們扶著師父先走，等老豬把這房子弄倒！」行者笑著說：「你用釘鈀築還要費力氣，不如燒了吧！」那獃子果然找了些枯枝朽木，點上一把火，烘烘地燒個乾淨，四人才安心上路。

一路西來，不一會兒，忽見一座樓觀，巍巍矗立，唐僧看得暗暗喝采。走近來才看到門口嵌著一塊石板，上寫「黃花觀」三個大字；門邊有幅春聯：「黃芽白雪神仙府，瑤草琪花羽士家」。三藏看了悠然神往說：「徒弟，我們進去看看景致，順便化些齋飯好嗎？」八戒大樂說：「好！好！正餓著吶！」

四人一齊走進門去，只見正殿東廊下，坐著一個金冠黑袍的老道士，正在調製藥丸。唐僧拱拱手高聲說：「老神仙，貧僧這兒拜禮了！」

那道士抬頭一看，嚇了一跳，連忙站起來整了整衣服，走下臺階來說：「老師父，失迎了，請裡面坐！」唐僧歡喜，走到殿上，先拈三炷香拜了拜，再和道士行禮。道士急忙招呼他們坐下，叫兩個仙童去沖茶。兩個小童就走到後面去找茶盤、洗茶杯、擦茶匙、辦茶果，忙忙亂走。

那屋子裡本來坐著幾個人，看兩個小童在準備茶點，就問：「怎麼？有客人呀？」童子說：「是啊！來了四個和尚，師父說要泡茶。」那幾個人又問：「長得什麼樣子？」童子把四人相貌形容了一下，那幾個人說：「你快去殿上找你師父來，我有話跟他說！」

童子就走回殿上向老道士說：「師父，那包好茶葉兒不曉得放在哪裡？」說完，向老道做了個眼色。老道故意罵說：「小鬼，連點小事也辦不好。」轉身向唐僧說：「各位請稍坐，我去去就來！」長老說：「老神仙請便！」

道士走到屋後，只見七個女子一齊跪倒在地。原來那盤絲洞七個女怪正是這老道的師妹，和悟空等人廝殺後逃來此地，她們見師兄進來，急忙把剛才的事說了一遍。那道士大怒，臉色都變了：「這和尚原來如此無禮，妳們放心，讓我來收拾他！」

走進屋裡拿了一包黃綾布裹著的藥包出來，對七個女子說：「妹妹，我這寶貝，凡人只要吃一釐就死；神仙也只要三釐就死。這些和尚也許有些本事，讓他們每人吃三釐好了！」拿了十二個紅棗兒，每個捏破一點點，塞進一釐藥粉，分在四個茶杯裡。另外再拿兩個黑棗，泡成一杯，用盤子托著端了出來。

笑著說：「老師父莫怪，剛才進去吩咐小徒挑些青菜、蘿蔔，安排一頓素齋，所以失陪！」三藏說：「不敢！不敢，讓您費心了！」道士說：「哪裡的話，大家都是出家人嘛，何必客氣？來！來！喝茶！喝茶！」

說著就把一杯紅棗茶端給唐僧，唐僧連忙接過。他見八戒身軀大，以為是大徒弟；行者身材小，以為是三徒弟，所以第四杯才捧給行者。

行者眼睛何等銳利？早已看出道士杯裡是兩個黑棗，心裡疑惑，所以掀開茶蓋假裝喝了，卻不吞進肚裡去。八戒可不管這許多，他本是個食腸大的，看那杯裡有三個紅棗兒，拿起來嘓的一聲都咽進肚裡；三藏和沙僧也各吃了一個。才把茶杯放回桌上，忽然天旋地轉，八戒臉上變色、沙僧滿眼流淚、三藏口中吐沫，坐不住，暈倒在地。

大聖見他們中毒，把茶杯往道士臉上砸去，道士閃身躲開，取出一柄三叉寶劍來，悟空掣起鐵棒就打。裡面一齊擁出七個女妖，叫著：「師兄，別放走了他！」行者大怒：

「好哇，原來是一窩妖，不要走，看棍！」那七個女怪看他來得凶猛，一聲喊散在四邊，敞開衣服，露出雪白的肚子，從肚臍眼裡冒出一條條白絲來，把行者蓋在底下。

行者看看勢頭不妙，急忙念動咒語，翻個觔斗，撲地撞破絲網走了。忍著一肚皮氣，在空中往下一看，呵！那白絲亮晃晃的，一來一往，織布似的，一霎時把一座黃花觀完全遮住了。「厲害！厲害！若不是走得快，不像八戒那樣跌個鼻青臉腫才怪！哼！妳們不惹老孫便罷！如今可要妳們嘗嘗苦頭！」

好大聖，走到黃花觀外，拔下一撮毫毛，吹口仙氣，叫聲：「變！」就變成了七十個小行者；又把金箍棒吹口仙氣，變成七十個雙角叉兒棒，一人一根，攪動白絲，像捲繩纜似的，七攪八攪，攪了十幾斤，拖出七個蜘蛛。一個個有石磨般大的身體，手腳都被纏住了，直磕頭，只叫：「饒命！饒命！」

「要命可以，還我師父和師弟來！」

那群蜘蛛精只好拚命高叫：「師兄，還他唐僧，救救我吧！」那道士說：「妹妹，我要吃唐僧，顧不得妳們了！」行者大怒：「你既不還我師父，讓你看看這個榜樣！」一棒子把七個妖怪打得稀爛，再縱身跳到觀前來打道士。

道士看他一棒把七人打成個血肉攤子，也發起狠來，舉劍猛砍，兩人在觀前殺得飛

沙走石。行者棒重，道士哪裡抵擋得住？漸漸手軟，返身就跑；行者追過去，那道士忽然轉過身來，解開道袍，把雙手往上一舉，脅下居然有無數隻小眼睛，眼中迸放出金光來。只見黃霧森森，四周一片金光，罩住行者。宛如金鑄的鐵桶一般，弄得行者前不能舉步，後不能動腳，兩眼睜都睜不開。他急了，用力往上一跳，砰一聲撞在金光圈上，跌了個倒栽葱，頭皮也隱隱作痛。忙用手摸，頭頂皮都撞軟了。不覺焦急起來說：「唉！晦氣！晦氣！這顆頭現在也不行了，當年刀砍斧剁，毫不在乎；怎麼卻被這金光撞軟了？走又走不得，跳又跳不得，可怎麼辦？——唉！往下走他娘的吧！」搖身變成一隻穿山甲，硬著頭往下一鑽，鑽出二十餘里才冒出頭來。力軟筋麻，渾身疼痛，忍不住躺在地上，哼聲歎氣。

忽聽空中有人喊叫：「大聖！」悟空連忙跳起來，只見黎山老母駕彩雲而來，急忙禮拜：「老母從何處來？」老母說：「悟空，我剛參加群仙大會回來，知道你被困在這裡，所以特來看看。那道士名叫百眼魔君，金光十分厲害，我也有點怕他，但你可以去紫雲山千花洞，找毘（ㄆㄧˊ pí）藍婆來降伏他。」悟空大喜，謝過老母，縱起觔斗，落到紫雲山上。

走進千花洞口叫：「毘藍婆菩薩在家嗎？」毘藍婆在裡面急忙走出來說：「大聖，

失迎了，從哪兒來？」「唉，晦氣！」行者說：「我保唐僧上西天取經，在黃花觀裡吃了百眼魔君的毒藥；我和那妖怪拼命，他又放出金光來，好不容易才逃到這裡，求您去降妖！」

毘藍婆說：「好吧！讓我去拿武器來！」「什麼武器？」「我有個繡花針，能破他的金光。」行者笑說：「繡花針我也有呀！」毘藍婆說：「你那針，無非是鋼鐵金銀；我這寶貝卻是非金、非鐵、非鋼，是我兒子在太陽眼裡煅煉成的！」行者大驚說：「令郎是誰？」毘藍婆說：「小兒就是昴日星官！」行者大喜，與毘藍婆一同駕雲回到黃花觀。

遠遠望見一片金光灩灩，毘藍婆從衣襟上拿出一根針來，眉毛般粗，往空中拋去。只聽見一陣裂帛似的響聲，金光迸破了，那道士閉著眼睛呆呆地站在地上。毘藍婆走過去用手一指，那道士撲的跌倒在地上，現出原身，乃是一條七尺長的大蜈蚣精。毘藍用小指頭挑起來，放到口袋裡，說：「大聖，這裡有三顆藥，你拿去餵你師父他們吃，我回去了！」悟空喜孜孜地接過藥丸，送毘藍婆回山，然後才跑進觀裡把三粒丸子塞到三人嘴裡。隔了一下，三人大叫一聲，一齊嘔吐，三藏沙僧先醒過來說：「好暈哪！」八戒也爬起來說：「悶死我了，怎麼回事？」悟空才把經過詳細說了一遍。八戒說：「這媽媽怎麼這麼厲害？」行者笑說：「我也不曉得，她說她兒子是昴日星官。我想昴日星是隻公雞，

這老媽媽一定是隻老母雞。雞不是最能啄蜈蚣的嗎？」

三藏聽了不斷向空中膜拜，說：「徒弟們，我們收拾收拾上路了吧！」沙僧到屋後找了些米糧，弄了頓齋飯。四個人飽吃了一餐，才挑擔上路。

二三、獅駝洞獅駝國如來顯聖

四人放馬西行，走不多久又是夏盡秋初，梧桐葉落、蛩（ㄑㄩㄥˊ quóng）語月明。一路黃葵紅蓼（ㄌㄧㄠˇ liǎo），蒲柳寒蟬，遊賞不盡。三藏正和悟空等人說笑，猛然聽見山坡上遠遠站著一個老翁，白髮飄飄，手持一根龍頭拐高叫：「西行的長老！不要再前進了！這前面山上有一群吃人妖魔哩！」三藏大驚，摔下馬來，躺在草堆裡哼哼哎哎。行者急忙扶起他說：「莫怕！莫怕！讓老孫過去問問看！」

把臉抹一抹，變成一個眉清目秀的斯文小沙彌，走過去說：「老公公，您好，您剛說這山有什麼妖怪呀？」

那老翁看他長得可愛，用手摸摸他頭說：「小和尚，這妖怪凶得很咧，你們還是快回

去吧！」

行者笑說：「不瞞您說，那妖怪不管再怎麼厲害，看了我就要連夜搬家哩！」老翁不太高興說：「小孩子別胡說，你有多大本領？」行者笑笑：「也沒什麼，只不過當年曾橫闖森羅殿、掀動海龍宮、鬧得三十三天雞犬不寧而已！」

那老翁搖搖頭說：「阿彌陀佛！這和尚大話說過了頭，恐怕是長不大囉！」行者說：「老公公，像我這樣也夠大了！」老翁說：「你幾歲了？」行者說：「你猜猜看！」「有七八歲了吧！」「有一萬個七八歲了！我把我從前的嘴臉拿出來給你看看！」老翁說：「怎麼又有個嘴臉？」行者笑：「我小和尚有七十二副嘴臉哩！」

也是那老翁倒霉，行者把臉一抹，現出本相，呲牙咧嘴，屁股通紅，腰繫一條虎皮裙，手執金箍棒，站在石崖下，就像個活雷公。老翁驚叫一聲，嚇得腿腳酸麻，一屁股跌坐在地上；爬起來，又摔了一跌，呆在地上，說不出話來。

悟空看了笑笑走回去說：「師父，沒事，鄉下人膽小；有老孫在，怕什麼！」八戒說：「別聽他，師兄不老實哩！連什麼山、什麼洞也沒問出來。還是讓老豬去問問看。」三藏說：「是，悟能仔細些，你去看看！」

好獃子，果然束了束腰帶，跑上山坡去。那老翁看行者走了，才拄著拐杖掙扎著站

起來，猛抬頭看到八戒，更是駭得魂飛魄散：「爺爺呀！今天做了什麼壞事，遇到這些歹人？剛來的和尚醜雖醜，還有三分人相；這個竟是蒲扇耳朵、鐵片臉、碓（ㄉㄨㄟˋ duì）棒嘴，一點人氣也沒有了！」八戒笑笑說：「老公公，您別看了我就不高興，我醜是醜，但耐看，您多看幾下就漂亮了！」那老翁看他說出人話來，只得問他：「你從哪裡來？」八戒說：「我們是大唐派到西天雷音寺取經的和尚，想請問您：這裡什麼山、什麼洞？有哪些妖魔？要往西又該怎麼走？」

老翁說：「這山叫做八百里獅駝嶺，中間有個獅駝洞，洞裡有三個妖魔。」八戒笑說：「咳，你這膽小鬼！只有三個妖精，我師兄一棍就打死了一個，我一鈀也築死一個，我還有個師弟，一杖又打死一個。三個都打死，我師父就過山去了，有何難哉？」

「這和尚好不知死活！」老翁說：「那三個妖魔神通廣大得很，他手底下的小妖，燒火的、打柴的、把門的、巡哨的，共計有四萬七八千，專門在這兒吃人。這些還是有名字帶牌子的；離這裡西邊四百里還有個獅駝國，滿城都是妖怪哩！」

八戒聽得大嘴閉都閉不攏，勉強走回三藏馬前，早已忍不住了；來不及說話，先扯下褲頭蹲在草裡，稀哩嘩啦拉了一地。三藏奇怪說：「悟能怎麼啦？」八戒說：「唉，嚇出屎尿來了！現在也不必多說，大家趁早散伙回去了吧！」悟空喝聲：「這個獃瓜！我去問也不曾驚嚇著，你去就這麼慌張失措，到底怎麼回事？」

八戒搖搖手說：「呀！休再提起，嚇死我也！這山名叫八百里獅駝山，中間有個獅駝洞，洞裡除了三個老妖之外，還有四萬八千個吃人的小妖。只要踩著他一點山邊，都會被捉去煮來吃掉。……我看是休想過得去了！」

三藏聽得毛骨悚然，戰戰兢兢，幾乎摔下馬來，說：「悟空啊，這可怎麼辦？」行者看看唐僧一副泫然欲泣的樣子，忍不住好笑說：「師父放心，沒什麼大事。鄉下人沒見識，偶爾看到幾個小妖就添油加醋，說得驚天動地。」

八戒說：「哥哥說什麼話？我問得可清楚咧，滿山滿谷都是妖魔，怎麼前進？」行者笑說：「真是獃子樣！別怕成這個樣子，就算他有滿山滿谷的妖魔，老孫一路棒打去，半天就打完了。」八戒說：「噓，噓，吹牛！那麼多妖精，一個個點名，也要七八天才點得完，哪裡打得光？」

行者笑笑說：「你不曉得，我拿著這根鐵棒，叫聲：『長！』就會有四五丈長；再幌一幌，叫聲『粗！』就會粗成七八丈寬大，往山南一滾，壓死五千；山北一滾，又壓扁五千；從東往西再一滾，只怕連四五萬都榨成一團爛泥醬哩！」八戒拍手說：「好哇！哥哥！若是這樣擀麵條式的打法，兩個時辰也就打完了！」沙僧在旁邊笑說：「師父，有大

師兄這樣的神通，還怕他什麼，上馬走吧！」

唐僧聽得半信半疑，沒辦法，只好上馬；剛走幾步，回頭已經看不見那個老翁了。沙僧說：「不好，他一定就是妖怪，故意來嚇唬我們的！」行者說：「別慌，待我去看看！」一翻觔斗，跳上雲端；忽然看見前面彩霞燦燦，急忙趕上去，原來是太白金星。大聖趕過去，扯住他的衣服叫：「李長庚！李長庚！你好可惡！有什麼話，當面說說就好，幹嘛裝成一個鄉巴佬來哄我？」金星聽悟空叫他小名，急忙說：「大聖，報信來遲，別怪我！這老魔實在非常厲害，神通廣大，法力無邊。你若提神注意，或許還過得去；如若稍不小心，要過山只怕就難了！」

行者「哦」了一聲，拱拱手說：「謝謝！謝謝！這裡原來這麼凶惡！麻煩你上天去跟玉帝說一聲，搞不好老孫要再向他借些天兵。」金星說：「有！有！有！你要借，就是十萬天兵也有啊！」

「那老孫這裡先謝謝了！」按落雲頭，跳下來，對三藏說：「剛才那個老頭，原來是太白金星來替我們報信的。」唐僧合掌說：「啊！徒弟，你快去問問他，有沒有別的路，我們改道走吧！」行者說：「改不得！這裡名叫八百里獅駝嶺，直徑就有八百里，你繞一圈要走多久？」

唐僧聽了，止不住一眶淚水說：「徒弟呵！如此艱難，可怎麼能拜得到佛？」大聖說：「別哭！別哭！一哭就膿包了！您先下來坐著，八戒、沙僧！你們在這裡用心保護師父；老孫先上去打聽個清楚，好讓師父安心過嶺！」沙僧說：「小心點！」行者笑笑：「不必囑咐，我這一去，就是大海也要踩出條路來、就是鐵裹銀山也要撞開個門來，放心吧，我去了！」

好大聖，喝一聲，縱上高峰。只見雲山蒼茫，林巒起伏，四下一片死寂，哪裡有什麼妖精？心裡正在奇怪，忽聽見山背後一陣叮叮噹噹、辟辟剝剝的梆鈴聲。回頭看時，原來是個小妖，揹著一根令旗，腰上懸了個鈴子，手裡敲著梆子，緩緩走來。

美猴王心想：「八戒說這山裡有老妖三個，小妖四萬七八千個。這樣的小妖，再多幾萬也不夠老孫打；卻不知道那三個老妖本領如何……也罷！讓我問他一問！」

好大聖，等那小妖走過去了，他也搖身一變，變成個小妖，敲著梆、搖著鈴、揹著旗，急急趕上，叫：「走路的，等我一下！」那小妖回頭看：「咦，你是哪裡來的？」「好哇，一家人也不認得了！」「我沒見過你呀！」「我是燒火的，你當然沒見過啦！」悟空說。「不對！不對！我洞裡那些燒火的兄弟裡也沒有像你這樣尖嘴的！」行者笑笑，用手抹了一下嘴說：「亂講，我哪裡尖嘴了？」那小妖看看說：「奇怪，奇怪！明明剛才是個尖嘴的嘛！啊！總而言之，你一定不是我們這洞裡的！我家大王規矩很嚴，燒火的只管燒火，巡山的只管巡山，絕不會叫你燒火，又讓你來巡山！」

行者有意逗他，就說：「你不曉得，大王看我燒火勤快，就派我來巡山。」小妖說：「好吧，既然如此，你把牌子拿來給我看！」「什麼牌？」「哈呵！你沒牌，可見不是我們這一家了！我們巡山的，共四百名，分成十班，大王怕我們混亂了班次，每個班給我們一個名牌，你怎麼會沒有？」「誰說我沒有！」大聖急忙說：「我這是剛領的新牌，你的先拿出來我看看！」

那小妖果然掀起上衣，貼身帶著一塊金漆牌子，一面寫著「威鎮諸魔」，另一面寫著「小鑽風」。行者心裡暗暗高興，也學他一樣，揭起衣服，暗中拔了根毫毛，變作一塊金牌，拿了出來。小妖一看，上面赫然寫著三個大字：「總鑽風」，嚇了一跳說：「我們都叫做小鑽風，你怎麼叫做總鑽風？」行者笑嘻嘻地說：「你實在是孤陋寡聞，大王不但升我作巡山的，又給我這塊新牌，叫我管你們這一班四十個巡山的兄弟！」那小妖嚇壞了，急忙行禮說：「長官，長官，對不起，因為您新來，沒見過，剛才冒犯之處還請原諒！」「呵呵！沒關係，你用心巡山，回去我向大王報告，說不定還有賞哩！」小妖喜出望外，連說：「不敢！不敢！謝謝長官！謝謝長官！」「嘿，別忙說謝，你先帶我去看看我這一

班四十個兄弟！」「是！是！長官請跟我來！」

行者跟著他走不到兩里，小妖說：「到了！」敲起梆子來，大叫：「兄弟們，集合！」悟空跳上一塊大石頭上，看那些小妖從草堆裡樹林中紛紛趕過來，排在石塊下面，小妖把經過向其他的鑽風們說了一遍，那些小鑽風們就都鞠躬說：「長官，有什麼吩咐？」行者說：「你們知道大王為什麼派我來嗎？」眾小妖說：「不知道！」

悟空得意地說：「大王要吃唐僧，但怕他徒弟孫行者神通廣大，會變成蒼蠅或小鑽風，溜進山來，所以升我為總鑽風，來查查看你們這一班裡面是不是有假的？」小鑽風們齊聲回答說：「長官，我們都是真的！」悟空呵呵大笑說：「哪有人會自己承認是假的呢？我現在要考考你們，我問你，大王有什麼本事？」

跳出一個小鑽風說：「我知道，大王名叫青毛獅王，張開嘴來，能吞下十萬天兵！」行者說：「好，你是真的，去吧！」那小鑽風歡天喜地的跳著走了。行者又問：「二大王有何本事？」

隊裡又跑出一個鑽風搶著說：「我知道，二大王名叫黃牙象王，身高三丈，臥蠶眉、丹鳳眼、美人聲、扁擔牙，鼻如蛟龍，和人戰鬥時，只要用鼻子一捲，就是鐵背銅身，也砸得稀爛。」行者聽得暗自心驚，說：「好，你是真的，去吧！」那小妖歡喜地跳開。行者又問：「三大王本領如何？」「長官啊！我那三大王不是凡間的怪物，他名叫雲程萬里鵬，走時駕風運海，勢不可當；隨身還有一件寶貝，稱做『陰陽二氣瓶』，如果把人裝進瓶裡，一時三刻就化成血水！」行者嚇了一跳，暗想：「妖魔倒也不怕，卻得提防他的瓶子。但不知這瓶兒比起金角、銀角的玉淨瓶，哪個厲害些？」口裡卻說：「好，你曉得的與我差不多，也是真的，去吧！」又問：「哪個大王要吃唐僧？」

小妖們吱吱喳喳地搶著說：「我大王、二大王久住這獅駝洞裡，三大王卻住在離這裡四百里的獅駝國中。他五百年前吃掉了國王和滿城文武官員、大小男女，奪了江山。所以現在滿城都是些妖怪了。不曉得他什麼時候打聽到東邊唐朝派了一個和尚要去取經，說那唐僧是十代修行的好人，如果能吃他一塊肉就能長生不老；一路上想吃他的人不知道有多少人，只因他有個徒弟名叫孫行者，十分厲害，所以一路平安來到這裡。我三大王怕他一個人力量太單薄，才來和兩位大王結拜成兄弟，同心協力，準備鬥鬥孫行者，捉住唐僧煮來吃哩！」

行者聽得火冒三丈，揚起針兒，往小妖們頭上磕了下去，登時打成一團肉餅，自己看看又不忍心說：「唉！他們本是好意告訴我真相，怎麼就把他們打死了？——唉！也

罷！」沒奈何，收起棒子，迎風變成個小鑽風模樣，邁開腳步，循著舊路走回去。

正走著，忽聽山背後人喊馬嘶，好不熱鬧。急忙轉過去看，原來是獅駝洞口萬把小妖正排列著鎗刀劍戟，在那兒操練。二百五十名一隊，掌著一面大彩旗，共有四十多雜彩長旗，迎風亂舞，一些獐狼豺豹、鹿兔猩狐呼來喝去，摩拳擦掌，聲勢倒也嚇人。行者心想：「李長庚倒沒騙我，這麼多妖怪，唉，待會兒我變成小鑽風混進洞去，若情勢不妙，要往外走時，這群傢伙擠都把洞門擠死了，哪還出得去？——哼，要捉洞裡妖王，定須先除門前眾怪！」

好大聖，心中暗自盤算著，敲著梆，搖著鈴，直闖到獅駝洞口。眾妖說：「小鑽風來了！」大聖低頭不答，小妖們扯住他說：「你早上去巡山，看到什麼孫行者沒有？」小鑽風沒好氣說：「撞見了，幹什麼？差點回不來哩！」眾妖奇怪說：「怎麼回事！」假鑽風說：「當年聽說孫行者多麼厲害，今天一見，幾乎嚇殺！」

眾妖害怕說：「他長得什麼模樣？」行者說：「他蹲在那洞邊，還像個開路神；若站起來，只怕有好幾十丈高哩。眼如閃電，口似血池，手裡拿著一根大鐵棒，有車輪子般粗細，在山崖上用水磨著棒。嘴裡還念著：『棒子啊！好久沒拿你出來顯神通了，這次就是有十萬妖精，也都得替我打死！等我殺了那三個魔頭來祭你！』——他要把棒子磨亮了，

先來打死你們這一萬妖精咧！」那些小妖聽得個個心驚膽戰，魂飛魄散。行者又說：「各位，那唐僧的肉也不過幾斤，我們又哪裡分得到？何必替他揹這個轎子？不如我們先散了吧！」眾妖都說：「是！是！我們各自逃命去吧！」嗚的一聲，鬨然散去。

行者心裡得意，幾乎要笑出來了。站了一下，看看大家幾乎逃光了，才走進洞去。這洞好獰惡呀！兩邊骷髏如山，骸骨成林，人筋纏在樹上，人頭髮飄散在地上，像鋪了層地毯似的，東邊一群小妖正在剮活人肉下酒，西邊一群小妖又在煮人肉，洞裡一片腥臭，看得美猴王暗自心驚、暗自懊怒：「這老妖如此可恨，這次就算不為了師父，也是該把他們剿除乾淨！」

走不多久，進入第二層洞門，忽然眼前一亮，和前洞風景大不相同，瑤草仙花，奇松翠竹，顯得清靜秀麗。行者看得暗暗喝采：「這三個潑魔倒會享受！」走過去，穿過第三道門，才看到三個老妖坐在金交虎皮椅上，兩邊站著百來個大小頭目，威風凜凜，殺氣騰騰。行者一點兒也不怕，大步走進去，把梆子放下，叫聲：「大王！」三個老魔笑呵呵地問：「你去巡山，打聽到什麼孫行者的消息沒有？」行者說：「大王在上，小的不敢說。」老魔說：「怎麼不敢說？」行者就把剛才那番話又說了一遍。那老魔聽得渾身是汗，回頭說：「兄弟呵，我說別去惹唐僧，他那徒弟神通廣大，當年我是見識過的。這

下他預先有了準備，磨好棒子要來打我們，可怎麼辦呀？」忙叫：「關門，關門，別去惹他，讓他過山去吧！」

眾妖聽了也暗暗害怕，乒乒乓乓把前後門都拴牢了。行者心想：「不好，他這一關門，等下我連出去都不成了，不如再唬他一下，讓他開著門才好跑。」大聖本來頑皮，又心高氣傲，何嘗怕過誰來？為什麼這次來到獅駝洞，卻時時想到逃跑的事？只因太白金星來報訊，說得太厲害，所以他心生警惕，又不知三個妖怪的虛實，才會預先安排。這下他又上前說：「大王，他還說得難聽哩！」

老魔奇怪說：「他還講了些什麼？」行者說：「我聽他在那裡說，要捉住大王剝皮，二大王剮骨，三大王抽筋。如果你們關了門不出去，他就變個蒼蠅從門縫裡飛進來抓我們！」老魔聽了回頭喝聲：「兄弟們注意了，我這洞裡，從來沒有蒼蠅，如果有，就是孫行者變成的！」行者暗笑：「就變個蒼蠅嚇嚇他，好開門！」閃在旁邊，扯下一根毫毛，吹口仙氣，就變成一隻金頭蒼蠅，飛過去在老魔臉上撞了一下。那老怪慌了，說：「兄弟們，糟了，那傢伙進來了！」驚得那大小群妖，一個個拿起釘鈀掃箒，上前亂打。

這大聖忍不住，噗哧地笑了出來，這一笑不要緊，第三個老怪冷不防跳過來，一把扣住他的脈膊，大聲說：「哥哥！差點被他騙了！」行者慌了，急忙要再變化脫身，怎奈脈

膊被他緊緊抓住，無法騰挪。那兩個老怪轉過身來說：「怎麼回事？」三怪恨恨說：「這廝變成小鑽風模樣，混進洞裡；剛才我看他閃過身笑了一聲，露出個雷公嘴來，不是孫行者還有誰？」掀開行者衣服一看，果然長著一叢猴毛。兩個老怪拍手大笑說：「呵呵，妙呀！才說孫行者如何厲害，想不到賢弟高明，不費吹灰之力就捉住了。來啊！拿酒來，為你們三大王慶功！」三怪說：「別忙吃酒，孫行者會撒溜，叫小的們先抬出瓶子來，把他裝在瓶子裡，我們才好吃酒！」

老魔大笑說：「正是！正是！」立刻叫三十六個小妖去庫房裡抬瓶子。那瓶子也不過二尺高，為什麼要三十六個人抬呢？原來那瓶是陰陽二氣之寶，裡面有七寶、八卦、二十四氣，要三十六個人，按照三十六天罡的數目才抬得動。這些小妖把瓶子抬在洞口，三魔走過去，揭開蓋子，瓶口對準行者，一道仙氣，颼地一響，把他吸進洞裡，再把蓋子蓋上，貼上封條，說：「猴兒呀，你進了我這瓶裡，要想再去西天，只好等來世投胎吧！」大小群妖也都呵呵大笑，開酒慶功。

那倒霉的行者，到了瓶裡，蹲在中間等了半天，忽然失聲發笑說：「這妖精騙人說這瓶子裝了人，一時三刻就化成膿水。我在這裡坐了半天也沒什麼事呀！」話剛說完，滿瓶都冒出火來；行者嚇了一跳，急忙捻個避火訣，燒了半天，一丁點衣角也沒燒著，火光卻

漸漸散了。行者暗自歡喜，冷不防暗裡竄出四十條赤火蛇來，圍著行者咬。行者大怒，張開手，抓過來，用力一扯，扯成八十截。忽然四面火起，又竄出三條火龍，緊緊纏在行者身上燒。行者用力抵禦毒火，一面焦急：「別的事好辦，這三條火龍實在討厭，時間耗久了，難免不會火氣攻心！」想當年，大聖坐在太上老君八卦爐裡煉了七七四十九天，毫髮不傷，怎麼這次卻怕了這三條火龍？只因為當年他坐在爐角，火沒直接燒在身上，這三條火龍卻不是真龍，只是一團三昧真火聚成龍形，貼著身子燒；若說三昧真火，悟空實也不怕，但當年在鑽頭號山火雲洞大戰紅孩兒時，也是滿身三昧真火，跳到澗裡泡水，弄了個火氣攻心，到現在還心有餘悸，不免心慌。

又坐了一會兒，火愈燒愈烈，悟空又焦燥不已，心想：「就是能擋得住火，出不去也是死定了！」想到這裡，不覺悲傷起來，歎了一陣氣，忽然記起：「菩薩當年在蛇盤山，曾賜給我三根救命毫毛，不曉得還在不在？」伸手全身摸了一遍，果然在腦後有三根毫毛，特別剛硬，心裡大喜：「全身毛都被燒軟了，只有這三根還硬著，想必是救我命的！」急忙拔下，吹口仙氣，叫聲：「變」，變成一柄金鋼鑽子。拿著鑽子，向瓶底颼颼地一頓鑽，果然鑽出個眼洞來，光線透入，火龍就散了，這是它瓶裡陰陽之氣洩了的原故。悟空大喜，收了毫毛，變作個蟭蟟蟲兒，細如鬢髮，從洞口鑽出來，飛到老魔頭上叮著。

那老魔正喝著酒，猛然放下杯子說：「三弟，孫行者現在應該化了吧？」三魔笑笑：「還等得到這個時候？」叫小妖抬出瓶來，那些小妖一抬，發現瓶子輕多了，嚇了一跳，說：「大王，瓶子輕了！」「什麼？胡說！」老魔跳過去，揭開蓋子一看：「呵呀！不好，瓶子空了！」大聖在他頭上，忍不住高聲說：「我的兒啊，我也走了！」化作一道清風，跳出洞外，罵說：「瓶子鑽破了，不能裝人，只好拿來做個尿桶吧！」歡歡喜喜，踏著雲頭，回到唐僧馬前，叫聲：「師父，我來了！」

唐僧正在憂愁，看見他回來，急忙抓住他說：「悟空，怎麼樣？過得去嗎？」行者笑笑說：「能回來見師父，已經是兩世人了！」遂把經過講了一下，唐僧聽了，忍不住又掉淚說：「妖魔如此凶惡，怎麼過山？」大聖是個好勝的人，叫說：「師父莫哭，妖怪太多，老孫一人是不夠的，讓八戒跟我一道去吧！」那獃子慌了，說：「哥哥沒眼力，我又粗笨，沒什麼本事，走路搧風，對你有什麼好處？」

行者笑說：「兄弟！你雖沒什麼本事，好歹也是個人，俗語說：『放屁添風』，你去也可以替我壯壯膽氣。師父有三弟保護，一定穩當！」八戒說：「也罷！也罷！只希望你在要緊時別捉弄我！」抖擻精神，與行者駕狂風，跳上高山，來到洞口。

行者端起鐵棒厲聲高叫：「妖怪開門，快來和老孫見個高下！」小妖急忙趕去通報，老魔心慌說：「這幾年都聽說這潑猴十分凶狠，果然名不虛傳。如今他在門外叫戰，誰敢去跟他打個頭仗？」連問了幾聲，個個裝聾做啞。老魔發怒說：「我在這西方路上，也有些虛名，如今遇到孫行者這樣猖狂，若不出去和他見個高下，人家倒來笑我膽小，也罷！拿我的兵器來，讓我去鬥鬥這潑猴，鬥得過，唐僧還是我們嘴裡的肉；鬥不過，大夥關了門，讓他們過山去吧！」

手執三叉銀刀，衝出門來，大喝：「誰在這裡敲門？」八戒回頭看時，只見一個怪物，鐵額銅頭，鬢邊飛鬣如亂草，嚇了一跳。悟空轉身哈哈大笑：「是你孫老爺齊天大聖是也！」老魔說：「潑猴！你休猖狂，老夫也不怕你，看刀！」說著一刀劈過來。悟空連連冷笑：「妖怪，若說你這刀，就是今年砍到明年，也還砍不掉老孫一根毫毛哩！」

老魔大怒，雙手舉刀往大聖腦袋上狠狠砍來；這大聖用力往上一頂，咔嚓一聲，頭皮兒紅也不紅。老魔大驚：「這猴兒好個硬頭！」「哼哼！」悟空說：「如何？」「猴兒，不要得意，這刀不管用，來試試我這把刀吧！」老魔說著，丟開三叉銀刀，從背後解下一柄紅玉古銅刀來，刀泛紫氣，銅光燦爛。

悟空笑說：「好刀，只是砍不得老孫！」老魔大怒，舉刀又砍，乒乓一下，把行者

劈成兩半，八戒大驚說：「啊，不好！」回身就要跑。那大聖在地上忽然打個滾，竟變成兩個悟空。八戒看得拍手笑說：「妙呵，再砍一刀，豈不成了四個人？」那兩個悟空左看看、右看看，打個滾依然是一個身子，掣出棒來，劈頭就打。老魔用力架住，回身也一刀砍來。八戒看他兩人打得熱鬧，忍不住提起釘鈀衝上來，往老魔臉上一陣亂築。老魔看八戒來得凶狠，不敢招架，虛幌一招，轉身就走。大聖喝叫：「快追！」那獃子仗著他威風，舉鈀就趕。

老魔看他追得近了，在山坡前站定，迎著風，頭幌一幌，現出原身，鑿牙鋸齒，仰鼻朝天，張開大口，像城門一般，轉身來吞八戒。八戒嚇壞了，急忙抽身往草裡鑽，也不管荊針棘刺，刮得皮破頭疼，戰戰兢兢地躲在草裡。行者隨後趕到，那怪也張口來吃他，行者收了鐵棒，迎上去，被老魔一口吞到肚子裡去了。嚇得獃子在草裡搥胸頓足：「這個弼馬溫，不知進退！那傢伙來吃你，也不曉得跑，反而走上去讓他吃？這下子可好，今天你還是個和尚，明天就是堆大糞了！」一邊埋怨，一邊死趴著不敢亂動，等老魔回洞了，才鑽出草來，拼命溜返舊路。

三藏正和沙僧在山坡下盼望，忽看八戒氣喘吁吁地跑來，三藏大驚說：「八戒，你怎麼這麼狼狽？悟空呢？」獃子哭哭啼啼說：「師兄被妖怪一口吞下肚子裡去了！」三藏一

聽，嚇得呆了，過了半晌才號啕大哭，摔倒在地上說：「徒弟呀！我只曉得你擅長捉妖，能保護我去西天見佛，誰又曉得你會遭到毒手？啊，我命苦呀！」

那獃子也不去勸解他，只叫：「沙和尚，你把行李拿來，我們兩個分了吧！」沙僧說：「二哥，分什麼？」八戒說：「分開了，大家散伙。你再回流沙河吃人；我往高老莊去看看我老婆，把白馬賣了，買個棺材替師父送終！」那唐僧氣呼呼地，聽到八戒說這種話來，直叫「天哪」，放聲大哭！

那老魔吞了孫行者，得意洋洋回到洞裡，大聲說：「捉住了！」二魔歡喜說：「捉了誰？」「孫行者啊，被我一口吞進肚子裡去了。」三魔大驚說：「啊，大哥，我忘了告訴你，孫行者吃不得！」那大聖在肚裡忽然說：「吃得！吃得！吃了不會餓！」慌得那些小妖說：「大王，不好了，孫行者在你肚裡說話哩！」老魔說：「怕他講話？有本事吃他，還沒本事擺佈他？小的們，拿碗滾鹽湯來，等我灌進肚裡去，再把他嘔出來，慢慢煎了配酒吃！」

小妖果然端來一盆鹽湯，老妖一口喝下去；那大聖在肚裡動也不動，頂著他喉嚨，往外一翻，吐得他頭暈眼花，膽汁都快嘔出來了。老魔喘息不止，說：「孫行者，你出不出來？」「不出來！不出來！這裡正好過冬哩！」

眾妖聽得面面相覷，說：「大王，他要在你肚裡過冬！」老魔說：「他要過冬，我就去坐禪，一冬不吃飯，活活餓死這個弼馬溫！」大聖笑說：「我的兒，你還不知道，老孫身上帶著一個摺疊鍋兒，等我把鍋子架在你肋骨上，再用金箍棒在你腦袋上刺個窟窿，當做個煙囪，把你這肝、腸、脾、肺、腎，細細地煮來吃，還可以纏到清明節哩！」老魔嚇得臉色如土，硬著頭皮說：「兄弟們，別怕！把我那藥酒拿來，泡死這猴兒吧！」

行者暗笑：「老孫大鬧天宮時，也曾吃過老君丹、玉皇酒、王母桃及鳳髓龍肝，哪樣東西沒嘗過？什麼藥酒，也敢拿來藥死我？」小妖裝了兩壺酒來，老魔接在手上，咕嚕嚕喝了一滿壺，都被大聖接下去吃光了，說：「好酒！」就在肚裡發起酒瘋來，踢打撕抓，扯住肝臟翻跟斗、豎蜻蜓、打鞦韆，疼得那怪物直在地上翻滾哀號。

大聖在他肚裡，聽他叫得沒氣了，才把手放開。那老魔回過氣來，叫：「大慈大悲齊天大聖孫菩薩！」行者笑笑說：「兒啊，莫費工夫，省幾個字，只叫孫外公吧！」老魔果然真叫：「外公！外公！是我不對！你可憐可憐我，我弄一頂香藤轎子送你師父過山！」行者歡喜說：「既然如此，張開嘴，我要出來了！」

老魔趕緊把嘴張開，三魔向他連使眼色，老魔會意。行者正要出來，忽然警覺，先用金箍棒伸出去試一試。那老怪果然狠狠往下一咬，咔嚓一聲，把門牙都迸碎了，疼得哇

哇大叫。行者笑笑說：「好妖怪！我好意饒你一命，你反來咬我？現在我不出來了，不出來，活活弄死你！」

三魔見計謀失效，厲聲高叫：「孫行者，早先聽得你的大名，如雷貫耳，說你在南天門外如何如何；卻原來只是個鬼鬼祟祟的小猴頭！」行者說：「什麼？」三魔說：「有種的，你出來，我和你一對一拚鬥一場，才是好漢；幹嘛躲在人家肚子裡做勾當？」行者暗想：「說得也是，如今我就是弄死了這妖怪，也只是壞了我的名頭！」叫道：「也罷！你張開嘴，我出來和你比拚。——只是你這洞裡太窄，不好打，到寬敞的地方去吧！」三魔說：「好！」縱出洞外，集合大小妖怪三萬多人，刀槍棍棒，擺好陣勢。二魔才扶著老怪走出洞口，叫：「孫行者，是好漢就出來！」

悟空在裡面聽得人聲吵雜，暗想：「這妖怪真混蛋，先是說要送我師父，哄我出來咬我；現在又騙我是單打獨鬥，原來是想倚多為勝。若不出去，老孫豈不是失信了？若出去，那麼多妖怪，亂動兵力，我也沒功夫跟他打。……也罷！」吹口仙氣，把一根毫毛變作條繩兒，只有頭髮般粗，卻有四十五丈長，一端做個活結，綁在老怪心肝上，手牽著另一端，爬到咽嚨上，想想不妥，又往上鑽，鑽到他鼻孔上。那老怪鼻子發癢，啊啾一聲，打了個噴嚏，直迸出行者。

行者迎著風，就長成三丈高，繩子也粗了。一手扯住繩子，一手拿著鐵棒。那夥妖魔不知好歹，看他出來了，一聲喊都圍了上來，沒頭沒臉地亂砍亂刺。行者縱起雲，跳開重圍，扯起繩子，把一個青毛獅王拉上了半天。眾小妖遠遠看見，說：「不好，那猴子在放風箏哩！」

悟空扯起老怪，用力一甩，那老魔從半空中，直跌下來，啪喇喇一聲響，直把山坡下死硬的黃土跌出個二尺深的坑來。慌得二怪、三怪都來扯住繩子，跪下哀求說：「大聖慈悲，饒了他性命，我們情願送老師父過山！」行者說：「又來了，誰曉得你們又要玩什麼花樣？」三魔一齊叩頭說：「不敢了，這次真的送，絕不瞎說！」「好吧！」大聖把身子抖一抖，收了毫毛，老怪心也就不疼了。三妖縱身而起，謝說：「多謝大聖，大聖請回，我們隨後準備轎子來接！」

大聖喜孜孜地轉回山邊，遠遠看見唐僧躺在地上打滾痛哭，豬八戒和沙僧解了包袱，在那裡分行李。行者暗暗歎息：「不必說，這一定是八戒對師父說我被妖精吃了，師父捨不得，在那裡痛哭。那獃子卻在分東西準備散伙。——讓我叫一聲看看！」按落雲頭，叫聲：「師父！」沙僧聽見，抱怨八戒說：「你真是個棺材店，巴不得人死！師兄明明沒死，你卻說他死了，在這裡幹這種事！」八戒說：「我分明看見他被妖精一口吞了，現在

大概是那猴子來顯魂哩！」行者走到他面前，一把抓住八戒的臉，打得他摔了一跤說：「獃貨！我顯什麼魂？」獃子扭著臉說：「哥哥，你不是被那怪吃了嗎？你，你怎麼又活了？」行者說：「哪像你這樣不濟事？他吃了我，我就在他肚裡作怪，弄得他疼痛難當，一個個叩頭求饒，要拿轎子來送師父過山。」那唐僧這才爬起來說：「徒弟呵，累了你了，如果聽信悟能的話，豈不完了！」

且不管四個人在那裡說話，三個魔頭率領群妖轉回山洞時，二怪恨恨地說：「哥哥，我原以為孫行者九頭八尾，神奇無比，卻原來只是這樣一個小猢猻。你不該吃他；跟他打，他哪打得過我們？我們洞裡幾萬小妖，一人吐口口水也淹死他了。你把他吞進肚子裡，還不是自找罪受？現在我們已經假意哄了他，讓他出來；你再派幾千人給我，我到路上去找他們拚鬥一場，看看誰的手段高些！」老魔說：「賢弟小心，只要捉得住孫行者，隨你帶多少人去都好。捉住他，剝了皮下酒，好消我心頭之恨！」

二魔立刻帶了三千小妖，跑到大路上，擺開陣勢，派一個小妖過去傳話：「孫行者，趕快出來，與我二大王爺交戰！」八戒聽見笑說：「哥啊，你怎麼學會吹牛了呢？剛說妖精投降了，要派轎子來抬；這下怎麼又跑來叫戰？」行者說：「老怪已經被我降了，不敢出頭，只要聽到一個『孫』字也會頭疼；這一定是二怪不服氣，所以出來叫戰。兄弟呵，你看人家妖精三兄弟如此講義氣，我們兄弟也是三個，卻總沒義氣嗎？我已降了大魔，二魔出來，你去跟他戰戰吧！」八戒說：「怕他什麼，要去便去！只是你得弄條繩子綁在我腰上，如果打贏了，就放開繩子讓我去追他；如果輸了，就趕快拉我回來。」悟空存心捉弄他，說：「好好，你去！」做了條繩子纏在八戒腰上。

獃子大喜，舉釘鈀跑上山崖叫：「妖精出來，你豬祖宗來了！」二怪見他凶惡，也不吭氣，舉鎗就刺，兩人在山前翻翻滾滾鬥了十八回合。獃子手軟，招架不住，急回頭叫：「師兄，不好了，扯扯救命索，扯扯救命索！」這邊大聖聽了反而把繩子放鬆了。那獃子轉身跑回去，被繩子絆了一跤，摔個跟斗，爬起來又跌了個嘴著地。背後妖精趕來，伸出鼻子一捲，捲回洞裡去了。

這邊三藏看見，忍不住抱怨：「悟空，怪不得悟能要咒你死哩！原來你兄弟全不相親相愛。他剛才要你扯救命索，你怎麼反而放了？現在他被妖怪捉去，他又生得粗笨些，不比你精靈，這一去只怕是凶多吉少了！」行者笑笑說：「師父不必埋怨，讓他受些罪，才曉得取經的艱苦，——我這就去救他！」

急縱身趕上山去，心中暗自高興：「這獃子詛咒我死，得先讓他先受點罪，再去救他！」搖身變做一個蟭蟟蟲兒，停在八戒耳根子下，同那妖精回到洞裡去。大魔一看捉

住了八戒，忙說：「二弟呀，捉住的不是唐僧哩，這是個沒用的！」八戒聽了急忙應口說：「是！是！大王，沒用的放出去，捉個有用的來吧！」三魔說：「雖是沒用，也是唐僧的徒弟，先綑好，泡在後邊池塘裡，等浸退了毛，再剖開肚子，用鹽醃了晒乾，好下酒吃！」

八戒嚇得魂飛魄散，早被眾小妖用繩子把四肢綑住，抬到池子裡，吊在水中半浮半沉地活像個大麻袋。大聖看他那樣子，又憐又恨說：「這獃子可慘了，只恨他動不動要分行李散伙，又常慫恿師父念緊箍咒咒我，嚇嚇他也好。前幾天聽沙僧說，他藏了點私房錢，不知是真是假，待我嚇他一嚇！」

好大聖，飛近他耳邊叫：「豬悟能！豬悟能！」八戒慌了說：「晦氣呀！我這悟能是觀音菩薩取的；自從跟了唐僧，又叫做八戒。這裡怎麼會有人知道我叫悟能？」忍不住問：「誰在叫我的法名？」「是我！」「你是誰？」「我是拘魂使者呀！」獃子慌了說：「長官，你從哪裡來？」行者說：「我是五殿閻王派來拘你的！」獃子說：「長官，麻煩你回去稟報五閻王，他和我師兄孫悟空交情很好，請他遲一兩天來吧！」行者暗笑說：「『閻王注定三更死，誰敢留人到四更』？趁早跟我去，免得我套上繩子拉扯。何況我這裡還有些人手要吃飯，你要我們回去稟報，沒有些旅費，誰願意替你跑腿？」八戒說：「可

憐呀！我出家人哪裡會有什麼旅費送你？」行者說：「若無旅費，索了去！跟我走！」獃子慌說：「別索！別索！長官，我曉得你這繩兒叫做追命索，套上就要斷氣的。有！有！有！有是有一點，只是不多。」行者說：「在哪裡？快拿出來！」八戒說：「可憐！可憐！自從做了和尚，有些好人家看我食腸大點，稍微多施捨了我一些，我零零碎碎地存了五錢銀子。前幾天到城裡去找了一個銀匠煎成一塊；他又沒天良，偷了我幾分，只剩四錢六分多了，你拿去吧！」行者暗笑：「這獃子連褲子也沒得穿，不知他藏在哪裡？——咄！你銀子在哪裡？」八戒說：「塞在我左耳朵洞裡，我綑住了拿不到，你自己拿去吧！」

行者立刻伸手到他耳洞裡摸，摸出一塊銀子，拿在手上，忍不住哈哈笑起來。那獃子認得是他的聲音，在水裡亂罵：「天殺的弼馬溫！到這個時候，你還來打劫財物？」行者又笑說：「你這糠囊的獃貨！老孫保護師父，不知受了多少辛苦，你倒偷藏私房錢！」

八戒說：「什麼私房錢？這些都是牙齒上刮下來的，要留著買塊布做衣服，你卻來騙！快還我！」悟空說：「半分也不給你。」八戒罵說：「買命錢送你吧！你好歹也得救我出去！」行者說：「別急，我就救你！」把銀子藏好，現了原身，把八戒扯起，解開繩子。八戒跳起來說：「哥哥，開了後門走吧！」行者說：「從後門溜，像什麼？還是從前門打出去吧！」八戒有點膽怯說：「我腳綑麻了，跑不動！」行者不理他，說：「快跟我

來！」

掣出鐵棒，一路打出去。獃子忍著痲，拚命跟著走。忽看見自己的釘鈀放在二門邊，趕緊走過去撈起來，一頓狠鈀，打出三四層門，也不曉得打死了多少妖怪。二魔聽說八戒被悟空救了，急忙調兵趕出洞來。

高聲罵說：「潑猢猻！別走，有種的過來戰三百回合！」大聖回頭看見，大怒，提棒就打，兩個在山頭殺得飛沙走石。八戒只呆呆站在一旁看熱鬧，忽然看見那妖怪伸出長鼻來捲悟空，悟空雙手一舉，被他一把捲住腰身，忍不住叫：「哈！你這妖怪要倒霉了！你捲人不捲手，他只要拿棒子往你鼻子裡一刺，你豈不要打噴嚏了嗎？」

悟空原無此意，八戒一叫倒提醒了他。把棒子幌一幌，長有丈餘，往他鼻裡猛力一刺。妖精怕疼，急把鼻子放開。行者轉過身來，一把抓住鼻子，用力一扯，妖精疼痛，只好現了原身，舉步跟著走。八戒這才敢靠近，拿釘鈀在老象腿上亂搗。行者說：「不好！那鈀齒太尖，弄破了皮，師父又要說我們傷生；你倒過來用柄打他吧！」

獃子就真的舉著鈀柄，走一步，打一下，彷彿兩個馴象師，慢慢把妖怪牽到三藏面前。三藏說：「善哉！善哉！好大的妖精！好長的鼻子！悟空，你問問他，如果願意送我們過山，就饒了他吧！」那妖怪聽見唐僧這樣講，連忙跪下，口裡嗚嗚答應。行者說：「好吧！事可一、不可再，這次可不能再變卦囉！去吧！」放開手，那妖怪磕頭而去。

二魔急急跑回，半路遇到老怪和三怪帶兵來接應。他驚魂甫定，把唐僧的話說了一遍。大魔沉吟了半晌，說：「你們看，究竟送還是不送？」三魔笑說：「當然要送，如此如此，唐僧那塊肥肉，何愁不能到口？」二魔、大魔拍手大叫：「好！好！好！」立刻安排好十六個精細的小妖，抬著一頂香藤轎兒去路上接唐僧，再選派三十個小妖，準備好精米素齋，到路上侍候。

唐僧等人見眾小妖如此恭謹，都不禁喜出望外，歡歡喜喜坐上轎子，沿著大路走去。那些妖怪們，個個殷殷勤勤，每行三十里，就停下來喝水吃齋飯。天未晚，又早有小妖安排好清靜的住處，請唐僧安歇。一路快快樂樂、風風光光，直往西去。

這樣走了三五天，已經快到一座大城了，行者扛著鐵棒走在面前，抬頭一看，嚇了一大跳。原來那座城裡焰騰騰地冒起一股惡氣，大聖闖蕩天下，從未見過如此凶暴的地方，竟然滿城都是妖精了。正沉思間！猛聽得背後風響，三魔舉一柄方天畫戟朝他刺來，急翻身用金箍棒架住，氣呼呼地掄棒就打。

老魔見三魔已經發難，也抬起紅玉銅刀來砍八戒，八戒慌得丟了馬，舉鈀亂築；二魔使長槍也來戰住沙僧，三人就在城下咬牙苦鬥。那十六個小妖怪卻一聲喊，把唐僧和白

馬，簇擁著抬進城裡去了。

他們三人見師父被捉，急要去救，又被這三個魔頭苦苦纏住，六人在雲端翻翻滾滾撒潑大戰，一霎時吐霧噴雲、天昏地黑，只聽到哮哮吼吼的殺聲。

八戒耳朵大，蓋到眼皮上，越是看不清楚，急忙拖著鈀退走。老魔一刀砍去，他頭一低，削去了幾根鬃毛，嚇得神不守舍，老怪追上，張開大口，一把咬住，丟到城裡去。沙僧見八戒被捉，不免心慌，轉身要走，早被二怪捲起長鼻，牢牢按住，也丟回城裡去了。他二人捉住八戒、沙僧，再騰身過來圍攻悟空。悟空看到兩個兄弟被擒，正是「好漢不敵雙拳，雙拳難敵四手」，他喊一聲，用棒子架開三個妖魔的兵器，縱起觔斗雲便走。

誰知那三怪見悟空駕觔斗雲要走，也現出了本相，金翅鯤頭、星睛豹眼，搧開兩翅，趕上行者。行者觔斗雲，一去有十萬八千里，當初大鬧天宮時，沒人能追得上他，為什麼這妖怪竟能趕上呢？原來這隻大鵬金翅鵰，搧一翅就有九萬里，兩搧就趕過悟空了，悟空在半空中冷不防被他一把抓住，掙脫不開，也帶回城裡來，三個和尚綁在一堆。

唐僧正枯坐金鑾殿上，忽看見三個徒弟都被綑住，不覺悲從中來，放聲大哭，說：「徒弟呵，平時雖也逢難，但總是有你在外面運用神通救我，現在你們也被捉來了，貧僧哪還會有命？」八戒、沙僧看師父如此痛苦，也放聲痛哭。行者微微笑說：「莫哭！等妖

怪靜一會兒，我們好走！」

話沒說完！三個妖魔已帶著數十小妖走上殿來。老魔說：「虧得三弟有計謀、有勇力，捉住唐僧，真是大功一件！」一面吩咐：「小的們，五個去打水，七個去刷鍋，十個燒火，二十個抬出鐵蒸籠來，把那四個和尚蒸熟，我們兄弟吃了，也分給你們吃，大家共享長生！」八戒聽得戰戰兢兢說：「哥哥，你聽，那妖怪說要蒸我們哩！」忽又聽二怪說：「豬八戒不好蒸。」八戒歡喜說：「阿彌陀佛，是哪個積陰德的，說我不好蒸？」三怪說：「不好蒸，剝了皮蒸！」八戒慌了，高聲喊：「不要剝皮，肉雖然粗點，湯一滾就爛了！」

正說著，小妖來報：「湯滾了！」老怪傳令眾妖一齊動手，把八戒壓在底下一格，沙僧放第二格。再來抬悟空時，悟空一閃身變了一個假行者，綑在麻袋裡，他的真身卻跳在半空中，低頭看那群妖精把假行者抬上第三格，再把唐僧揪翻，放到第四格裡，架起乾柴，烈騰騰地猛燒。

行者暗中嗟歎說：「唉，也是他們命中遭劫，八戒、沙僧還能捱得住一會兒，我那師父豈不活活悶死？」在空中捻個訣，念一聲：「唵藍淨法界，乾元亨利貞」。只見雲端裡一朵烏雲冉冉飛來，雲裡有人高叫：「北海龍王敖順在此，大聖有何吩咐？」行者說：

「不敢，無事不敢相煩。現在我與師父西行到此，被毒魔捉住，放在籠子裡蒸。你去替我保護一下，別讓他被蒸壞了！」龍王說：「是！」化成一道冷風，吹到鍋底，緊緊圍護住。

八戒正在那裡啼哭，忽然說：「咦，這火奇怪，熱了一會，反而冷起來了，莫非是燒火的小妖怪捨不得添柴嗎？」行者聽了忍不住暗笑：「這個獃貨，冷還好捱，熱了就要送命哩！這會兒老妖都去休息了，正好下手救他，否則讓這獃子再囉嗦下去，一定要洩底了。」拈起幾個瞌睡蟲兒，拋到小妖臉上，頃刻之間，那蟲子鑽進鼻孔裡，個個呵欠連天，丟了火叉，東倒西歪地睡著了。

行者說：「這法子真是妙而且靈！」現原身，走到籠邊叫聲：「師父！」唐僧聽見說：「悟空，救救我！」八戒也叫：「哥呀，你倒溜了，我們還在這裡受悶氣哩！」行者笑說：「獃子別嚷，我來救你！」一層層揭開蒸籠，救他們出來，再謝過龍王，才對沙僧說：「師父此去，還有高山峻嶺，沒坐騎是不行的，你們等等，我去牽馬來！」

躡手躡腳，走到殿下，解開馬繩，又取了行李，給沙僧挑著，說：「前後門都上鎖了，我們翻牆走過吧！」

也是那唐僧倒霉，四人正在爬牆。三魔月夜走出來練功，遠遠看見，急忙叫小妖取

火來照，果然牆頭上黑簇簇幾個人影。三魔發一聲喝：「哪裡走！」把那唐僧嚇得腳軟筋麻，跌下牆來。眾妖趕上去，扯腿的、撕衣的，把八戒、沙僧和白馬從牆頭上拽了下來，只走了一個孫行者。

眾魔把唐僧捉到殿上，卻不蒸了。大魔說：「孫行者跑了，恐怕又會來偷，不如現在把他吃掉算了！」二怪說：「大哥，這種稀奇的東西，不比凡人，可以拿來當飯吃。兩口三口吃了，豈不是蹧蹋寶貝？」三魔說：「我這皇宮裡有座錦香亭，亭裡有個鐵櫃，我們先把唐僧藏在櫃裡，再放出謠言，說他已經被我們生吃了。讓孫行者絕望而去，我們再把他拿出來慢慢料理，如何？」大怪二怪都大喜說：「是！是！兄弟說得有理！」

連夜把唐僧鎖進櫃裡去，散出謠言，滿城哄哄然，都說唐僧被生吃了。那孫行者變成個小妖，果然兜回城裡來打聽消息。聽滿城都這樣說，焦急得要命，急忙變成個小蒼蠅，飛進宮裡去。只見八戒綑在簷柱子下哼氣，行者就停在他耳邊叫：「悟能！」那獃子認得聲音叫：「師兄，你來了？救我一救！」行者說：「等會兒，你知道師父在哪裡？」八戒說：「師父沒了，昨夜被妖精生吃了！」悟空聽了，失聲大哭，八戒忙說：「師兄莫哭，我也是聽小妖說的，你再去打聽看看！」行者止住淚，忙飛到後殿去，看見沙僧也綁在簷柱下，飛過去叫：「悟淨！」沙僧識出是行者聲音，忙說：「師兄，不好了，妖精把師父

生吃了！」

大聖聽得心如刀割，淚似泉湧，也顧不得八戒、沙僧，縱身跳在城東山上，放聲大哭。哭了一陣，忽然懊恨說：「這都是如來沒得事幹，無緣無故弄了個什麼《三藏真經》，要傳到東土。卻又捨不得送去，偏要弄個人一步步地走來取。現在可好，苦歷千山，到這裡送了命。罷！罷！罷！老孫到西天去找如來看看，如果肯把經交給我送去，也了了師父一樁心事；如果不肯，叫他把鬆箍咒念一念，脫下這個箍子。老孫回到花果山，再去當王去！」

好大聖，駕起觔斗雲，直奔靈山，落在雷音寺外。如來佛祖正在九品寶蓮臺上，和十八尊羅漢講經，忽然說：「孫悟空來了，你們出去接待接待！」四大金剛立刻走出山門，把悟空接進寶蓮臺座下。悟空見了如來，忍不住兩行清淚，滾滾流下。如來說：「悟空，何事如此悲傷？」悟空就把經過細細描述一遍。

如來說：「你休悲恨，那妖精我認得他！」回頭叫阿難、迦葉（ㄐㄧㄚ ㄕㄜˋ jiā shè）兩位羅漢去五臺山和峨嵋山找文殊、普賢兩菩薩，說：「那老怪、二怪的主人就是文殊和普賢，至於那三怪嘛——咳，說來話長，自從天地混沌初開，萬物生長，走獸以麒麟為尊，飛禽以鳳凰為尊。那鳳凰生下兩種珍禽，一是孔雀，一是大鵬。孔雀出世時最為凶惡，能在四

五十里路外吸氣吃人。當時我正在雪山頂上修煉，修成六丈金身，也被牠一口吸進肚裡。我剖開他的脊背，跨著牠飛回靈山。本想將牠殺死，諸天菩薩勸我說，我既從牠肚子裡鑽出來，殺牠如殺我母。所以就把牠留在靈山上，封為佛母孔雀大明王菩薩。那隻大鵬就是牠的兄弟。」行者笑說：「如此說來，您還是妖精的外甥哩！」如來也微笑說：「那妖物，除了我以外，普天之下，再也沒有第二人能降伏牠。悟空，你雖本領通天，恐怕也奈何不了牠吧！」行者說：「是，勞您大駕，去降降牠吧！」

這時文殊和普賢也已趕到，如來問：「那獸下山多久了？」文殊說：「七日了！」如來歎口氣說：「山中方七日，世上已七年，不知在那裡傷害了多少生靈。我們快去吧！」與悟空和眾菩薩一齊來到獅駝國上。

如來先對悟空說：「你下去罵戰，許敗不許勝，敗上來，讓我收拾牠。」大聖即按落雲頭，直到城上，踩著城垛大罵：「孽畜，快來領死！」

那三個老妖聽見小妖來報，都拿著兵器趕到城外來，看到行者，舉起兵刃一齊亂刺，行者挺棒相迎。鬥了七八回合後，行者佯敗退走。妖王喊聲大振，緊緊追來。行者看他們追得近了，縱身一跳，閃在如來佛金光圈裡。三個魔頭追到，不見了行者，半空中如來佛與文殊、普賢、五百阿羅漢、三千揭諦神團團圍住，水洩不通。

老魔大驚，叫：「兄弟，不好了，那猴子把主人公請來了！」三魔說：「大哥不必驚慌，我們一齊上前，刺倒如來，再去奪他的雷音寶剎！」那二個老妖不知死活，真的舉刀亂砍，卻被文殊和普賢念動真言，大喝：「孽畜還不現身！」嚇得老怪、二怪丟開兵器，打個滾，現出本相，伏在地上。

三魔看老怪、二怪已經馴服，大怒，撇開翅膀，扶搖直上，伸出利爪來抓行者。如來拋出蓮座，一道金圈把牠罩住，不能遠遁，現了本相，乃是一個大鵬金翅鵰。開口叫：「如來，你怎麼困住我？」如來說：「你在這裡多生孽障，不如隨我返回靈山修煉吧！」妖精說：「你那裡要吃齋坐禪，又窮又苦；我在這裡吃人，多麼快樂？將來你餓壞了我，你有罪哩！」如來笑說：「我管理普天地眾生，如果有做壞事的，我先讓你吃他！」那大鵬逃脫不開，只得答應。佛祖也不敢放開大鵬，只讓他留在頭頂光圈上做個護法，率領眾人，返回靈山。

悟空急扯住他說：「如來，你現在收了妖精，但我師父呢？」大鵬咬牙恨說：「潑猴！竟然找來這個狠人困住我！那老和尚我哪裡吃到了？鎖在錦香亭鐵櫃子裡的不是！」

行者大喜，拜別佛祖，落入城裡。滿城小妖看妖王被擒，早已逃散一空，悟空先到殿前解下了八戒和沙僧，找到白馬與行李，對他們說：「師父還沒被吃掉，你們跟我來！」

三人走到皇宮內院，找到錦香亭，果然有個鐵櫃，只聽見唐僧在裡頭哭。沙僧用降妖杖「吧噠」一聲打開鐵蓋，叫聲：「師父！」三藏見了，放聲大哭，行者把剛才的事詳細說了一遍，唐僧感激不盡。四人就在宮殿裡找了些米糧，安排些茶飯，飽吃一頓，收拾好出城，找大路往西而去。

二四、比丘國一千一百一十一個鵝籠的謎

這一番折騰，耗去不少時日，再往西行時，已是冬天。嶺梅破玉、千山飛雪，師徒們衝寒冒冷，宿雨餐風地行進一座大城。

三藏問悟空：「這是什麼地方？」悟空說：「我也不曉得，找個人問問！」走到城牆邊，只見一個老兵，偎在角落裡打睏。行者搖他一下，叫聲：「長官！」那老兵猛然驚醒，迷迷糊糊地睜開眼睛，看見行者，連忙跪下來磕頭說：「爺爺！」行者笑說：「別怕！我不是什麼爺爺。」老兵磕頭說：「您是雷公爺爺！」行者笑笑：「胡說！我是大唐派往西天取經的和尚。請問這是什麼地方？」那老兵定定神，仔細打量了他一陣才說：「這裡原名比丘國，現在又稱做小兒城。」行者奇怪說：「既然叫做比丘，為什麼又叫做

小兒？」（註：梵語稱僧人為「比丘」）

那老兵指指城裡說：「哪，那不是？」行者循著他的手指望去，只見城裡熙來攘往，非常繁華熱鬧；只是每家門口都放著一個鵝籠，外面罩著一塊五色彩緞，十分怪異。正覺得奇怪時，八戒也跑過來看，說：「啊，師哥，今日大概是黃道吉日，家家都準備禮物討新娘哩！」行者罵：「胡說！」轉身向那老兵拱拱手說：「請問這是怎麼回事？」「唉！難說！難說！」老兵搖搖頭，又靠到城角裡打盹，不理他們兩人了。

行者和八戒無奈，只好轉回來跟唐僧說了。沙僧站在旁邊說：「那些籠子實在古怪，不如溜進去看看裡頭裝的究竟是些什麼！」行者說：「對啊！老孫去看看！」搖身變成一隻蜜蜂，飛到籠邊，鑽進彩幔裡，原來籠裡坐著一個小孩；再去第二家籠裡看，也是小孩。連看了八九家，都是如此，只有男孩，有的坐在籠裡玩耍、有的啼哭、有的在吃果子、有的睡覺。行者看過，飛回唐僧騎的馬邊，現出原身，把情形告訴唐僧說：「師父，那籠裡都是些小男孩，大的不滿七歲，小的只有四五歲，不知道是什麼道理！」唐僧聽了，也疑惑不已，說：「啊！徒弟，且不管他，我們先進城去，找個地方住下來，再去打聽好了！」

八戒歡喜，牽著白馬轉進城裡，找了一間清靜的驛館，大家同吃了齋飯，唐僧對驛丞

說：「貧僧是大唐派往西天取經的和尚，路過貴地，有一事不明，煩請指示！」驛丞說：「不敢！」「貧僧初進城時，看見街坊人家，門前各放一個盛人的鵝籠，不曉得是什麼緣故？」那驛丞一聽，臉色大變，急忙在唐僧耳邊說：「長老別管，別問，請安歇，明早上路吧！」說完轉身就走。

唐僧一把扯住他，一定要問個清楚。驛丞無奈，回頭四處看了一下，才低聲說：「長老不知，這裡原名比丘國，大約三年前，有個老道人帶著一位十六七歲的小姑娘來到我國，進貢給皇帝陛下。這女子長得妖嬈（ㄖㄠˊ raó）豔麗，皇上極為寵愛，留在宮裡，封為『美后』。也不上朝辦公了，整天在後宮陪美后戲耍，漸漸弄得精神疲倦、身體虛弱了。我國家的醫生想盡辦法，都不能讓他復原。後來那進貢美后的道人說，他在海外有秘方，可以延年益壽。國王就封他為國丈，去海外採藥。現在藥物已經齊備了，可是那藥引子卻十分可怕：要用一千一百一十一個小孩的心肝煎湯，配合著藥吃才有效。——這些鵝籠裡的小孩，就是家家徵調來的，養在裡面，等時辰一到，就要剖心熬湯了。唉，可憐啊！天下父母心，誰又捨得？可是有什麼辦法呢？這就是敝國又叫小兒國的原因。唉——」驛丞說完，已經熱淚盈眶了。

這一說，不僅那位十世修行的大好人唐僧腮邊墮淚，連豬八戒也忿忿不平。沙僧說：

「師父且莫悲傷，明天我們上朝去拜望那國王，當面勸勸他，再看看那國丈是什麼樣的人物。也許國丈是個妖怪，想吃人心肝，才設下此計也不一定！」

悟空說：「悟淨說得有理，師父您先睡覺，明天老孫同您上朝看看！」三藏大喜說：「好！好！但只怕那昏君反來責怪我們妖言惑眾哩！」行者笑說：「老孫自有法力，今夜先把小孩攝離城裡，明天他找不到小孩取肝，我們再去找他，比較有效！」三藏歡喜說：「那就快點！」行者笑笑說：「不忙，老孫去了！」

嘟哨一聲，跳上半空，念動真言，把城隍、土地、五方揭諦、四值日功曹、六丁六甲等都喚到面前來，把經過說了一遍，眾神大喜，各使神通，刮得滿城陰風滾滾，沙霧漫漫，把鵝籠攝到山谷深林中藏起來了。行者才跳下雲來，與長老一同就寢。

第二天，唐僧早早起床，準備上朝。悟空說：「師父，我與您同去！」唐僧說：「你去又不肯禮拜國王，恐怕他會見怪。」行者說：「我不現身，暗中跟隨，也算是保護您好了。」唐僧大喜，吩咐八戒、沙僧看好行李馬匹。悟空搖身變做一隻蟭蟟蟲兒，飛在那唐僧帽子上，隨他一同上朝。

到了門外，官員替唐僧進去稟奏，國王歡喜說：「遠來的和尚，必有道行，讓他進來吧！」殿官再來請唐僧進朝。只見那國王體態羸弱，精神倦怠，隨口問了三藏幾件取經的

事，已經呵欠連天了。三藏要提起有關小孩的事，又怕他精神不濟，責怪自己魯莽，正在猶豫不決時，忽然殿官又來稟報：「國丈到！」

那國王立刻攀著近侍小臣的肩，掙扎走下龍椅，來迎接國丈。慌得唐僧也趕緊立在殿旁，仔細觀看。果然有個黃袍老道，長髯飄飄，逍遙而來。國王看見老道已來，精神似乎也好了些，回頭對三藏說：「聖僧請回，朕有事與國丈商議，不多奉陪了！」唐僧無奈，只好拜辭出來。

那國丈看著唐僧遠去，正要說話，忽然殿外閃出一員大將說：「陛下，不好了！昨夜一陣寒風，把城裡各家鵝籠颳走了！」國王聽了，嚇得手足發冷，抓住國丈的手說：「完了，此乃天欲滅朕！」國丈笑說：「陛下不必煩惱，這是天送長生來給陛下啊！」國王奇怪說：「為什麼？」

國丈呵呵冷笑說：「一千一百一十一個小孩的心肝，只能讓陛下延壽千年。剛剛來的那個和尚，配合我的藥吃了，卻可以延壽萬萬年咧！」國王茫然，國丈才說：「那個東土來的和尚，是個十世修行的元陽真體，用他的心肝來煎藥，豈不勝過小孩心肝萬倍？」

國王聽得如夢初醒，急命御林軍包圍驛館，把城門關上，捉拿唐僧剖心。

那行者趁唐僧走時，飛在金鑾殿翡翠屏風上，已把經過聽得一清二楚，急忙飛回驛

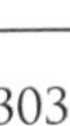

館，現了本相，對唐僧說：「師父，不好了！」把經過講了一遍，嚇得那唐僧三魂七魄悠悠渺渺，跌在地上，半天說不出話來。沙僧急上前按摩了半天，他才悠悠醒來，哭說：「悟空，這可怎麼好？」八戒笑說：「你看！行者好慈悲！救得好小孩！這下卻闖出禍來了！」

行者喝說：「獃子別胡說，老孫自有辦法！」叫唐僧把衣服脫下來，和行者對調了；他念個咒，把唐僧變成猢猻模樣，自己則變成個白胖胖的三藏大師模樣，坐在椅上。八戒沙僧暗暗拍手喝采。

正在改扮時，門外鑼鼓齊鳴，槍刀簇擁，御林衛官已經帶了三千人馬，把驛館團團圍住了。一個錦衣大官走進來問：「東土唐朝長老在哪裡？」假唐僧站起來，假裝斯文說：「貧僧就是，不知大人召喚貧僧有何吩咐？」那大臣說：「我也不曉得，你與我上朝去見陛下就是！」

把假唐僧扯出館外，御林軍圍圍繞繞，直到朝外。殿官急忙進去稟報，大家簇擁著唐僧上朝。那假唐僧到了金鑾殿上，也不參拜，站在那裡大聲說：「陛下，找貧僧來？有何貴幹？」

國王笑說：「朕身上有病，纏綿甚久，總是不好，想向長老借件東西配藥吃。如果病

好了，我會替你蓋祠廟，永遠祀奉！」

假唐僧說：「我出家人，遠來貴國，不知陛下要借些什麼？」昏君說：「只求長老的心肝一用！」假唐僧說：「不瞞陛下，心倒有幾個，但不知您要的是什麼顏色？」國丈在一旁說：「和尚，要你的黑心！」假唐僧說：「既然如此，快拿刀來，剖開胸膛看看，如果有黑心，自然奉上！」昏君歡喜，忙叫侍衛拿了一柄短刀來。假唐僧接過刀，解開衣服，挺起胸膛，嘮喇一聲，把肚皮剖開，裡頭咕嚕嚕滾出一大堆五顏六色的心來。嚇得滿朝文武百官、掩面失色，假唐僧把那些心一個個撿起來，卻都是些紅心、白心、黃心、綠心、貪心、名利心、妒嫉心、狠毒心、計較心、恐怖心、邪妄心、謹慎心、侮慢心、好勝心等種種善惡心，沒有一個黑心。

那昏君嚇得目瞪口呆，說：「收回去！收回去！」假唐僧就把臉一抹，現了本相，大罵：「陛下好沒眼力，我和尚一家都是好心，唯有你這個國丈才是黑心，你不找他做藥引，反來找我？」那國丈一聽，睜眼細看：「呀，原來是五百年前的舊識，不好！」抽身就走，騰雲跳在空中，行者笑說：「哪裡逃，吃我一棒！」縱上雲端，掣棒打去，那國丈也舉龍頭枴迎戰。

行者的鐵棒，重一萬三千五百斤，龍頭枴抵擋不住，苦戰二十回合，虛幌一枴，化作

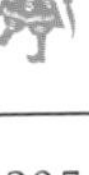

一道寒光，不知去向。行者這才落下雲頭，對文武百官說：「你們的好國丈啊！」

那國王滿面羞慚說：「朕實不知詳情，三年前，他帶一女子來，說他住在南邊七十里的柳林坡清華莊上，年老無兒，只有一女，願意送朕，不料原來卻是飛來飛去的女怪物。」正說著，後宮也有宮女來報：「啟奏大王，美后不見了！」行者笑說：「不必說，這一定是他兩人見陰謀敗露，一齊逃了。那怪既然住在柳林坡上，老孫就去抓來。不過我師父那邊，我還得去稟報一聲！」

昏君說：「是！是！快把聖僧請來！」不一會兒，八戒和沙僧陪伴著三藏來到，悟空把經過說了一下。三藏說：「既然如此，就得快去，除妖救人，也是你的大功一件。」行者說：「那麼，八戒跟我一道去吧！」八戒說：「去便要去，只是肚子飢餓，沒力氣。」國王忙說：「有！有！快辦齋飯來！」

皇帝家辦事，既快又好，齋飯立刻送到。八戒放開肚腸，風捲殘雲般大嚼一頓，把滿朝文武都看呆了。八戒吃完，站起來用手抹抹嘴說：「哥啊，我們去吧！」抖擻精神，與行者駕雲而去。

兩人在南方七十里處落下，尋找妖跡。只見一道清溪，兩岸垂楊，千千萬萬，也不知道清華莊藏在哪裡。大聖發急，忙念動真言，拘來土地，問：「柳林坡有個清華莊在什麼地方？」土地戰戰兢兢地說：「大聖恕罪，此地只有個清華洞，在南岸九叉頭的楊柳根下，沒有清華莊。您走到樹前，把樹左轉三轉，再右轉三轉，連叫三聲『開門！』就可以看到清華洞了。」行者大喜：「好，你回去吧！」與八戒跳過溪來，果然有九棵楊樹，長在一個根上，行者照土地的話，連叫：「開門！」咔嗒一聲，地上裂開一扇大門，門上有個石匾寫著：「清華洞府」。行者叫八戒在洞口等著，自己打開門，閃身進去。那洞裡奇花爭豔、碧草幽蘭，彷彿人間仙境。行者笑說：「這怪物倒會享受！」轉過假山，看見那老怪正摟著一個美女，喘吁吁地講比丘國的事，罵說：「等了三年，這麼好的機會竟然被這猴頭破壞了！」

行者跳過去，舉棒高叫：「什麼好機會，別走，吃我一棒！」老怪慌得拋下美人，舉枴來迎，大罵：「潑猢猻，我難道怕你不成？」從袖裡拿出三個紫金鈴，抽開包在鈴子上的布條，一聲響，從裡面迸出火來，霎時間火光衝天，紅焰中又冒出一股惡煙，煙分五色，比火更凶。行者嚇了一跳，正準備逃跑，鈴子裡又冒起一陣黃沙，真是遮天蔽日，粗灰滾滾，夾著煙火燒來，紅焰焰、黑沉沉，滿天燎火，遍地黃沙，把一個孫行者燻得頭暈腦脹，走投無路，好不容易才找到洞口，一觔斗翻出來。

八戒正在洞口張望，冷不防行者竄出洞來，兩個人撞成一團，跌倒在地上。八戒嚷：

「頭痛！」悟空也喊：「頭痛！」八戒奇怪說：「你怎麼啦？」悟空說：「那妖怪放的煙火好厲害，老孫燻著了一點，腦袋就撕裂也似地疼！」獃子聽了獸性大發，舉起鈀，一鈀築倒了九叉楊樹，再幾鈀，鈀得那根上鮮血直冒，嚶嚶地似乎有聲音，他說：「這棵樹成精了哩！這棵樹成精了哩！」

行者說：「如今他門戶已經毀了，只是煙火厲害，無法捉他。兄弟，你再等著，老孫溜進去看看！」好大聖，變成一隻小蜜蜂，鑽回洞裡。只見那老怪牽著美女說：「潑猴頭曉得這鈴子厲害，已經退走了。妳替我弄些茶水來，解解渴吧！」美人答應一聲，走到裡面去了。

行者緊緊跟著她，轉到後洞，一把扯住她，現了本相，喝聲：「哪裡走！看棒！」那美人手中沒有兵器，不能迎敵，只好把身子一閃，化成一道寒光，往外就走。大聖看得清楚，抵住寒光，乒乓一棒，那女怪立不住腳，倒在地上，原來是隻白面狐狸。行者先把妖屍藏好，再搖身變成女怪模樣，端了一盅清茶，婷婷嫋嫋（ㄋㄧㄠˇ niǎo）走到前洞來。

老怪看見美人出來，就來握她的手，一邊端起茶咕嚕一口喝光了，對美人說了許多調情的話。假美后也羞嬌不勝地假裝應答，暗地裡拔下一撮毫毛，變成虱子和臭蟲，爬到老怪身上，挨著皮膚亂咬。老妖正與美后說話，忽然疼癢難禁，說：「糟了，準是這潑猴不

甚乾淨，他身上的跳蚤跳到身上來了。」急忙脫下衣服亂抖。假美后說：「吶，這有什麼用，拿來我替你捉捉。」老怪大窘，連說：「我一向最清潔，哪會生這些臭蟲？」一邊將衣服遞給美后，自己則在身上亂抓。美后接過衣服，摸到那三個金鈴，暗地裡藏好，尋著幾個虱子，捏成金鈴，依然放在衣服裡，交給老怪說：「好了，你穿上吧，我到後面去看看，有沒有什麼吃的！」

急忙閃出洞來，八戒正在那裡楞頭楞腦地看，見行者出來急問：「如何？」行者笑說：「哈哈，到手了，現在再去罵戰，等老怪出來，就放火燒死他！」八戒說：「你在洞中殺了他豈不省事？何必又跑出來再叫陣？」

悟空說：「你這獃子，暗裡殺人，豈是老孫做的事嗎？你嘴大，替我一宣傳，豈不壞了老孫的名聲？」高聲大叫：「孽畜！快出來送死！」

那老怪在洞裡找不著美后，忽聽悟空叫戰，怒氣沖沖地提著楞杖衝出洞來，叫：「猴頭，我不惹你，你卻來害我！你再不走，休怪我搖鈴了！」悟空笑說：「我的兒呀，你有鈴，你孫外公難道沒有？」從腰間解下三個紫金鈴來，托在手上。那怪大驚，暗想：「他怎麼也有三個一模一樣的鈴子，難道我的鈴子被他偷了嗎？」急忙從袖裡掣出鈴來，驚魂甫定，笑說：「潑猴，你不知我這鈴子乃是太清仙君在太上老君八卦爐裡煉成的寶貝，

搖一鈴即有三百丈火光燒人；搖二鈴就有三百丈煙光燻人；搖三鈴時，哼，三百丈黃沙吹起，若鑽入鼻孔，就得喪命！你那什麼小鈴，也敢拿來和我鬥法？」悟空呵呵大笑說：「兒啊，老孫的鈴也是老君爐裡煉成的。當時煉鈴時，煉成一對雌雄鈴兒，我這三顆雌的，你那三個是雄的哩！」

老妖說：「鈴兒乃是金丹之寶，又不是飛禽走獸，哪來什麼雌雄？搖得出寶來的就是好鈴！」行者說：「是呵，口說無憑，出手就知真假。你先搖吧！」

老妖暗想：「好不知輕重的猴頭」，拉動第一個鈴，搖一搖，不見有火，再幌幌第二個，也沒有煙；搖動第三個鈴，更沒有沙。老妖慌了手腳說：「怪啦！怪啦！世界變了，這鈴子想必是個怕老婆的，雄見了雌，煙火都不出來了！」行者笑說：「兒啊，讓你外公來教你玩鈴兒吧！」把那三個金鈴一齊搖起。

剎那間紅火、黑煙、黃沙一齊滾出，大聖口裡又念個咒語，對地上一指，叫：「風來！」真是風催火勢，火挾風威，嚇得那老怪在火中魂飛魄散，走投無路，陷在黃沙煙火中。

這頓火足足燒了半個時辰，行者才把金鈴藏好，與八戒撥開焦草，尋找老怪屍體。兩人東尋到西、西尋到北，總不見屍首，八戒說：「老豬明明看見他困在火裡，怎麼就不見了？」

行者也覺納悶，念動真言，把土地喚來問：「剛才老孫放煙火燒那老怪，怎麼這會兒就不見了？」土地磕頭說：「大聖，小的不敢相瞞，那老怪借土遁從我這土裡逃往亂石山碧波潭去了！」行者猛然想起說：「哦，是了，那時三借芭蕉扇，也曾隨牛魔王去到碧波潭。也罷，土地你先回去，我與八戒再往碧波潭走走！」

兩人駕起狂風，直奔亂石山碧波潭去。悟空和八戒商量說：「若下水去，我們不熟路徑，他裡面人又多，只怕占不到什麼便宜，不如先把定海神珍鐵弄下去搗他個雞犬不寧！」八戒大喜說：「好哇！」悟空即掣出鐵棒，叫聲：「變！」那棒子就變成當年藏在海中的鐵柱子模樣，行者兩手抱起，弄個神通，彷彿搗池子似的，在水中猛搗。

那老怪借土遁逃到這裡，正和九頭魔君坐在碧波宮講比丘國和清華洞的事，忽然一陣巨響，石裂山崩，潭水沸騰也似地翻滾起來，幌得一座碧波宮幾乎震垮。老怪說：「不必講，這一定是孫行者來了！」九頭魔君大怒：「孫行者上門欺人，我難道怕他不成？」取過兵器，縱身跳出潭來，在水面上叫：「什麼人在這裡搗亂？」

行者與八戒站在岸邊，看見水波翻湧，跳出一個凶惡的妖精，不覺會心一笑。行者收了定海神珍鐵，仍然變成鐵棒模樣，整理一下衣服，呵呵笑說：「你這賊怪，原來不認得你孫爺爺哩！快把老怪交出來，否則你窩藏人犯，也是要判罪的！」九頭魔君冷笑說：「我還以為是何方神聖呢，卻只是你這小猢猻，在這裡搞鬼。我碧波潭豈是容得你撒潑的地方？我勸你快快回去，否則一時失手，傷了你的性命，倒讓人家說我是以大欺小，勝之不武哩！」

行者大怒，罵說：「潑賊怪！有什麼本領，敢誇大口？來！來！來！吃你爺爺一棒！」那魔君連連冷笑，舉起月牙鏟架住鐵棒，兩人就在亂石山前纏鬥起來，來來往往三十回合，不分勝負。豬八戒站在山邊，看他們戰得難分難解，揮動釘鈀，往妖精背後就築。不料，那魔君有九個頭，前前後後都是眼睛，看得清清楚楚。八戒一鈀打來，他就用月牙鏟抵住鐵棒，身子一低，打個滾，騰空跳起，現了本相，竟是一隻九頭怪蟲，伸開翅膀，張開毛茸茸的大嘴，來咬八戒。八戒嚇壞了，叫聲：「哥呵，我自從投胎做人，不曾見過這樣的怪物！」行者也說：「真是罕見！真是罕見！」急縱祥雲，跳在空中，揮動鐵棒往牠頭上就打。那怪物斜飛避過，颼地轉個身，掠到山前。八戒也拿釘鈀去築，那怪獸一閃躲開，半腰裡忽然又伸出一個頭來，張開血盆大口，咬住八戒，半拖半扯，竄下碧波潭去了。

悟空看妖精擒住八戒，心裡焦急。捻個訣，搖身變成一個螃蟹，直下潭底。只見那老

怪和九頭魔君坐在殿裡喝酒賀功，眾水怪環繞在旁邊歌舞作樂。他不敢過去，偷偷繞到殿後，那獃子正綁在柱子上哼氣，行者爬過去，輕聲叫：「八戒！」獃子認得聲音，急叫：「哥哥，救我！」行者說：「小聲點！」游過去把繩子箝斷了說：「走吧！」獃子恨恨說：「哥哥，你先走，等老豬打進去，如果得勝，就捉住他們一家；如果不勝，你就在岸邊接應我！」悟空大喜說：「小心點！」八戒說：「不怕他，水底的本事我還有些！」行者說：「既然如此，我到岸邊等著！」

那獃子轉身找到釘鈀，一聲喊，衝進殿裡。慌得那大小水族四散逃命，叫：「不好了，長嘴和尚打進來了！」獃子不顧死活，逢人就打，一路鈀，把一些門扇桌椅吃酒的傢伙等等打得粉碎，大小水怪碰著就沒命。那九頭蟲見八戒來得凶狠，急取月牙鏟殺來，大罵：「獃豬，看鏟！」八戒也罵說：「賊怪！這不干我的事，是你自己請我來你家裡打的！」那老怪也拿龍頭柺杖來打八戒，鬥了幾回合，八戒招架不住，虛幌一鈀，撒身就走。九頭蟲率眾水怪隨後追趕。

悟空站在潭邊等候，忽見潭水翻湧，八戒先竄出水面，他就踏雲霧飛在潭上，九頭蟲腦袋剛一出水，「噗」一聲響，被鐵棒把他打得稀爛，屍身浮在潭上。嚇得那些蝦精蟹怪、鼉魚龜鼈，心驚膽戰，各自逃命去了。

老怪見大勢不妙，化作一道寒光，往西逃去。行者看見，叫聲：「追！」正在喊殺之際，突然聽見一片鸞鶴鳴聲，祥光縹緲，兩人舉頭細看，原來是南極仙翁趕到，叫：「大聖慢來，天蓬休追，老道在這兒施禮呢！」行者笑笑說：「壽星，從哪裡來？」八戒發急說：「肉頭，你看到一個妖怪從這裡走了沒有？」南極仙翁舉起袖子說：「在這裡面哩！」把袖子抖一抖，放出寒光，打個滾，現了本相，原來是隻白鹿。仙翁說：「牠是我的坐騎，溜到這裡來，還請大聖饒牠一命！」行者笑笑：「要饒牠也可以，但你得隨我去比丘國一趟。」

仙翁說：「那當然。大聖拿走的那三個紫金鈴也得還我呀！」行者笑說：「什麼金鈴銀鈴？沒有啊！」仙翁說：「真人面前不打誑語，大聖本領通天，何必再用這小玩意？」悟空笑說：「老孫的毛病就是受不得人家捧，也罷，還你吧！」從身上掏出鈴子來，拴在白鹿脖子下。三人一同駕雲回到比丘國。

那長老和滿城君臣正在盼望，看見行者回來，急忙來問。行者指指白鹿說：「這就是你的國丈！」國王羞愧無比，只得說：「謝謝聖僧救我一城小孩的性命！」正說著，半空中嘩喇喇一陣風響，路兩邊落下無數鵝籠，城隍土地等神在半空中高聲叫：「奉命保護小兒，今大聖成功，一一送來了！」國王百官都望空下拜。那家家戶戶也搶出來認兒子，歡

歡喜喜，呼爹喊娘，跳的跳，笑的笑，一城人都叫：「快謝謝唐朝爺爺救兒之恩！」大家都不怕他們長得醜，爭著來抬豬八戒、扛沙和尚、頂著孫悟空，背起唐三藏，熱熱鬧鬧。南極仙翁看得捧腹大笑，先回天上去了。那城裡卻還是這家開宴，那家設席，款待四人，吃得八戒不亦樂乎。有些請不到的，也忙著做些僧衣、僧鞋，爭著來送。

這樣鬧了個把月，四人才能離城。滿城百姓官員又都來送行。送出城二十餘里，還牽衣拉裳地不肯離去。行者沒有辦法，只好拔下一撮毫毛，變成四隻白額斑斕虎，攔在路中間吼嘯；大家害怕，才不敢跟來。

二五、終於跋涉到靈山雷音寺

唐僧師徒四人忍飢耐寒，又不知跋涉了多久，一路經過鳳仙郡、金平府、地靈縣等地，終於平安來到西天竺的地界。果然是一處西方佛地，沿途都是些奇花瑤草、蒼松翠柏；而且家家好佛、戶戶齋僧，師徒們夜宿曉行，又經六七日，不知不覺來到靈山山腳下的玉真觀。早有一個道童，斜立在山門前叫說：「你們莫非是東土來的取經人？」

孫悟空認得他：「師父，他就是觀裡的金頂大仙，要來迎接我們哩。」唐僧方才醒悟，慌忙施禮。大仙笑說：「哈，我被觀音菩薩哄了！她在十四年前領了如來佛的旨意，到東土尋找取經人，原說過二三年就會到這裡，我年年等候，杳無消息，不想聖僧今年才到。」唐僧合掌：「有勞大仙等候，十分感激！」

彼此寒暄著，一同踏入觀裡。大仙忙吩咐小童兒去燒香湯，以便讓唐僧們洗塵，好登佛地。沐浴完畢，吃了些齋飯，不覺天色將晚，就在玉真觀歇了一夜。

次早，三藏換上那件錦襴袈裟，手持九環錫杖，拜辭了大仙，帶著悟空、八戒、沙僧，連那頭龍馬，緩步登上靈山。走了五六里，忽見一條湍急的溪水擋住了去路。看得三藏心驚：「好寬闊的一條溪啊！莫非大仙指錯路了？四周又不見舟楫，怎麼渡得過去？」

悟空笑說：「師父您看！那右邊霧中不是有一座大橋？要從橋上過去，才能得正果哩。」唐僧湊近前面看，哪裡是一座大橋？卻是一根顫危危的獨木橋，橋邊刻著「凌雲渡」三個字。

三藏大驚：「這橋不是人走的，我們找另一條路徑吧！」行者笑說：「就是這條路！只有這條路！」八戒慌了：「我的娘，又細又滑的一根木頭，叫老豬的腳蹄怎麼移得動？」行者笑說：「你們都閃開，讓老孫走給你們看。」

說完話，跳上獨木橋，把金箍棒橫拿當平衡竹竿，幾個快步就跑了過去，在那邊招手：「過來！過來！」看得唐僧搖頭、八戒吐舌、沙僧咬指，連聲說：「難！難！難！」行者又從那邊跑過來，拉著八戒說：「獃子，跟我走！」嚇得八戒賴倒在地下說：「滑！滑！滑！哥呵，你饒了我吧！讓我騰雲駕霧過去！」行者按住喝說：「獃子，這是什麼地界，

你還敢耍雲弄霧？必須從這座橋上經過，方可成佛。」八戒一勁地掙扎脫身，行者卻死扯不放，就在拉拉扯扯的當兒，忽然從薄霧中撐出一隻渡船。三藏見了大喜：「呀，渡船來了！徒弟啊，快把船招來！」

悟空跳起來，睜開火眼金睛看，知是接引佛祖的化身，卻不說破，只管招手：「喂，喂，老頭兒，把船撐過來！」等船隻靠攏岸，三藏見了又唬一跳：「你這船是無底的，如何把人渡過去？」那老翁不答腔。

孫悟空卻合掌稱謝說：「有勞大駕，接引吾師——師父，上船吧！他這渡船雖然無底，比有底的還穩！」

唐僧驚疑未定，早被悟空一把推上船；腳底一個不穩，在船裡跌了一跤，把褲襪都弄濕了。幸虧被撐船人一手扯起來，站立船中。八戒和沙僧牽著馬匹行李，也陸續登上無底船，那佛祖輕用力撐開，只見從上游漂下來一個死屍。

唐僧見了大驚，口裡只顧念阿彌陀佛。行者笑說：「師父不要怕，那個死屍便是從前的您，如今您已經脫胎換骨了。」八戒、沙僧也爭著一睹師父的凡胎肉身，相互拍掌大笑。等死屍順流漂下去，一個水花消失不見時，渡船已安安穩穩地過了凌雲渡。唐僧跳上岸，只覺得自己身輕體快，手腳靈敏，彷彿吃了什麼仙丹靈藥似的，迥然不再像以前那麼

笨重。

抬頭已望見靈山頂上的那座雷音寺。師徒四人逍逍遙遙地奔跑，不一刻鐘來到山門之外。早有四金剛、八菩薩、五百阿羅、三千揭諦、十一大曜、十八伽藍，左右列隊兩行，從第一山門、第二山門、第三山門，直排到大雄寶殿的前面。

觀音菩薩出來領著唐僧四人連馬五口，一直走到大雄寶殿前的玉階下，繳了旨意。唐僧叩拜之後，才將從東土到西天竺，一路上十萬八千里所經過的通關文牒呈奉給如來觀看，並稟告說：「弟子陳玄奘，奉東土大唐皇帝聖旨，遙詣寶山，拜求《真經》，以濟眾生。望我佛垂恩，早賜回國。」

如來佛方才動了慈悲之心，開了憐憫之口說：「你那東土，乃是南贍部洲。只因天高地厚，物豐人密，多貪多殺，多淫多誑，多欺多詐，不遵佛教，不認善緣，不重五穀，造下無數的罪孽，惡貫滿盈，以致於有地獄之災！我這裡有一部講大乘佛法的《三藏真經》，可以讓你們一窺沙門的奧妙，助你們普渡眾生。」說著，吩咐阿難、迦葉兩尊者，帶他們到藏經樓，領取經卷，以便永傳東土。

阿難、迦葉聽令，立即引著唐僧四人，來到藏經樓裡。兩人見四下裡無人，便低聲對唐僧說：「唐僧老遠跑到這裡，有什麼禮物送我們？快拿出來，好用來交換《三藏真經》。」

唐僧一聽慌了：「弟子玄奘迢迢跋涉到這裡，卻不知道有此規矩。」二尊者笑說：「不瞞你說，這是暗盤交易！試想，經卷的紙張、印刷、裝訂都是需要花費錢的——總不能讓你們白白拿走，餓死了我們！」

孫悟空見阿難、迦葉口裡嘮嘮叨叨，就是遲遲不肯把《三藏真經》拿出來，忍不住焦躁：「師父，我們去向如來佛告狀！叫他親手把經拿來！」阿難喝了一聲：「潑猴還嚷！這是什麼地界，你還敢撒野放刁！快到這兒來接經。」八戒和沙僧勸住悟空，轉身來接，一卷卷收入包裹，馱在馬上，又綑了兩擔，兩人各挑一擔。然後師徒四人踅回前殿，拜辭了如來佛，一直出了山門，奔下靈山去了。

誰知藏經樓的閣樓上有一尊燃燈古佛，他在閣上暗中諦聽到阿難、迦葉傳經之事，心想：「兩尊者也實在惡作劇，竟把無字《真經》傳給他們——可惜東土眾僧癡迷，不識無字之經，豈不枉費了聖僧這場跋涉？」想著，便吩咐白雄尊者，去追趕唐僧，將無字之經毀了，叫他們再回來求取有字《真經》。

唐僧押著經擔，才走離雷音寺的山門不遠，忽然狂風大作，一聲響亮，從半空中伸下一隻巨手，將馬馱的經包一把搶去。唬得三藏搥胸頓足，孫悟空急忙跳起來追趕。白雄尊者見大聖追來，恐怕挨了他的金箍棒，便將經包扯碎，拋在地下，趁機溜掉。大聖也不去

追趕，按下雲頭，忙收拾地下散落的經卷。等三藏、八戒、沙僧趕到，無意間翻開內頁，竟無半點字跡，發喊起來，把所有經卷通通打開來看，全部都是白紙。

唐僧看了，不免一陣長吁短歎：「唉，我東土人這麼沒福氣！像這種空白的佛經，我怎敢帶回去？若見了唐王，不就成了欺君之罪？」行者心裡已知究竟，不願說破，只是對唐僧說：「師父，不用說了，這一定是阿難和迦葉兩人搗的鬼！他向我們索取禮物，我們沒給他，便故意把這種空白的本子拿來搪塞給我們。我們現在快回去向如來告狀，問他個勒財敲詐之罪！」

師徒四人又急急奔回雷音寺，直奔到大雄寶殿的玉階下，正要叫嚷起來。佛祖已出聲笑說：「你們且不要叫嚷，阿難、迦葉對你們索取禮物的事，我已知道了。用意在於經不可以輕傳，也不可以空取。你們如今空手來要，所以傳了白本。所謂白本，乃是無字《真經》，本是最高妙的。可惜你們東土的眾生，執迷不悟，只好傳有字的《三藏真經》。」說著，對侍立在身邊的阿難、迦葉吩咐說：「兩位快去把有字的《真經》，撿出來傳給唐僧。」

二尊者又帶領唐僧等人，進入藏經樓裡面，阿難又伸手要禮物；唐僧無奈，便把一路化緣、唐王所賜的那個紫金鉢盂拿出來，雙手奉上。阿難接過手就捧著不放，只管咧嘴傻笑。然後由迦葉一人，從架子上取出有字《真經》，一一遞給唐僧。

唐僧再叫三個徒弟，一一翻開來，仔細看有字沒字。總共傳了五千零四十八卷，收拾成兩大擔，一擔馱在馬背上，另一擔由八戒挑著；沙僧挑著行李，行者牽了馬頭，唐僧拿了錫杖，一行四人才歡歡喜喜回到如來佛面前，一個個合掌躬身，朝上禮拜告辭。

佛祖開口說：「能把這套《三藏真經》傳到東土，實在功德無量。回去之後，要展示給一般眾生知道，廣為流傳；且必須事先沐浴齋戒，始可開卷念誦，以示寶重。」三藏叩頭謝恩後，領了經典，帶著徒弟，出了三座山門，取道歸去的路徑。

等唐僧走後，觀音菩薩閃出來啟奏：「弟子當年領旨在東土尋找取經人，今已成功，共計十四年之久，相當於五千零四十日，還少八日，才符合經卷的數目。」如來佛聽了大喜，即刻命令八大金剛，急速護送唐僧騰雲回東土一趟，再引回西天，須在八日之內完成，不得遲誤。

八金剛走後不久，那批一路上暗中保護唐僧的六丁六甲、四值功曹、五方揭諦，一齊閃出來向觀音菩薩啟奏：「弟子等奉菩薩法旨，暗中保護聖僧，如今聖僧功德圓滿，菩薩已繳回佛祖的金旨，我們也一併向菩薩繳了法旨。」說罷，便將這一路上十萬八千里所遭遇到的災難記錄簿，呈給觀音菩薩觀看。

菩薩將災難簿過目了一遍，著急地說：「佛門之中，九九才能歸真，唐僧一共受過八十難，還少一難，必須補足！」即刻命揭諦飛星去追趕。

揭諦趕了一日一夜，才趕上八大金剛，附耳低語：「如此，這般這般……謹遵菩薩的法旨，不得違誤！」八金剛不敢怠慢，刷的把雲霧弄散，將唐僧師徒四人連馬帶經墜落地面。

三藏腳踏了凡地，自覺心驚，不知怎麼一回事。八戒呵呵大笑：「哈，哈，摔得好！這叫越快越慢。」沙僧出聲：「不錯，不錯，因為走太快了，叫我們在這裡歇歇腳。」悟空也笑著說：「真體貼！知道我們要尿尿，便送我們回地面，好站穩腳步，撩開褲襠，稀沙沙沙個痛快哩。」

三藏喝聲：「你們三個不要鬥嘴！我好像聽到水聲。」悟空縱身跳起，搭起手篷四處觀看：「師父，東邊有一條通天河。」唐僧偏著腦袋說：「哦，我記起來了，通天河在於車遲國與金兜山之間，當年幸虧一隻大白龜的負載，我們才能安然渡過。如今我們在河的西岸上，四無人煙，不知如何是好？」八戒忍不住嚷出來：「只說凡人會作弊，原來佛祖身邊的金剛也會作弊！他奉了佛旨，要送我們回東土，怎到半路上就丟下我們？現在豈不是進退兩難？」沙僧也跟著把八金剛痛罵了一頓。

師徒四人嘴裡罵歸罵，腳下仍不得不一邊走路，走到通天河水邊，忽聽叫聲：「聖僧，聖僧，這裡來，這裡來！」大夥吃了一驚，舉頭觀望，四無人跡，更無渡船；低頭看去，卻見一隻大白龜爬在岸邊探著頭叫說：「老師父，我等了您好多年，怎麼到了今天才回來？快，我馱你們過河！」

等眾人都上了背，那老龜蹬開四足，踏水面如履平地，往東岸游去。不一會兒，快到岸邊，老龜忽然問起：「老師父，當年我曾央您，見到如來佛，替我問一聲我什麼時候才能脫殼成人，不知問了沒有？」唐僧一聽，啞口無言。原來從玉真觀沐浴起，凌雲渡脫胎，到步上靈山雷音寺，長老只專心拜佛，並為取經一事奔波，哪裡還記得當年曾經答應老龜的諾言？老龜回頭見唐僧沉吟半晌，口裡沒迸出半個字，知道不曾替他問，氣惱起來，便將身體一幌，唿喇的淬入水裡，把他們師徒四人連馬匹行李經卷一齊甩入水裡，自個兒悻悻地游走了。

幸好唐僧已不再是凡胎肉身，加上龍馬、八戒、沙僧都熟諳水性，行者便使一個神通，將所有人攝出水面，登上東岸，只是經包、衣服、鞍轡都濕透了。三藏惟恐經卷上的字跡被水浸模糊了，慌忙叫徒弟們一一打開經包，晾在岸邊的石塊上曬乾。曬了老半天，眼看太陽逐漸偏西了，又恐晚間風大，大家七手八腳地收拾經卷，不料八戒手腳粗魯，把

其中一冊《佛本行經》的末尾沾破了，讓字跡黏在石頭上。三藏看了，懊悔不已。行者卻笑著說：「這經本是完全的，今沾破了經尾，乃是應了天地不全的奧妙哩。」沙僧笑說：「都是猴頭的話呢！」唐三藏聽了，方才認為是天意，非人力所能挽回，不再愧咎不安。

這時，八大金剛又在雲端上露面，刮起第二陣香風，把唐僧師徒四人，連夜刮到東土長安城城西的上空，等天亮了好下凡。卻說另一方面，唐太宗自從那年送三藏法師步出長安城後，便下令在西城門外建了一座巍峩的望經樓，年年親臨其地，等候取經的消息。這一天，太宗一大早就帶文武百官駕臨樓上，忽見西方滿天祥瑞，從地平線上出現了四個高矮肥瘦不一的人，連同一匹馬，由遠而近；早有侍官跑來啟奏，說是三藏法師歸國了。太宗這一喜非同小可，急忙叫人擺出鑾駕，親自前往迎接。

迎入望經樓後，太宗忙叫人擺出洗塵宴。宴會中，三藏便將這一路十萬八千里所經歷過的大小事，一一稟告太宗，從如何收了三個徒弟及一匹龍馬，到如何克服千災萬難，取回《真經》，從頭至尾詳細說了一遍。聽得那太宗目瞪口呆，彷佛被雷打驚的小孩一般。

接著，三藏便將沿途的通關文牒呈遞給太宗觀看。太宗把文牒接在手中，見蓋滿各關隘硃紅的大印、小印，方才如夢乍醒，連忙叫史官收下，然後出聲：「御弟什麼時候能將《真經》念誦一番？」

三藏合掌回稟：「這部《真經》得來不易，必須選一座潔淨的寺院，才能開卷念誦。」當太宗問及長安城中哪座寺院潔淨？早有宰相閃出來啟奏：「雁塔寺最為潔淨。」

太宗隨即命人移駕雁塔寺。三藏領著悟空、八戒、沙僧，牽動白馬、《真經》，也跟在鑾駕旁邊，進入長安城。

這一消息，早轟動了整座長安城，家家戶戶忙擺下香案，萬頭攢動地爭睹三藏法師的丰采。看得豬八戒不覺手舞足蹈起來。走在一旁的孫悟空，忙暗中捏了他一把，笑著說：「獃子，你又要把舊嘴臉拿出來！」八戒聽了，只是睞睞眼地傻笑。

行進當中，三藏合掌對太宗說：「陛下若想把這部《真經》流傳天下，必須叫文官謄錄成副本，然後才散布出去。原本還當珍藏，不可輕褻。」太宗點頭稱是。

到了雁塔寺，三藏法師直上講壇，打開經卷，正要開口念誦。忽然一陣香風繚繞，半空中現出八大金剛的真身，高聲叫說：「那誦經的，快放下經卷，跟我回西天去！」叫聲未了，唐僧四人連同白馬騰起祥雲，冉冉地飛向九霄雲外。唬得太宗及眾文武百官，個個望空叩頭膜拜。

那八金剛引著三藏四人，連馬五口，向西取道靈山，一路飛騰，好不迅速，剛好在第八日，到達雷音寺。等金剛繳回金旨後，如來佛便把唐僧師徒叫到蓮台座前說：「聖僧，

你的前世原是我的第二徒弟，名叫金蟬子。只因為你在聽我對大眾宣講時打了一個瞌睡，輕慢了我的佛法，所以貶你再走一遭凡世，讓你從頭開始磨練，體驗佛法的無邊廣大。如今功德圓滿，取到了《真經》，正果豐碩，封你為『旃檀功德佛』。其次，孫悟空在途中降妖伏魔有功，封為『鬥戰勝佛』；豬悟能挑擔有功，封為『淨壇使者』。」

八戒一聽，口中直嚷：「喲！他們都成佛，獨獨讓我做個使者？」如來佛微笑地接下去說：「因為你嘴饞食腸大，凡天下四大部洲所有佛事，都由你來淨壇，這是十分受用的肥缺，怎麼不好！那沙悟淨登山牽馬有功，封為『金身羅漢』；龍馬一路上馱負聖僧西來，又馱負《真經》東去，加封為『八部天龍』。」

唐僧眾人聆聽罷佛祖的金旨，各個叩頭謝恩。隨後由揭諦帶領，一行多人前往後院歇下。這時，孫悟空忽然記起一件事，轉頭對唐僧笑說：「師父，我現在已經成佛了，難道還叫我戴著這個鬼緊箍兒不成？您趕快念個鬆箍兒咒，把它脫下來，讓老孫一棒把它打得粉碎，使菩薩再也不能拿它去捉弄別人！」唐僧笑說：「你還以為你還戴著緊箍兒？你伸手摸摸看！」

孫悟空有點不相信，伸手往自己頭上一摸，果然緊箍兒早已不知去向，一時恍然大悟。

附錄 原典精選

第一回　靈根育孕源流出　心性修持大道生

感盤古開闢，三皇治世，五帝定倫，世界之間，遂分為四大部洲：曰東勝神洲，曰西牛賀洲，曰南贍部洲，曰北俱蘆洲。這部書單表東勝神洲。海外有一國土，名曰傲來國，國近大海，海中有一座名山，喚為花果山。此山乃十洲之祖脈，三島之來龍，自開清濁而立，鴻濛判後而成。真個好山！有詞賦為證。賦曰：

勢鎮汪洋，威寧瑤海。勢鎮汪洋，潮湧銀山魚入穴；威寧瑤海，波翻雪浪蜃離淵。
木火方隅高積上，東海之處聳崇巔。丹崖怪石，削壁奇峰。丹崖上，彩鳳雙鳴；削
壁前，麒麟獨臥。峰頭時聽錦雞鳴，石窟每觀龍出入。林中有壽鹿仙狐，樹上有靈

禽玄鶴。瑤草奇花不謝，青松翠柏長春。仙桃常結果，修竹每留雲。一條澗壑籐蘿密，四面原堤草色新。正是百川會處擎天柱，萬劫無移大地根。

那座山，正當頂上，有一塊仙石。其石有三丈六尺五寸高，有二丈四尺圍圓。三丈六尺五寸高，按周天三百六十五度；二丈四尺圍圓，按政曆二十四氣。上有九竅八孔，按九宮八卦。四面更無樹木遮陰，左右倒有芝蘭相襯。蓋自開闢以來，每受天真地秀，日精月華，感之既久，遂有靈通之意。內育仙胎，一日迸裂，產一石卵，似圓毬樣大。因見風，化作一個石猴，五官俱備，四肢皆全。便就學爬學走，拜了四方。目運兩道金光，射沖斗府。驚動高天上聖大慈仁者玉皇大天尊玄穹高上帝，駕座金闕雲宮靈霄寶殿，聚集仙卿，見有金光燄燄，即命千里眼、順風耳開南天門觀看。二將果奉旨出門外，看的真，聽的明。須臾回報道：「臣奉旨觀聽金光之處，乃東勝神洲海東傲來小國之界，有一座花果山，山上有一仙石，石產一卵，見風化一石猴，在那裡拜四方，眼運金光，射沖斗府。如今服餌水食，金光將潛息矣。」玉帝垂賜恩慈曰：「下方之物，乃天地精華所生，不足為異。」

那猴在山中，卻會行走跳躍，食草木，飲澗泉，採山花，覓樹果；與狼蟲為伴，虎豹為群，獐鹿為友，獼猿為親；夜宿石崖之下，朝遊峰洞之中。真是「山中無甲子，寒盡不知年。」一朝天氣炎熱，與群猴避暑，都在松陰之下頑耍。你看他一個個：

跳樹攀枝，採花覓果；拋彈子，邸麼兒；跑沙窩，砌寶塔；趕蜻蜓，撲趴蜡；參老天，拜菩薩；扯葛藤，編草帓；捉虱子，咬又掐；理毛衣，剔指甲；挨的挨，擦的擦；推的推，壓的壓；扯的扯，拉的拉，青松林下任他頑，綠水澗邊隨洗濯。

一群猴子耍了一會，卻去那山澗中洗澡。見那股澗水奔流，真個似滾瓜湧濺。古云：「禽有禽言，獸有獸語。」眾猴都道：「這股水不知是哪裡的水。我們今日趕閒無事，順澗邊往上溜頭尋看源流，耍子去耶！」喊一聲，都拖男挈女，呼弟呼兄，一齊跑來，順澗爬山，直至源流之處，乃是一股瀑布飛泉。但見那：

一派白虹起，千尋雪浪飛；海風吹不斷，江月照還依。
冷氣分青嶂，餘流潤翠微；潺湲名瀑布，真似掛簾帷。

眾猴拍手稱揚道：「好水！好水！原來此處遠通山腳之下，真接大海之波。」又道：「哪

一個有本事的鑽進去，尋個源頭出來，不傷身體者，我等即拜他為王。」連呼了三聲，忽見叢雜中跳出一個石猴，應聲高叫道：「我進去！我進去！」好猴！也是他：

今日芳名顯，時來大運通；有緣居此地，王遣入仙宮。

你看他瞑目蹲身，將身一縱，徑跳入瀑布泉中，忽睜睛抬頭觀看，那裡卻無水無波，明明朗朗的一架橋梁。他住了身，定了神，仔細再看，原來是座鐵板橋。橋下之水，沖貫於石竅之間，倒掛流出去，遮閉了橋門。卻又欠身上橋頭，再走再看，卻似有人家住處一般，真個好所在。但見那：

翠蘚堆藍，白雲浮玉，光搖片片煙霞。虛牕靜室，滑凳板生花。乳窟龍珠倚掛，縈迴滿地奇葩。鍋竈傍崖存火跡，樽罍靠案見殽渣。石座石床真可愛，石盆石碗更堪誇。又見那一竿兩竿修竹，三點五點梅花。幾樹青松常帶雨，渾然像個人家。

看罷多時，跳過橋中間，左右觀看，只見正當中有一石碣。碣上有一行楷書大字，鐫

著「花果山福地，水簾洞洞天」。石猴喜不自勝，急抽身往外便走，復瞑目蹲身，跳出水外，打了兩個呵呵，道「大造化！大造化！」眾猴把他圍住，問道：「裡面怎麼樣？水有多深？」石猴道：「沒水！沒水！原來是一座鐵板橋。橋那邊是一座天造地設的家當。」眾猴道：「怎見得是個家當？」石猴笑道：「這股水乃是橋下沖貫石橋，倒掛下來遮閉門戶的。橋邊有花有樹，乃是一座石房。房內有石窩、石竈、石碗、石盆、石床、石凳。中間一塊石碣上，鐫著『花果山福地，水簾洞洞天』。真個是我們安身之處。裡面且是寬闊，容得千百口老小。我們都進去住，也省得受老天之氣。這裡邊：

颳風有處躲，下雨好存身。霜雨全無懼，雷聲永不聞。
煙霞常照耀，祥瑞每蒸薰。松竹年年秀，奇花日日新。」

眾猴聽得，個個歡喜，都道：「你還先走，帶我們進去，進去！」石猴卻又瞑目蹲身，往裡一跳，叫道：「都隨我進來！進來！」那些猴有膽大的，都跳進去了，膽小的，一個個伸頭縮頸，抓耳撓腮，大聲叫喊，纏一會，也都進去了。跳過橋頭，一個個搶盆奪碗，占竈爭床，搬過來，移過去，正是猴性頑劣，再無一個寧時，只搬得力倦神疲方止。

石猿端坐上面道：「列位呵，『人而無信，不知其可。』你們纔說有本事進得來，出得去，不傷身體者，就拜他為王。我如今進來又出去，出去又進來，尋了這一個洞天與列位安眠穩睡，各享成家之福，何不拜我為王？」眾猴聽說，即拱伏無違。一個個序齒排班，朝上禮拜，都稱「千歲大王」。自此，石猴高登王位，將「石」字兒隱了，遂稱美猴王。

第六回　觀音赴會問原因　小聖施威降大聖

真君與大聖鬥經三百餘合，不知勝負。那真君抖擻神威，搖身一變，變得身高萬丈，兩隻手，舉著三尖兩刃神鋒，好便似華山頂上之峰，青臉獠牙，朱紅頭髮，惡狠狠，望大聖著頭就砍，這大聖也使神通，變得與二郎身軀一樣，嘴臉一般，舉一條如意金箍棒，卻就是崑崙頂上擎天之柱，抵住二郎神；諕（ㄏㄨㄛˋ huò）得那馬，流元帥，戰兢兢，搖不得旌

旗；崩，芭二將，虛怯怯，使不得刀劍。這陣上，康、張、姚、李、郭申、直健，傳號令，撒放草頭神，向他那水簾洞外，縱著鷹犬，搭弩張弓，一齊掩殺。可憐沖散妖猴四健將，捉拿靈怪二三千！那些猴，拋戈棄甲，撇劍拋鎗；跑的跑，喊的喊；上山的上山，歸洞的歸洞：好似夜貓驚宿鳥，飛灑滿天星。眾兄弟得勝不題。

卻說真君與大聖變做法天象地的規模，正鬥時，大聖忽見本營中妖猴驚散，自覺心慌，收了法象，掣棒抽身就走。真君見他敗走，大步趕上道：「哪裡走，趁早歸降，饒你性命！」大聖不戀戰，只情跑起，將近洞口，正撞著康，張，姚，李四大尉，郭申、直健二將軍，一齊帥眾擋住道：「潑猴！哪裡走！」大聖慌了手腳，就把金箍棒捏做繡花針，藏在耳內，搖身一變，變作個麻雀兒，飛在樹梢頭釘住。那六兄弟，慌慌張張，前後尋覓不見，一齊吆喝道：「走了這猴精也！走了這猴精也！」

正嚷處，真君到了，問：「兄弟們，趕到那廂不見了？」眾神道：「纔在這裡圍住，就不見了。」二郎圓睜鳳目觀看，見大聖變了麻雀兒，釘在樹上，就收了法相，撇了神鋒，卸下彈弓，搖身一變，變作個雀鷹兒，抖開翅，飛將去撲打。

「大聖且莫動手，等我老君助他一功。」菩薩道：「你有什麼兵器？」老君道：「有，有，有。」捋起衣袖，左膊上，取下一個圈子，說道：「這件兵器，乃錕鋼摶煉的，被我

將還丹點成，養就一身靈氣，善能變化，水火不侵，又能套諸物；一名『金鋼琢』，又名『金鋼套』。當年過函關，化胡為佛，甚是虧他。早晚最可防身。等我丟下去打他一下。」

話畢，自天門上往下一摜，滴流流，徑落花果山營盤裡，可可的著猴王頭上一下。猴王只顧苦戰七聖，卻不知天上墜下這兵器，打中了天靈，立不穩腳，跌了一跤，爬將起來就跑；被二郎爺爺的細犬趕上，照腿肚子上一口，又扯了一跌。他睡倒在地，罵道：「這個亡人！你不去妨家長，卻來咬老孫！」急翻身爬不起來，被七聖一擁按住，即將繩索綑綁，使勾刀穿了琵琶骨，再不能變化。

第七回　八卦爐中逃大聖　五行山下定心猿

如來即喚阿難、迦葉二尊者相隨，離了雷音，徑至靈霄門外。忽聽得喊聲振耳，乃三十六員雷將圍困著大聖哩。佛祖傳法旨：「教雷將停息干戈，放開營所，叫那大聖出來，等我問他有何法力？」眾將果退。大聖也收了法相，現出原身近前，怒氣昂昂，厲聲高叫道：「你是哪方善士？敢來止住刀兵問我？」如來笑道：「我是西方極樂世界釋迦牟尼尊者，南無阿彌陀佛。今聞你猖狂村野，屢反宮天，不知是何方生長，何年得道，為何這等暴橫？」大聖道：「我本：

天地生成靈混仙，花果山中一老猿，水簾洞裡為家業，拜友尋師悟太玄。
煉就長生多少法，學來變化廣無邊。因在凡間嫌地窄，立心端要住瑤天。
靈霄寶殿非他久，歷代人王有分傳。強者為尊該讓我，英雄只此敢爭先。」

佛祖聽言，呵呵冷笑道：「你那廝乃是個猴子成精，焉敢欺心，要奪玉皇上帝尊位？他自幼修持，苦歷過一千七百五十劫。每劫該十二萬九千六百年。你算，他該多少年數，方能享受此無極大道？你那個初世為人的畜生，如何出此大言！不當人子！不當人子！折了你的壽算！趁早皈依，切莫胡說！但恐遭了毒手，性命頃刻而休，可惜了你的本來面目！」大聖道：「他雖年幼修長，也不應久占在此。常言道：『皇帝輪流做，明年到我家。』只教他搬出去，將天宮讓與我，便罷了；若還不讓，定要攪攘，永不清平！」佛祖道：「你除了長生變化之法，再有何能，敢占天宮勝境？」大聖道：「我的手段多哩！我有七十二般變化，萬劫不老長生。會駕觔斗雲，一縱十萬八千里。如何坐不得天位？」佛祖道：「我與你打個賭賽：你若有本事，一觔斗打出我這右手掌中，算你贏，再不用動刀兵苦爭戰，就請玉帝到西方居住，把天宮讓你；若不能打出手掌，你還下界為妖，再修幾劫，卻來爭吵。」

那大聖聞言，暗笑道：「這如來十分好獃！我老孫一觔斗去十萬八千里。他那手掌，方圓不滿一尺，如何跳不出去？」急發聲道：「既如此說，你可做得主張？」佛祖道：「做得！做得！」伸開右手，卻似個荷葉大小。那大聖收了如意棒，抖擻神威，將身一縱，站在佛祖手心裡，卻道聲：「我出去也！」你看他一路雲光，無影無形去了。佛祖慧眼觀看，見那猴王風車子一般相似不住，只管前進。大聖行時，忽見有五根肉紅柱子，撐著一股青氣。他道：「此間乃盡頭路了。這番回去，如來作證，靈霄宮定是我坐也。」又思量說：「且住！等我留下些記號，方好與如來說話。」拔下一根毫毛，吹口仙氣，叫「變！」變作一管濃墨雙毫筆，在那中間柱子上寫一行大字云：「齊天大聖，到此一遊。」寫畢，收了毫毛。又不莊尊，卻在第一根柱子根下撒了一泡猴尿。翻轉觔斗雲，徑回本

處，站在如來掌內道：「我已去，今來了。你教玉帝讓天宮與我。」

如來罵道。「我把你這個尿精猴子，你正好不曾離了我掌哩！」大聖道：「你是不知。我去到天盡頭，見五根肉紅柱，撐著一股青氣，我留個記在那裡，你敢和我同去看麼？」如來道：「不消去，你只自低頭看看。」那大聖睜圓火眼金睛，低頭看時，原來佛祖右手中指寫著「齊天大聖，到此一遊」。大指丫裡，還有些猴尿臊氣。大聖吃了一驚道：「有這等事！有這等事！我將此字寫在撐天柱子上，如何卻在他手指上？莫非有個未卜先知的法術。我絕不信！不信！等我再去來！」

好大聖，急縱身又要跳出，被佛祖翻掌一撲，把這猴王推出西天門外，將五指化作金、木、水、火、土五座聯山，喚名「五行山」，輕輕的把他壓住。

第三十一回　猪八戒義激猴王　孫行者智降妖怪

行者道：「你這個獃子！我臨別之時，曾叮嚀又叮嚀，說道：『若有妖魔捉住師父，你就說老孫是他大徒弟。』怎麼卻不說我？」八戒又思量道：「請將不如激將，等我激他一激。」道：「哥呵，不說你還好哩；只為說你，他一發無狀！」行者道：「怎麼說？」八戒道：「我說『妖精，你不要無禮，莫害我師父！我還有個大師兄，叫做孫行者。他神通廣大，善能降妖。他來時教你死無葬身之地！』那怪聞言，越加忿怒，罵道：『是個什麼孫行者，我可怕他！他若來，我剝了他皮，抽了他筋，啃了他骨，喫了他心！——饒他猴子瘦，我也把他剁鮓著油烹！』」行者聞言，就氣得抓耳撓腮，暴躁亂跳道：「是哪個敢這等罵我！」八戒道：「哥哥息怒，是那黃袍怪這等罵來，我故學與你聽也。」行者道：「賢弟，你起來。不是我去不成。既是妖精敢罵我，我就不能不降他。我和你去。老孫五百年前大鬧天宮，普天的神將看見我，一個個控背躬身，口口聲聲稱大聖。這妖怪無禮，他敢背前面後罵我！我這去，把他拿住，碎屍萬段，以報罵我之仇！報畢，我即回來。」八戒道：「哥哥，正是。你只去拿了妖精，報了你仇，那時來與不來，任從尊意。」

第三十八回　嬰兒問母知邪正　金木參玄見假真

八戒急回頭看，不見水晶宮門，一把摸著那皇帝的屍首，慌得他腳軟筋麻，攛出水面，扳著井牆，叫道：「師兄！伸下棒來救我一救！」行者道：「可有寶貝麼？」八戒道：「哪裡有！只是水底下有一個井龍王，教我馱死人；我不曾馱，他就把我送出門來，

就不見那水晶宮了，只摸著那個屍首。唬得我手軟筋麻，掙搓不動了！哥呀！好歹救我救兒！」行者道：「那個就是寶貝，如何不馱上來？」八戒道：「知他死了多少時了，我馱他怎的？」行者道：「你不馱，我回去耶。」八戒道：「你回哪裡去？」行者道：「我回寺中，同師父睡覺去。」八戒道：「我就不去了？」行者道：「你爬得上來，便帶你去；爬不上來，便罷。」八戒慌了，怎生爬得動，叫：「你想！城牆也難上，這井肚子大，口兒小，壁陡的圈牆，又是幾年不曾打水的井，團團都長的是苔痕，好不滑也，教我怎爬？哥哥，不要失了兄弟們和氣，等我馱上來罷。」行者道：「正是，快快馱上來，我同你回去睡覺。」那獃子又一個猛子，淬將下去，摸著屍首，拽過來，背在身上，攛出水面。扶井牆道：「哥哥，馱上來了。」那行者睜睛看處，真個的背在身上。卻纔把金箍棒伸下井底，那獃子著了惱的人，張開口，咬著鐵棒，被行者輕輕地提將出來。

八戒將屍放下，撈過衣服穿了。行者看時，那皇帝容顏依舊，似生時未改分毫。行者道：「兄弟呵，這人死了三年，怎麼還容顏不壞？」八戒道：「你不知之。這井龍王對我說，他使了定顏珠定住了，屍首未曾壞得。」行者道：「造化！造化！一則是他的冤仇未報，二來該我們成功。兄弟快把他馱了去。」八戒道：「馱往哪裡去？」行者道：「馱了去見師父。」八戒口中作念道：「怎的起！怎的起！好好睡覺的人，被這猢猻花言巧

語，哄我教做什麼買賣，如今卻幹這等事，教我馱死人！馱著他，腌臢臭水淋將下來，汙了衣服，沒人與我漿洗。上面有幾個補丁，天陰發潮，如何穿麼？」行者道：「你只管馱了去，到寺裡，我與你換衣服。」八戒道：「不羞！連你穿的也沒有，又替我換！」行者道：「這般弄嘴，便不馱罷！」八戒道：「不馱！」行者道：「便伸過孤拐來，打二十棒！」八戒慌了道：「哥哥，那棒子重，若是打上二十，我與這皇帝一般了。」行者道：「怕打時，趁早兒馱著走路！」八戒果然怕打，沒好氣，把屍首拽將過來，背在身上，拽步出園就走。

（注：本段寫悟空與八戒從井中救起烏雞國國王）

第三十九回　一粒金丹天上得　三年故主世間生

話說那孫大聖頭痛難禁，哀告道：「師父，莫念！莫念！等我醫罷！」長老問：「怎麼醫？」行者道：「只除過陰司，查勘哪個閻王家有他魂靈，請將來救他。」八戒道：「師父莫信他，他原說不用過陰司，陽世間就能醫活，方見手段哩。」那長老信邪風，又念緊箍兒咒，慌得行者滿口招承道：「陽世間醫罷！陽世間醫罷！」八戒道：「莫要住！只管念！只管念！」行者罵道：「你這獃孽畜，攛道師父咒我哩！」八戒笑得打跌道：「哥耶！哥耶！你只曉得捉弄我，不曉得我也捉弄你捉弄！」行者道：「師父，莫念！莫念！待老孫陽世間醫罷。」三藏道：「陽世間怎麼醫？」行者道：「我如今一觔斗雲，撞入南天門裡，不進斗牛宮，不入靈霄殿，逕到那三十三天之上，離恨天宮兜率院內，見太上老君，把他『九轉還魂丹』求得一粒來，管取救活他也。」

三藏聞言，大喜道：「就去快來。」行者道：「如今有三更時候罷了，投到回來，好天明了。只是這個人睡在這裡，冷淡冷淡，不像個模樣；須得舉哀人看著他哭，便纔好哩。」八戒道：「不消講，這猴子一定要我哭哩。」行者道：「怕你不哭！你若不哭，我也醫不成！」八戒道：「哥哥，你自去，我自哭罷了。」行者道：「哭有幾樣：若乾著口喊，謂之嚎；扭搜出些眼淚兒來，謂之啕。又要哭得有眼淚，又要哭得有心腸，纔算著嚎啕痛哭哩。」八戒道：「我且哭個樣子你看看。」他不知哪裡扯個紙條，撚作一個紙撚兒，往鼻孔裡通了兩通，打了幾個涕噴，你看他眼淚汪汪，黏涎答答的，哭將起來。口裡不住的絮絮叨叨，數黃道黑，真個像死了人的一般，哭到那傷情之處，唐長老也淚滴心酸。行者笑道：「正是那樣哀痛，再不許住聲。你這獃子哄得我去了，你就不哭。我還聽哩！若是這等哭便罷；若略住住聲兒，定打二十個孤拐！」八戒笑道：「你去！你去！我這一哭動頭，有兩日哭哩。」沙僧見他數落，便去尋幾枝香來燒獻。行者笑道：「好！好！好！一家兒都有些敬意，老孫纔好用功。」

好大聖，此時有半夜時分，別了他師徒三眾，縱觔斗雲，只入南天門裡。果然也不謁靈霄寶殿，不上那斗牛天宮，一路雲光，徑來到三十三天離恨天兜率宮中。纔入門，只見

那太上老君正坐在那丹房中，與眾仙童執芭蕉扇，搧火煉丹哩。他見行者來時：即吩咐看丹的童兒：「各要仔細。偷丹的賊又來也。」行者作禮笑道：「老官兒，這等沒搭撒。防備我怎的？我如今不幹那樣事了。」老君道：「你那猴子，五百年前大鬧天宮，把我靈丹偷喫無數，著小聖二郎捉拿上界，送在我丹爐煉了四十九日，炭也不知費了多少。你如今幸得脫身，皈依佛果，保唐僧往西天取經，前者在平頂山上降魔，弄刁難，不與我寶貝，今日又來做甚？」行者道：「前日事，老孫更沒稽遲，將你那五件寶貝當時交還，你反疑心怪我？」

老君道：「你不走路，潛入吾宮怎的？」行者道：「自別後，西遇一方，名烏雞國。那國王被一妖精假裝道士，呼風喚雨，陰害了國王：那妖假變國王相貌，現坐金鑾殿上。是我師父夜坐寶林寺看經，那國王鬼魂參拜我師，敦請老孫與他降妖，辨明邪正。正是老孫思無指實，與弟八戒，夜入園中；打破花園，尋著埋藏之所，乃是一眼八角琉璃井內，撈上他的屍首，容顏不改。到寺中見了我師，他發慈悲，著老孫醫救，不許去赴陰司裡求索靈魂，只教在陽世間救治。我想著無處回生，特來參謁。萬望道祖垂憐，『九轉還魂丹』借得一千丸兒，與我老孫，搭救他也。」老君道：「這猴子胡說！什麼一千丸，二千丸！當飯喫哩！是哪裡土塊捘的，這等容易？咄！快去！沒有！」行者笑道：「百十丸兒也罷。」老君道：「也沒有。」行者道：「十來丸也罷。」老君怒道：「這潑猴卻也纏帳！沒有，沒有！出去，出去！」行者笑道：「真個沒有，我問別處去救罷。」老君喝道：「去！去！去！」這大聖拽轉步，往前就走。

老君忽的尋思道：「這猴子憊懶哩，說去就去，只怕溜進來就偷。」即命仙童叫回來道：「你這猴子，手腳不穩，我把這『還魂丹』送你一丸罷。」行者道：「老官兒，既然曉得老孫的手段，快把金丹拿出來，與我四六分分，還是你的造化哩；不然，就送你個『皮笊籬——一撈個罄盡』。」那老祖取過葫蘆來，倒吊過底子，傾出一粒金丹，遞與行者道：「止有此了。拿去，拿去！送你這一粒，醫活那皇帝，只算你的功果罷。」行者接了道：「且休忙，等我嘗嘗看。只怕是假的，莫被他哄了。」撲的往口裡一丟，慌得那老祖上前扯住，一把揪著頂瓜皮，揝著拳頭，罵道：「這潑猴若要嚥下去，就直打殺了。」行者笑道：「嘴臉！小家子樣！那個喫你的哩！能值幾個錢！虛多實少的。在這裡不是？」原來那猴子頦下有嗉袋兒。他把那金丹噙在嗉袋裡，被老祖捻著道：「去罷！去罷！再休來此纏繞！」這大聖纔謝了老祖，出離了兜率天宮。

第六十六回　諸神遭毒手　彌勒縛妖魔

行者見有瓜田，打個滾，鑽入裡面，即變做一個大熟瓜，又熟又甜。那妖精停身四望，不知行者哪方去了。他卻趕至菴邊叫道：「瓜是誰人種的？」彌勒變作一個種瓜叟，出草菴笑道：「大王，瓜是小人種的。」妖王道：「可有熟瓜麼？」彌勒道：「有熟的。」妖王叫：「摘個熟的來，我解渴。」彌勒即把行者變的那瓜，雙手遞與妖王。妖王更不察情，到此接過手，張口便啃。那行者乘此機會，一轂轆鑽入咽喉之下，等不得好歹，就弄手腳。抓腸蒯腹，翻根頭，豎蜻蜓，任他在裡面擺佈。那妖精疼得傞牙倈嘴，眼淚汪汪，把一塊種瓜之地，滾得似個打麥之場，口中只叫：「罷了！罷了！誰人救我一救！」彌勒卻現了本像，嘻嘻、笑笑，叫道：「孽畜！認得我麼？」那妖抬頭看見，慌忙跪倒在地，雙手揉著肚子，磕頭撞腦，只叫：「主人公！饒我命罷！饒我命罷！再不敢了！」彌勒上前，一把揪住解了他的後天袋兒，奪了他的敲磬槌兒，叫：「孫悟空，看我面上，饒他命罷。」行者十分恨苦，卻又左一拳，右一腳，在裡面亂掏亂搗。那怪萬分疼痛難忍，倒在地下。彌勒又道：「悟空，他也彀了，你饒他罷。」行者才叫：「你張大口，等老孫出來。」那怪雖是肚腹絞痛，還未傷心。俗語云：「人未傷心不得死，花殘葉落是根枯。」他聽見叫張口，即便忍著疼，把口大張。行者方纔跳出，現了本像，急掣棒還要打時，早被佛祖把妖精裝在袋裡，斜跨在腰間。手執著磬槌，罵道：「孽畜！金鐃偷了哪裡去了？」那怪卻只要憐生，在後天袋內哼哼嘖嘖（ㄐㄧ jī）的道：「金鐃是孫悟空打破了。」佛祖道：「鐃破，還我金來。」那怪道：「碎金堆在殿蓮臺上哩。」

第七十二回　盤絲洞七情迷本　濯垢泉八戒忘形

八戒抖擻精神，歡天喜地，舉著釘鈀，拽開步，徑直跑到那裡。忽的推開門時，只見那七個女子，蹲在水裡，口中亂罵那鷹哩，道：「這個匾毛畜生！貓嚼頭的亡人！把我們的衣服都叼去了，教我們怎的動手！」八戒忍不住笑道：「女菩薩，在這裡洗澡哩。也攜帶我和尚洗洗，何如？」那怪見了作怒道：「你這和尚，十分無禮！我們是在家的女流，你是個出家的男子。古書云：『七年男女不同席』，你好和我們同塘洗澡？」八戒道：「天氣炎熱，沒奈何，將就容我洗洗兒罷。哪裡調什麼書擔兒，同席不同席！」獃子不容說，丟下釘鈀，脫了皂錦直裰，撲的跳下水去。那怪心中煩惱，一齊上前要打。不知八戒水勢極熟，到水裡搖身一變，變做一個鮎魚精。那怪就都摸魚，趕上拿他不住：東邊

摸，忽的又漬了西去；西邊摸，忽的又漬了東去；滑扢虀（ㄍㄨˇ ㄐㄧ gǔ jī）的只在那腿襠裡亂鑽。原來那水有攙胸之深，水上盤了一會，又盤在水底，都盤倒了，喘噓噓的，精神倦怠。

中國歷代經典寶庫⑪
西遊記——取經的卡通

編撰者—黃慶萱、林明峪、龔鵬程
編輯—康逸藍
責任企劃—洪小偉、楊齡媛
校對—張淑芬

董事長—趙政岷
出版者—時報文化出版企業股份有限公司
108019台北市和平西路三段二四〇號三樓
發行專線—（〇二）二三〇六—六八四二
讀者服務專線—〇八〇〇—二三一—七〇五
（〇二）二三〇四—七一〇三
讀者服務傳真—（〇二）二三〇四—六八五八
郵撥—一九三四四七二四時報文化出版公司
信箱—一〇八九九臺北華江橋郵局第九九信箱
時報悅讀網—http://www.readingtimes.com.tw
法律顧問—理律法律事務所 陳長文律師、李念祖律師
印刷—紘億印刷有限公司
五版一刷—二〇一二年四月十三日
五版九刷—二〇二一年七月九日
定價—新台幣二百五十元

時報文化出版公司成立於一九七五年，
並於一九九九年股票上櫃公開發行，於二〇〇八年脫離中時集團非屬旺中，
以「尊重智慧與創意的文化事業」為信念。

西遊記：取經的卡通 / 黃慶萱, 林明峪, 龔鵬程編撰. -- 五版. -- 臺北市：時報文化, 2012.04
面； 公分. --（中國歷代經典寶庫；11）

ISBN 978-957-13-5527-6（平裝）

857.47 101002727

ISBN 978-957-13-5527-6
Printed in Taiwan